Rue
Wellington

Catalogage avant publication de Bibliothèque et Archives nationales du Québec et Bibliothèque et Archives Canada

Gosselin, Louis, 1956-
    Rue Wellington
    (Collection Roman)
    ISBN 978-2-7640-2446-1
    I. Titre.

PS8563.O837R83 2015   C843'.54   C2015-940178-X
PS9563.O837R83 2015

© 2015, Les Éditions Québec-Livres
Groupe Librex inc.
Une société de Québecor Média
1055, boul. René-Lévesque Est, bureau 201
Montréal (Québec) H2L 4S5
Tél. : 514 270-1746

Tous droits réservés

Dépôt légal : 2015
Bibliothèque et Archives nationales du Québec

Pour en savoir davantage sur nos publications,
visitez notre site : **www.quebec-livres.com**

Éditeur : Jacques Simard
Illustrations de la couverture : François Lafrance,
                              Sherbrooke (guitare et
                              tabouret), IstockPhoto/
                              Shutterstock
Infographie : Claude Bergeron

Imprimé au Canada

Gouvernement du Québec – Programme de crédit d'impôt pour l'édition de livres – Gestion SODEC.

L'Éditeur bénéficie du soutien de la Société de développement des entreprises culturelles du Québec pour son programme d'édition.

Nous reconnaissons l'aide financière du gouvernement du Canada par l'entremise du Fonds du livre du Canada pour nos activités d'édition.

DISTRIBUTEURS
EXCLUSIFS :

• Pour le Canada et les États-Unis :
MESSAGERIES ADP*
2315, rue de la Province
Longueuil (Québec) J4G 1G4
Tél. : 450 640-1237
Télécopieur : 450 674-6237
* une division du Groupe Sogides inc.,
filiale du Groupe Livre Québecor Média inc.

• Pour la France et les autres pays :
INTERFORUM editis
Immeuble Paryseine, 3, Allée de la Seine
94854 Ivry CEDEX
Tél. : 33 (0) 4 49 59 11 56/91
Télécopieur : 33 (0) 1 49 59 11 33

**Service commande France
métropolitaine**
Tél. : 33 (0) 2 38 32 71 00
Télécopieur : 33 (0) 2 38 32 71 28
Internet : www.interforum.fr

**Service commandes Export –
DOM-TOM**
Télécopieur : 33 (0) 2 38 32 78 86
Internet : www.interforum.com
Courriel : cdes-export@interforum.fr

• Pour la Suisse :
INTERFORUM editis SUISSE
Case postale 69 – CH 1701 Fribourg
– Suisse
Tél. : 41 (0) 26 460 80 60
Télécopieur : 41 (0) 26 460 80 68
Internet : www.interforumsuisse.ch
Courriel : office@interforumsuisse.ch

Distributeur : OLF S.A.
ZI. 3, Corminboeuf
Case postale 1061 – CH 1701 Fribourg
– Suisse

Commandes : Tél. : 41 (0) 26 467 53 33
Télécopieur : 41 (0) 26 467 54 66
Internet : www.olf.ch
Courriel : information@olf.ch

• Pour la Belgique et le Luxembourg :
INTERFORUM BENELUX S.A.
Fond Jean-Pâques, 6
B-1348 Louvain-La-Neuve
Tél. : 00 32 10 42 03 20
Télécopieur : 00 32 10 41 20 24

Louis Gosselin

Rue
Wellington

THRILLER

LES ÉDITIONS
Québec-Livres

Une société de Québecor Média

Chacun a son passé,
chacun a ses secrets.

Prologue

La première fois a été la plus difficile, mais aussi la plus satisfaisante. Je me souviens. C'était un soir d'hiver à Saint-Jean-sur-Richelieu. Qu'est-ce qu'il faisait froid!

Je n'aurais jamais cru être capable de faire une telle chose. Assassiner quelqu'un. La première fois, j'étais très nerveux et je me rappelle que même si personne ne m'avait vu, j'avais ce sentiment d'être constamment surveillé.

Pour les autres, j'ai juste ressenti ce spasme qui montait en moi et que je ne pouvais arrêter. Comme pour tout ce qu'on fait dans la vie, j'ai pris de l'assurance. Tout ce qui comptait, c'était cette jouissance qui me submergeait quand tout était terminé. Jamais n'avais-je ressenti un sentiment aussi puissant.

Ma première victime n'a pas souffert. Ça, j'en suis certain. Il fallait simplement qu'elle disparaisse et que j'en sois la cause. Elle représentait tellement pour moi. Elle a été le début de ma libération personnelle et je lui en suis très reconnaissant. C'est à partir de ce moment que j'ai su que j'étais capable d'aller plus loin. Bien plus loin.

Je suis toujours étonné de voir que les gens sont peu conscients de tous les dangers qui les guettent à chaque instant de leur vie. Ils ne se rendent pas compte que cette vie peut se terminer abruptement dans les secondes qui suivent. Ils ne veulent pas y penser, ils ne veulent pas même l'envisager.

Cette idée d'avoir la possibilité de modifier mon destin ou celui de quelqu'un me donne du pouvoir. C'est un sentiment exaltant de savoir qu'on peut enlever la vie et surtout, qu'on va le faire.

J'ai choisi la dernière partie de ma vie et je n'ai aucun regret. Quant à la première partie, celle précédant mon œuvre, j'ai maintenant réussi à l'oublier.

Gerry Mercier

1

Saint-Jean-sur-Richelieu, février 2013. La météo était folle. Pour Gerry, c'était un signe que les choses n'allaient pas si bien que cela dans ce monde. Il n'était pas un environnementaliste militant, loin de là, mais il était quand même sensible aux changements visibles de la température. Les premiers jours de février avaient été plutôt froids, –12 degrés, puis plusieurs jours au-dessus de zéro et ensuite, un –23 degrés avec une température ressentie de –30... comme aujourd'hui.

Blotti dans son petit appartement de deux pièces et demie du centre-ville, mal éclairé et peu chauffé, Gerry fixait sa guitare debout dans un coin du salon. Elle semblait l'inviter à la prendre pour la réchauffer, pour se réchauffer. Elle lui rappelait qu'elle était sa seule véritable amie, celle qui ne le laisserait jamais tomber.

Gerry regarda le bout de ses doigts meurtris. Il avait tellement joué ces dernières heures qu'il ne les sentait plus. Il avait beau avoir la corne des guitaristes, les cordes de métal plus minces arrivaient quand même à le blesser. Pourtant, il ne pouvait faire autrement que de jouer, car il était en pleine recherche musicale.

Pendant quelques années, Gerry avait vécu seul sur la rue Parthenais à Montréal, entre Sherbrooke et Notre-Dame, dans le quartier Centre-Sud. Il habitait alors à proximité de l'ancienne prison du même nom, là où des dizaines de personnes avaient été incarcérées pendant la crise d'octobre 1970, soupçonnées d'appartenir ou de soutenir le Front de libération du Québec.

Parthenais, un édifice d'une quinzaine d'étages construit dans les années 60, était devenu le siège social de la Sûreté du Québec par la suite.

Préférant les villes de banlieue aux grands centres, Gerry avait déménagé à Saint-Jean-sur-Richelieu il y avait maintenant sept mois. Il avait choisi le centre-ville, qu'on appelait «le Vieux Saint-Jean», mais cela relevait davantage du marketing que des attraits touristiques quasi inexistants.

Cet ancien quartier ouvrier était habité par des gens plutôt pauvres. Gerry s'y sentait pourtant bien, étant à proximité de la rivière Richelieu et de la bande du canal Chambly offrant une piste de plusieurs kilomètres aux marcheurs et aux cyclistes. De plus, Saint-Jean-sur-Richelieu n'était qu'à une trentaine de minutes de Montréal, en dehors des heures de pointe.

Son petit appartement, situé au deuxième étage d'un immeuble, donnait directement sur la rue Champlain. On y accédait par un escalier de bois avec des rampes en fer forgé désormais rongées par la rouille.

Le voisin d'en bas était complètement sourd. C'était un avantage important car Gerry pouvait jouer ou écouter de la musique tard le soir sans le déranger. Mais la vieille d'à-côté, elle, n'était pas sourde, loin de là. Elle n'hésitait pas à cogner contre le mur quand Gerry poussait le volume un peu trop fort à son goût, mais il s'en foutait totalement. Apparemment, ses cataractes l'avaient rendue presqu'aveugle. Une vraie folle, se disait Gerry.

Elle lui rappelait sa grand-mère qui lui avait fait subir toutes sortes de mesquineries. Aujourd'hui, il se vengeait sur cette voisine en remontant le volume de son amplificateur de temps à autre pour la faire rager.

Il réussissait à payer son loyer chaque mois et il avait le droit de vivre à sa guise, pensait-il. Parfois, il pensait qu'il pourrait l'étouffer avec une corde de guitare. Il lui dirait avant de l'achever :

— Est-ce que cela valait vraiment la peine de faire tout un drame avec la musique trop forte de temps en temps? Tu vois où cela t'a conduite ? Dans un instant, tu vas mourir. Tu es comme une fausse note dans ma vie !

Elle reconnaîtrait alors sa voix et elle saurait qu'elle devait maintenant payer pour tous les emmerdements qu'elle lui avait fait subir. Cette seule pensée lui était jouissante. Ce n'était qu'un phantasme. Cela n'arriverait jamais, mais c'était agréable d'y penser.

Gerry se mit à rire seul dans son salon. Il se leva et reprit sa guitare. Interminablement, depuis des jours, il cherchait un enchaînement d'accords qui lui permettrait enfin d'inventer son style à lui. Il n'y parvenait pas. Tout ce qu'il réussissait à sortir de son instrument ressemblait à du déjà entendu. Pendant un instant, cela sonnait comme du Fiori, puis comme du Maroon Five ou encore comme du Cabrel. C'était n'importe quoi.

Il passa une bonne heure à gratter sa guitare sans succès. Frustré, Gerry la laissa volontairement tomber par terre, comme un joueur de tennis peut le faire avec sa raquette après une série de coups ratés. Dans un son de bois et de métal, l'instrument accrocha le coin de la petite table du salon avant de s'écraser. Gerry se ressaisit et la ramassa.

— Je suis désolé, vraiment. Faut me comprendre. Tu ne m'aides pas beaucoup. Tu vois dans quelle merde je vis ?

Gerry prit sa guitare entre ses deux mains et, comme s'il tenait une caméra, il dirigea l'instrument aux quatre coins du salon pour lui «montrer» vraiment où il vivait. Il lui sembla que sa guitare compatissait avec lui.

— Ça y est, tu deviens complètement maboule !

Gerry déposa son instrument et s'étendit sur le divan du salon. Il posa les mains sur son sexe en le massant fortement dans l'espoir d'obtenir une érection. Il défit sa ceinture et baissa son pantalon. Il se caressa quelques secondes, puis, plus violemment, tenta de stimuler son sexe, mais en vain.

Soudainement, il entendit marcher sur la galerie devant la porte de son appartement. Rapidement, il se redressa et remit son pantalon. Il se leva et regarda par la fenêtre pour constater que le visiteur n'était qu'un jeune garçon qui distribuait des circulaires. Heureusement, il n'avait pas été vu. Cela lui rappela trop bien la seule fois où il avait été surpris par sa mère à se masturber dans sa chambre. Elle était entrée en trombe et l'avait frappé à plusieurs reprises pour «lui enlever de telles idées de la tête», disait-elle.

Il sourit à cette pensée et reprit sa guitare, après avoir senti ses doigts qui dégageaient maintenant une odeur intime.

Il enchaîna quelques accords de blues. Parfois, il s'arrêtait pour noter quelques paroles sur un calepin qu'il tenait toujours près de lui, juste au cas où une inspiration divine lui dicterait des paroles qui feraient de lui un grand de la musique. Le miracle ne s'était jamais produit.

À 38 ans, Gerry était un travailleur à la petite semaine qui avait exercé différents métiers. Il n'avait jamais recherché la richesse ou le grand confort. Sa liberté valait davantage que de beaux meubles ou une belle voiture. C'est ce qu'il avait toujours pensé du moins. Né au milieu des années 70, Gerry aurait aimé vivre l'époque du «peace and love» des années 60 où, paraît-il, tout le monde couchait avec tout le monde. Il avait aussi manqué la montée du socialisme au Québec et les belles années de René Lévesque, l'élection du Parti québécois en 1976, les années d'Harmonium, de Beau Dommage, le référendum de 1980. Adolescent, il avait eu droit au disco, à Céline Dion et Roch Voisine! Aujourd'hui, il était davantage attiré vers les succès et le son rock des années 50, 60 et 70.

Issu d'une famille de classe très moyenne, Gerry avait eu une sœur. Elle avait trois ans de plus que lui. Elle s'était noyée à l'âge de 12 ans. Gerry en avait un vague souvenir. Après son décès, ses parents n'avaient plus jamais parlé de Sylvie, ni même prononcé son nom. Toutes les photos d'elle avaient disparu soudainement et chaque fois que Gerry remettait le sujet sur le tapis, sa mère ou son père le regardaient tellement sévèrement qu'il comprit finalement que le sujet devait être évité.

Perdu dans ses pensées, Gerry répéta les quelques accords de blues en tentant d'y insérer des paroles.

J'ai les blues
C'est pour ça que je blues
J'ai les blues
C'est pour ça que je blues

C'était tellement nul. Sa mère le lui aurait sûrement dit si elle avait été là.

Gerry déposa sa guitare et regarda l'heure. Il était plus de minuit. La musique avait toujours eu cet effet de faire filer le temps rapidement.

Concentré sur sa musique, il n'avait pas réalisé à quel point il faisait froid dans son appartement. Aux craquements des radiateurs, le système électrique devait certainement fonctionner au maximum sans réussir à chauffer adéquatement l'appartement. Il n'y avait probablement aucune isolation dans cet immeuble des années 40, ce qui constituait un vrai danger public par une nuit aussi froide.

Au lieu d'aller se coucher dans son lit froid et humide, il décida plutôt de placer sa guitare par terre, de tirer la vieille couverture de laine qui traînait sur le divan et de s'en envelopper. Il dormirait ainsi, tout habillé.

Le silence s'installa lentement. La rue Champlain était calme en ce mois de février, ce qui n'était pas le cas à longueur d'année. En plein été, même aux petites heures du matin, il n'était pas rare d'entendre des bruits de bouteilles qui s'entrechoquent ou des systèmes d'alarme de véhicules se déclencher.

Parfois aussi, des groupes de jeunes se formaient tout juste sur le trottoir en face de chez lui. Gerry ne pouvait alors s'empêcher d'écouter les conversations qui résonnaient dans le vide de la nuit. Ainsi, il apprenait qu'Untel avait eu une liaison avec Unetelle, ou encore que la relation de l'un était terminée avec cette « crisse de folle ».

Vivant seul, Gerry n'aurait pas ce type de problème. Il ne détestait pas toutes les femmes. Certaines étaient même plutôt gentilles avec lui, comme celles qu'il voyait régulièrement à la friperie du quartier. Il vivait seul par choix, mais il était convaincu que s'il le souhaitait vraiment, il pouvait facilement trouver une femme pour partager sa vie.

Gerry avait bien des défauts comme le manque d'organisation, d'ambition et tout le reste, mais il avait une qualité qui lui facilitait la vie. Il avait un don pour entrer en contact avec les gens. Il trouvait toujours les mots pour créer rapidement un lien avec eux. Il pouvait avoir une bonne écoute et donnait l'impression d'être extrêmement intéressé par leurs propos.

— Tiens, la voisine n'a pas frappé sur le mur pour me dire d'arrêter, ce n'est pas ce soir que je vais l'étouffer, pensa Gerry tout juste avant de s'endormir.

Vers 3 h 30 environ, il se réveilla tout bonnement. Il toussa, ajusta sa couverture, puis se tourna le visage vers le dossier du divan pour garder sa chaleur et se rendormir. Il entendit alors du bruit provenant du logement du dessous. Gerry pensa que le voisin venait de rentrer et que tout allait bientôt revenir au calme, mais le son s'amplifiait maintenant. Il lui sembla également qu'il faisait plus chaud dans l'appartement, ce qui le surprit compte tenu de la température hivernale extérieure.

Gerry fut pris d'une quinte de toux. Il se releva et étira le bras pour allumer la lampe à proximité du sofa. Dans un rayon de lumière, il fut stupéfait de constater que le salon était rempli de fumée. Il mit le pied sur le plancher et, malgré ses chaussettes, il se rendit compte qu'il était déjà chaud. Il y avait le feu dans l'édifice, c'était évident.

Gerry se rendit rapidement à la fenêtre. Tout semblait pourtant normal à l'extérieur. Il se dirigea vers la cuisine pour se rendre compte qu'il y faisait encore plus chaud. Puis, il entendit des cris provenant de l'extérieur. Il retourna à la fenêtre et vit deux personnes sur le trottoir, enroulées dans des couvertures. Gerry ouvrit la porte adjacente à la fenêtre et sentit immédiatement le froid intense.

— Sors de là ! Le feu est pris ! lança l'un des deux hommes sur le trottoir.

— Où ça ? demanda rapidement Gerry en voulant refermer la porte tant le froid était intense.

— Dans le bloc chez vous ! Sors de là !

À ce moment, deux autres locataires sortirent, probablement du sous-sol, suivis du sourd du dessous, apportant avec lui quelques objets. Bientôt, ils furent sept ou huit sur le trottoir et Gerry crut entendre les sirènes des camions de pompiers au loin.

Gerry referma la porte derrière lui. Sans réfléchir, il prit son manteau et sa tuque de laine, mit ses bottes et sortit sur la galerie. En descendant les marches, il grelottait déjà. Arrivé au trottoir de l'autre côté de la rue, il put apercevoir la lueur des flammes dans l'appartement situé sous le sien.

— Est-ce que tout le monde est sorti ? demanda anxieusement un homme du voisinage d'une soixantaine d'années.

— Aucune idée, dit l'un des premiers arrivés sur les lieux.

— Tabarnak ! s'exclama Gerry.

— Quoi, lui dit le sexagénaire, y a-t-il encore quelqu'un chez vous ?

— Non, juste ma guitare, répondit Gerry.

— Fuck ta guitare, dit l'un des jeunes arrivés sur place. Elle va flamber, c'est sûr !

Gerry le regarda une seconde, puis traversa la rue à la course pour remonter chez lui.

— T'es malade ! lui cria le jeune.

Gerry monta l'escalier. Il n'était pas question de laisser brûler son instrument de musique. Il était ce qu'il y avait de plus précieux dans son logement minable. Il était toute sa vie.

Il ouvrit la porte de l'appartement et sentit une bouffée de fumée envahir ses poumons. On n'y voyait guère. Il devrait franchir un corridor d'environ deux mètres, tourner à droite, longer le sofa et saisir sa guitare qui devait être appuyée sur la table du salon ou déposée par terre. Facile, cela ne prendrait que quelques secondes.

Gerry recula d'un pas pour prendre une grande respiration. Sur le trottoir, il entendait les badauds qui lui hurlaient de laisser tomber. Gerry mit un pied dans le corridor et posa une main sur le mur pour se diriger. Le mur était déjà brûlant. Il se souvint qu'il était préférable de se tenir le plus près du plancher possible en cas d'incendie. Il n'y voyait rien du tout. Il dut fermer les yeux tellement ils piquaient.

Il avança de quelques pas, bien déterminé à atteindre son objectif, tentant de se rappeler le plus précisément possible la façon dont étaient disposés les meubles dans son appartement.

Outre la fumée et la chaleur, Gerry entendait maintenant un crépitement peu rassurant. Après une éternité, il atteignit enfin le bout du corridor et tourna à sa droite, cherchant maintenant à tâtons le vieux sofa. Il tenta d'ouvrir les yeux, mais c'était impossible. Il marcha à

17

quatre pattes vers l'endroit où devraient se trouver le divan et la table à café. Si jamais une partie du plafond tombait, c'en était fait de lui. Plutôt que de l'effrayer, cette pensée lui fournit une puissante poussée d'adrénaline. Il repousserait ce feu. Il était maître de la situation.

Décidé, Gerry avança davantage et posa la main sur la table du salon qu'il longea pour finalement toucher le manche de sa guitare. Il la saisit et se retourna. Aveugle, il tâtonna dans la direction où aurait dû se trouver le divan de la main, mais il avait disparu. Faisant de grands moulinets d'une main devant lui, et tenant sa guitare de l'autre, Gerry tenta de saisir quelque chose, mais il ne sentait rien. Il eut alors un moment de panique. Et s'il avait pris la mauvaise direction et qu'il s'éloignait de la porte ?

Il lui semblait que la chaleur s'intensifiait maintenant. Il ouvrit les yeux un moment, mais les referma aussitôt. Il avait aussi une envie folle de respirer. Il savait que s'il le faisait, il ne respirerait que de la fumée et qu'il étoufferait. Cela devait faire près d'une minute qu'il était entré dans l'appartement.

Dehors, les pompiers prenaient toute la place dans la rue. Les sapeurs cherchaient les bornes-fontaines pour installer les boyaux d'arrosage. L'opération était réglée au quart de tour et chacun connaissait son rôle.

— Est-ce qu'il y a encore du monde à l'intérieur ? demanda un pompier à un curieux.

— Ça a l'air qu'un gars est remonté au deuxième, l'appartement de ce côté-ci, pour chercher sa guitare !

Le pompier laissa échapper un juron et courut en avertir immédiatement son supérieur. Quelques hommes munis de masques se préparèrent à investir l'édifice.

À l'intérieur, Gerry était finalement parvenu à localiser le divan. Il ne se promenait plus à quatre pattes maintenant. Il rampait. Il sentit le mur du salon qui aboutissait sur le corridor. Il était dans la bonne direction. Couché sur le côté, tirant sa guitare le long de son corps, Gerry ne pensait qu'à prendre une bouffée d'air. Ses poumons étaient sur le point d'exploser. Plus que deux mètres à faire. Le bruit était maintenant terrifiant. Les crépitements du début avaient fait place à des bruits de chutes d'objets. S'il avait pu ouvrir les yeux, Gerry aurait vu l'enfer.

Plus qu'un mètre à faire. Il ouvrit les yeux et vit enfin la porte extérieure. Il accéléra le rythme. Un dernier effort avant de goûter à de l'air. Il se souviendrait toute sa vie de ce sentiment d'étouffement et de la panique qui l'accompagne. À quel moment exactement lâche-t-on prise? Qu'est-ce qui fait qu'on continue malgré tout? D'où vient ce sentiment de survie et pourquoi certains le vivent-ils plus longtemps que d'autres? Une question de courage ou tout simplement la nature profonde de chaque être humain?

Gerry poussa enfin la porte de sa main droite et décida à cet instant que, peu importe la présence de la fumée ou non, il lui fallait respirer. La bouffée qu'il prit alors était un mélange d'air pur et de fumée, mais cela fut suffisant pour lui permettre de survivre. En expulsant l'air de ses poumons et en faisant le plein par la suite, il sentit la vie revenir en lui. L'expérience était intense. Jamais il n'avait côtoyé la mort d'aussi près. Bien sûr, il y avait des choses bien pires comme demeurer des heures coincé dans une automobile accidentée ou dans un profond trou, mais, pour lui, c'est ce qu'il avait vécu de plus intense jusqu'ici et cela le fascinait, l'excitait.

— Hé, regardez! C'est le gars avec sa guitare. Il est sur la galerie.

— Maudit malade! jugea l'un des curieux.

Gerry se releva et sentit que même la galerie semblait chambranler. En voyant l'homme se diriger vraisemblablement vers l'escalier, deux pompiers qui s'apprêtaient à y grimper redescendirent et se mirent, eux aussi, à arroser l'extérieur de l'immeuble pour faire baisser la température. Tout laissait croire que leur travail se limiterait à protéger les immeubles voisins, tellement les flammes étaient maintenant intenses.

Gerry avait vaincu la mort, tel un surhomme. Il passa devant la fenêtre de l'appartement de sa voisine. Il se dit qu'elle n'avait sûrement pas pu sortir et que personne en bas n'avait dû penser à elle. Elle était là, effectivement, à genoux devant sa chaise berceuse, dans une ultime tentative pour se rendre à la porte.

Gerry la regarda un instant. L'épouvante se lisait sur son visage. Sans secours, elle serait brûlée vive. Gerry sentit qu'il avait le droit de vie et de mort sur la vieille dame, comme l'empereur devant le gladiateur défait. Un sentiment jamais éprouvé auparavant l'envahit.

Elle vit soudainement Gerry. Hésitant une seconde, il décida finalement d'entrer dans l'appartement où il y avait beaucoup moins de fumée que dans le sien.

En voyant Gerry, la dame sourit de satisfaction. Enfin quelqu'un qui s'occupait d'elle. Son voisin allait la sortir de là. Elle regrettait déjà de l'avoir si souvent engueulé parce qu'il jouait de la musique un peu trop bruyamment à son goût. Elle avait de la difficulté à marcher, comment allait-il faire pour la transporter jusqu'en bas? Surtout qu'il avait déjà sa guitare dans les mains.

Gerry s'approcha d'elle. La dame âgée lui rappela encore sa propre grand-mère, la mère de son père, une véritable chipie. Il se souvenait de son visage tout ridé qui lui faisait peur. Elle avait des yeux couleur marron, sévères. Elle ne manquait jamais de lui faire un reproche ou de dire à sa belle-fille qu'elle ne savait pas comment élever un enfant. Il la détestait.

Elle n'hésitait pas à le corriger pour un oui ou pour un non. «La strappe!», hurlait-elle avant de le battre chaque fois que ses parents le laissaient seul avec elle. Il allait lui régler son compte une fois pour toutes. Il entrouvrit doucement la porte de l'appartement.

Dans la pièce enfumée, sa voisine regarda dans sa direction, reconnaissante. Elle tendit les mains vers le secours qui s'offrait à elle, enfin. Gerry s'approcha d'elle et se donna un élan pour la frapper violemment au visage. Assommée, la vieille dame s'écroula. Gerry se retourna aussi vite et quitta l'appartement. Il entendit un bruit sourd. C'était le plafond qui venait de tomber dans son appartement.

Il descendit les marches et arriva enfin sur le trottoir où deux pompiers déposèrent une couverture grise sur son dos et le dirigèrent vers une ambulance pour recevoir des soins.

— Ça va? demanda un pompier.

— Oui, merci.

— C'était quoi l'idée de risquer votre vie pour une guitare?

Gerry ne répondit rien.

— Il y a quelqu'un d'autre à l'intérieur à votre connaissance?

Gerry hésita un instant, toussa un peu.

— Non, pas à ce que je sache, répondit-il.

— Allez, venez, on va vous trouver un peu de chaleur.

— Ce n'est pas ça qui manque pourtant, dit Gerry en esquissant un sourire.

En passant devant la bande de curieux sur le trottoir, Gerry aperçut son voisin du dessous qui le fixait intensément en ayant l'air de l'accuser d'avoir mis le feu à l'immeuble.

— C'est quoi ton problème? lui cria Gerry à quelques mètres de distance.

Le voisin releva le menton pour envoyer promener ce minable qu'était Gerry pour lui. Le musicien le fixa avec mépris. S'il en avait eu l'occasion, il l'aurait poussé dans le feu lui aussi.

2

Il était près de six heures du matin lorsque Gerry fut conduit par les bénévoles de la Croix-Rouge dans un hôtel du boulevard du Séminaire. Rien de très luxueux, mais tout de même confortable pour un homme qui vivait jusqu'ici dans un deux et demie et qui n'avait rien d'autre que sa guitare.

— Prenez l'avant-midi pour dormir un peu et ensuite, on verra ce qu'on peut faire, lui dit l'homme d'une cinquantaine d'années, bénévole de la Croix-Rouge.

— Merci, répondit Gerry.

— Si vous avez faim, vous pouvez profiter du buffet de l'hôtel. Je crois que c'est ouvert à partir de six heures et demie. Sinon, pour ce midi, il y a le restaurant.

Gerry ne répondit rien et le bénévole rectifia le tir aussitôt.

— Je suis vraiment désolé. Évidemment, vous n'avez pas d'argent avec vous. Ne vous inquiétez pas, vous n'avez qu'à présenter cette carte au restaurant de l'hôtel et la Croix-Rouge assumera vos frais de subsistance pour les trois prochains jours, le temps de vous retourner. Vous avez de la famille?

— Non.

— Des assurances?

— Non.

— Un emploi?

— Pas vraiment.

— Bof, comme on dit, vous avez vos deux jambes et vos deux bras, c'est ce qui compte! conclut le bénévole en souriant et en tendant une carte à Gerry qui la prit, puis referma la porte de la chambre.

Assis au pied du lit, Gerry observa sa guitare qu'il avait appuyée sur le bureau de la chambre en arrivant. Il repensa au risque énorme qu'il avait pris pour elle et, au lieu de se trouver ridicule d'avoir posé un tel geste, il en éprouva, au contraire, une grande fierté. Il se souviendrait à tout jamais de tout ce qu'il avait vécu au cours de ces minutes dans la fumée.

Gerry se laissa tomber sur le lit douillet et réalisa qu'il n'avait pas encore vu la salle de bain. Il se releva pour s'y rendre. Il ouvrit la porte de la salle de bain et fut agréablement surpris de voir de belles serviettes blanches bien alignées. Il y avait également des petites bouteilles d'échantillons de shampoing, de revitalisant et de gel douche. Le comptoir, en imitation de marbre, donnait une impression de richesse et de prospérité. Il tira le rideau de douche pour découvrir un bain propre et accueillant. Sans attendre un instant de plus, il ouvrit le robinet et sentit la chaleur immédiate de l'eau sur sa main. Tout en retirant ses vêtements, il réalisa que c'étaient les seuls qu'il avait. Un vieux coton ouaté gris portant l'inscription Harvard au devant, un jeans troué sur le genou, des bottes d'hiver usées, un manteau de feutre noir auquel il manquait deux boutons à l'avant ainsi qu'une tuque noire.

Assis dans le bain, écoutant l'eau couler, Gerry refusa de pleurer sur son sort. Pas question de verser une larme, se répétait-il.

— C'est le destin qui m'amène ici aujourd'hui. La vie est un jeu et je vais jouer avec toi, dit-il à haute voix dans le bain.

Puis, comme s'il voulait être certain que personne n'entende ses réflexions, pas même la vie elle-même, il se coucha dans le bain, se laissa immerger complètement et chuchota dans sa tête.

— Maudite vie sale! Tu dois être fière. Tu m'as pris par surprise. Ce que tu ne sais pas, c'est que moi aussi, je suis capable de te surprendre.

Ensuite, Gerry savoura son bain comme si c'était le premier qu'il prenait depuis des années. Dans son appartement, il se servait surtout de la douche et comme sa salle de bain était minuscule et peu invitante, se laver devenait une obligation plutôt qu'un plaisir.

Cette fois, il prenait le temps. Il essaya les différentes mini bouteilles à sa disposition et en sentait le contenu. Il fit mousser l'eau de son bain et s'imagina un instant menant la grande vie.

Une fois propre et tout plissé, Gerry sortit du bain et se réfugia dans la plus grande serviette qu'il put trouver. Même s'il était presque sept heures du matin et qu'il avait pratiquement passé la nuit debout, il était incapable de dormir. Il s'approcha de la fenêtre et ouvrit les rideaux. Il faisait encore noir. Après tout, on était en plein milieu du mois de février. Il sentait le froid à travers la vitre de la chambre.

Gerry s'étendit sur le lit et ouvrit le poste de télévision. Il passa des canaux anglophones aux postes américains, puis aux stations montréalaises. Soudainement, il vit des images de son immeuble à l'écran. Il monta le son pour mieux entendre le lecteur de nouvelles du matin.

— Incendie majeur cette nuit, au centre-ville de Saint-Jean-sur-Richelieu, alors qu'un immeuble de six logements a été ravagé par les flammes. L'incendie a causé la mort d'une dame âgée qui a été incapable de sortir de son appartement en flammes. Selon des voisins, la vieille dame a sans doute succombé sans être consciente de l'ampleur du sinistre.

Gerry, lui, se souvint du regard compatissant de la dame et savait qu'elle était pleinement consciente de ce qui se passait. Elle est bien mieux morte, la vieille folle, pensa Gerry.

— La cause de l'incendie n'est pas encore officielle, mais selon les premiers éléments de l'enquête, il serait dû à un feu de cuisinière, rapporta le journaliste.

— C'est qui le cave qui se faisait des frites à trois heures du matin? dit Gerry à haute voix.

— Pour l'instant, l'enquête se poursuit et les locataires ont été relocalisés par la Croix-Rouge. Plus de détails lors de nos prochains bulletins.

Gerry ferma le poste de télévision et s'installa sous les couvertures. Avant de s'endormir, il réfléchit à ce qui venait d'arriver et à la fragilité de la vie. Tout pouvait basculer en un rien de temps. Une journée, on est heureux, le lendemain, on doit faire face à un drame. C'est la vie qui fixe les règles du jeu et nous n'avons qu'à les subir, pensa Gerry.

— Trop injuste, dit-il tout bas avant de s'endormir.

Il se réveilla vers onze heures trente et aussitôt les yeux ouverts, il alluma le téléviseur au canal de nouvelles en continu afin de savoir s'il y avait du nouveau dans l'enquête sur l'incendie. En fait, il voulait surtout savoir s'il y avait du nouveau sur la vieille dame morte. Que pouvait-il y avoir de nouveau? Elle était morte asphyxiée dans l'incendie. Il n'y avait rien de plus à ajouter. Mais Gerry revoyait son visage résilient à l'approche de la mort. Il aurait aimé savoir comment elle avait vécu la transition entre la vie et la mort. Il aurait voulu savoir où elle était maintenant et sous quelle forme. Cependant, ce type d'informations ne faisait pas partie du bulletin de nouvelles.

Il se regarda dans le miroir de la salle de bain. À 38 ans, son corps était mince et peu musclé. Ses cheveux noirs étaient longs et épais sur la nuque et une mèche lui descendait sur l'œil droit. Ses yeux bleus gris contrastaient avec la couleur de ses cheveux, lui donnant parfois un air sévère et parfois enjôleur. Gerry prit la pause d'un culturiste devant le miroir en retenant son souffle. Puis, il éclata de rire et fit couler l'eau de la douche. Il remit ses vieux vêtements avec la ferme intention de s'en procurer de nouveaux dès sa sortie de l'hôtel. Ils sentaient la fumée et ils étaient sales alors que lui était étincelant.

Quelques minutes plus tard, il se présenta au restaurant de l'hôtel et, tout comme le bénévole le lui avait expliqué, la préposée à la salle à manger accepta son coupon sans maugréer. Gerry se sentait comme un client régulier de l'hôtel et non comme une personne résidant dans un centre d'accueil pour évacués.

Après avoir mangé à sa faim, Gerry quitta le restaurant et passa devant une table où se tenaient des bénévoles de la Croix-Rouge. Normalement, il aurait dû s'y arrêter pour discuter de la réorganisation de sa vie pour les prochains jours. L'aide de l'organisme ne durerait que trois jours. Après cela, plus rien. Il savait bien que personne ne lui viendrait en aide. Sauf qu'aujourd'hui, il avait d'autres plans en tête.

Gerry fouilla dans ses poches et sortit son portefeuille. Heureusement pour lui, il n'avait pas eu à le chercher le soir de l'incendie. Son portefeuille était toujours dans sa poche de jeans. Il en tira sa carte de guichet et se mit à la recherche d'une institution bancaire, qu'il trouva à quelques coins de rue.

Après avoir inséré sa carte, il lut le solde de son compte, soit 521,36 $. C'est tout ce qu'il lui restait des quelques emplois qu'il avait exercés ces derniers mois. Il avait été commis à l'épicerie, peintre en travaillant au noir et livreur pour une chaîne de restaurants. Il s'agissait d'emplois temporaires qu'il avait détestés. Ce qu'il voulait depuis toujours était pourtant simple. Il souhaitait faire de la musique, peu importe l'environnement dans lequel il aurait à travailler.

Pour lui, la musique était synonyme de liberté et de création. En un sens, la musique lui avait sauvé la vie à plusieurs occasions. Plus jeune, tout petit, alors que ses parents ne cessaient de crier et de se quereller, il s'enfermait dans sa chambre et jouait de la flûte à bec pour se sauver de cette ambiance sordide. Lorsque les cris de sa mère devenaient insoutenables, il se réfugiait dans le placard de sa chambre pour avoir l'impression d'être encore plus loin. Puis, adolescent, un de ses amis lui avait fait découvrir la guitare. Gerry se rappellerait toujours la première fois qu'il avait pris l'instrument dans ses mains. L'objet était lourd, impressionnant et encombrant. Le défi était de le maîtriser.

Son ami lui avait appris quelques accords, suffisamment pour interpréter quelques chansons à l'oreille. En travaillant ici et là, Gerry avait réussi à se procurer une guitare Norman usagée. Elle était devenue son amie, sa seule véritable amie qu'il avait avec lui depuis plus de vingt ans maintenant.

Au guichet automatique, Gerry retira deux cents dollars de son compte. Il repéra ensuite un magasin grande surface où il dénicha une nouvelle paire de jeans, deux chandails à manches longues ainsi que des sous-vêtements et des bas. Cela lui permettrait de se présenter à peu près n'importe où. Son manteau et ses bottes pourraient encore survivre à l'hiver.

Heureux de ses achats, Gerry marcha longuement sur le boule-vard du Séminaire, puis vers le centre-ville pour revoir l'immeuble où il habitait la veille. En chemin, il aperçut un bar-café qui semblait plu-tôt sympathique. Le cœur léger, Gerry y entra et prit place au comptoir. La fin d'après-midi approchait et les clients commençaient à arriver.

Un groupe de jeunes, probablement des étudiants du cégep situé tout près, étaient attablés dans un coin et parlaient fort. Deux jeunes cadres branchés entrèrent ensuite, sans doute homosexuels, se dit Gerry.

À deux bancs du sien, au bar, était assis un jeune garçon dans la vingtaine. Il sirotait ce qui semblait être un verre d'eau minérale. Gerry l'observa un moment et conclut qu'il ne faisait qu'écouler le temps. Au même moment, le jeune tourna la tête en direction de Gerry et lui sourit timidement.

— Ça va ? demanda Gerry.

— Qui moi ? Oui, oui, ne vous en faites pas pour moi, j'étais dans la lune.

— Ah.

Le jeune homme sentait le regard interrogatif de Gerry sur lui.

— En fait, je travaille ici, ajouta le jeune.

— Ah, d'accord. Ça explique mieux le fait que vous avez l'air de vous ennuyer, répondit Gerry.

— J'attends cinq heures pour commencer. C'est moi... c'est moi qui chante, là-bas dans le coin.

— Vraiment ? demanda Gerry soudainement très intéressé par le sujet.

— Ouais, le problème, c'est que ce sera la première fois dans la ré-gion de Montréal et que j'ai le trac.

Gerry se rapprocha d'un siège pour être directement assis à côté de l'artiste.

— Tu veux dire, la première, première fois ?

— J'ai chanté dans des mariages sur la Côte-Nord d'où je viens, mais en ville, devant un vrai public, c'est la première fois.

— Comment as-tu réussi à avoir ce job ?

— J'ai mis une vidéo en ligne avec mes coordonnées et j'ai eu un appel du propriétaire qui m'embauchait à l'essai pour une semaine.

Gerry réalisa qu'il était très en retard sur tous ces moyens technologiques disponibles. Il n'avait pas eu la chance d'être souvent en contact avec des ordinateurs et il le regrettait. Dorénavant, il ferait plus attention et il tenterait de se mettre à jour. Tout passait par là aujourd'hui et cette discussion avec le jeune artiste le fouettait.

— Je te paye un verre ? demanda Gerry au chanteur.

— Je ne sais si je devrais, répondit l'autre.

— Je suis certain que cela va t'aider à te décontracter.

Gerry leva la main et fit signe au barman de s'approcher. Il commanda deux verres de cognac comme s'il était un habitué de la place. Le barman se retourna, s'empara habilement de la bouteille et mesura deux portions de cognac qu'il déposa ensuite devant les deux hommes. Gerry, sans attendre le montant de l'addition, déposa quinze dollars sur le bar et fit signe au barman qu'il pouvait garder la monnaie en ignorant totalement s'il en avait laissé trop ou pas assez. À voir la réaction du serveur, Gerry comprit qu'il avait agi correctement.

— Bienvenue à Saint-Jean et au lancement de ta carrière ! dit Gerry en levant son verre.

Timidement, le jeune garçon prit son verre et le leva à son tour.

— Merci.

— Moi, c'est Gerry. Gerry Mercier.

— Steve Dufour.

Les deux hommes se serrèrent la main pour faire officiellement connaissance et reprirent une gorgée de cognac. Gerry sentait maintenant qu'il avait le droit de tout savoir du jeune homme. Il lui posa mille questions sur son cheminement, sa façon d'apprendre des chansons via des sites Web où l'on fournit les paroles et les accords d'à peu près n'importe laquelle des chansons anglophones ou francophones. Gerry y allait toujours à tâtons pour essayer de trouver des airs connus. Avoir su que l'Internet pouvait lui donner tout cela en quelques secondes, il se serait procuré un ordinateur depuis fort longtemps.

Un homme corpulent s'approcha d'eux. Il portait une chemise blanche trop petite pour lui, laissant entrevoir une partie de son nombril entre deux boutons.

— Hé kid, c'est à ton tour. Go, les clients ont besoin d'un artiste.

Steve sentit ses genoux plier sous son poids. Il prit une bonne respiration et se leva pour se diriger vers un petit coin du bar aménagé pour « le chanteur en service ». Il y avait un tabouret, un micro sur pied, une petite console reliée à un ordinateur portable à droite et une petite table à gauche sur laquelle un verre d'eau avait été déposé.

Steve s'empara de sa guitare et passa la courroie par-dessus sa tête. Gerry observait chacun de ses gestes avec grand intérêt alors que dans la salle, la trentaine de personnes ne se souciaient aucunement de l'artiste qui allait s'exécuter devant eux.

— Bonsoir... euh bonjour, c'est encore le jour, même s'il fait noir... entama maladroitement Steve tout en ajoutant un rire gras et stupide.

Heureusement pour lui, les spectateurs n'avaient porté aucune attention à ses propos. Steve persistait.

— Bonsoir... est-ce que vous m'entendez bien ? demanda-t-il réalisant qu'il soit là ou pas ne ferait aucune différence.

Derrière le comptoir, près de Gerry, le propriétaire du bar lui faisait de grands signes pour lui faire comprendre qu'il n'était pas à la Place des Arts pour donner un concert.

— Chante, *tabarnac* ! laissa-t-il soudainement échapper un peu plus fort qu'il aurait dû.

Les clients des deux tables situées près du bar se mirent à rire, amusés. Steve n'entendit pas la remarque du patron, mais fit quand même résonner ses premiers accords de guitare. Il avait choisi une chanson en anglais de Jason Mraz qu'il interpréta somme toute assez bien. C'était avec cette chanson qu'il avait réussi à capter l'attention du propriétaire du bar johannais.

Ce dernier se tourna vers son barman.

— J'espère qu'il en connaît d'autres, le jeune !

— De toute façon, il pourrait chanter la même toune toute la soirée, personne n'écoute. Je me demande pourquoi vous persistez à avoir un chanteur « live ». Un bon système de son et un DJ feraient la job en masse.

— C'est pour ça que t'es barman et que je suis le propriétaire ! répliqua le patron alors que l'employé reprit son torchon pour essuyer le comptoir.

Quand Steve eut terminé sa chanson, personne n'applaudit, personne ne le regarda. Pourtant, il avait sorti son meilleur atout. L'insécurité le gagna davantage. Il fit tout en son pouvoir pour garder son calme, mais il lui semblait avoir la bouche sèche soudainement. Il en avait mal au ventre et si on lui avait offert un vol direct vers la Côte-Nord à cet instant précis, il aurait tout laissé derrière lui.

Gerry, lui, le regardait et l'enviait, malgré la froideur apparente de l'auditoire. Il avait souvent entendu des chanteurs expérimentés raconter comment ils avaient commencé leur carrière dans des bars et, pour la première fois, il pouvait facilement imaginer l'effet. Il n'était que cinq heures. Qu'est-ce que cela devait être à minuit quand la clientèle était saoule ? Il fallait ou bien être fait très fort, ou bien avoir beaucoup de talent pour passer au travers. Visiblement, pour l'instant du moins, le pauvre Steve n'avait ni l'un ni l'autre.

Le chanteur enchaîna quelques chansons francophones tirées des répertoires d'Éric Lapointe ou de Dumas. Il terminait toujours ses chansons de la même manière, c'est-à-dire qu'après la dernière note, il s'approchait du micro et chuchotait le nom de l'artiste qu'il venait d'interpréter.

— Éric Lapointe...

— Dumas...

Aucun applaudissement, aucune réaction sauf celle du propriétaire, découragé.

— *Tabarnac*, il va vider mon bar avant même qu'il se remplisse ! dit-il en s'adressant à la première personne près de lui, en l'occurrence Gerry.

— Un bon système de son... répéta le barman en reprenant rapidement son travail pour éviter les foudres de son patron.

Après quarante-cinq minutes, Steve quitta sa place. Il n'eut pas la chance de dire à «son public» qu'il prenait une pause pour revenir plus tard. Aussitôt la dernière note poussée, il déposa sa guitare. Tout ce qu'il souhaitait était de quitter l'endroit.

Steve s'approcha de Gerry qui semblait être son seul allié.

— À mon tour de payer le cognac, j'en ai bien besoin, fit-il en commandant deux verres au barman.

— Toujours plus difficile la première fois, c'est normal, répondit Gerry.

— Je ne sais pas ce que je donnerais pour que quelqu'un prenne ma place, dit Steve.

— Es-tu sérieux? demanda Gerry. T'as la chance de commencer quelque chose dans la région de Montréal. Pensais-tu vraiment que tu ferais le Centre Bell la semaine prochaine?

— Non, c'est sûr, répondit candidement Steve.

— Tu vois, les gens ici se foutent complètement de qui est en avant. Ce qu'ils veulent, c'est qu'on vienne les surprendre. Le monde est devenu comme cela, c'est juste les chocs qui font réagir, bons ou mauvais.

Voyant l'intérêt de Steve, qui était prêt, du reste, à écouter n'importe quoi afin d'oublier ce qu'il avait à faire, Gerry se lança dans une explication sur les réactions du public en général face aux catastrophes naturelles ou aux soulèvements populaires.

— C'est le seul moment où on est intéressé à savoir où se trouvent certains pays dans le monde, dit-il, et cela ne dure que quelques heures.

Gerry aurait pu parler pendant des heures et des heures de cette société qui n'écoute plus rien, qui n'apprécie plus rien, mais il se retint. Il changea de sujet de conversation pour parler musique, un sujet qui intéresserait Steve davantage. Gerry était tellement passionné par la musique que le jeune chanteur ne put faire autrement que de lui demander directement s'il était lui-même musicien.

— Oui, à mes heures, c'est certain.

— Tu ne voudrais pas me remplacer, le temps de quelques chansons?

Pour la première fois, Gerry fut décontenancé par la proposition, trop directe pour lui.

— Je ne sais pas trop, le patron ne serait sûrement pas content.

— On s'en fout du patron. De toute façon, il va sans doute me mettre à la porte à la fin de la soirée. Allez, depuis tantôt que tu me trouves chanceux. Vas-y, gâte-toi!

Le cerveau de Gerry tournait à 100 à l'heure. Il revoyait d'un seul coup toutes les chansons qu'il connaissait. L'expérience lui tentait, c'était évident. Mais, pour faire cela, il aurait eu besoin de préparation.

— Je ne suis pas prêt, dit-il à Steve.

— Hé, tu viens de me dire que les gens réagissent seulement à des chocs et des surprises...

Gerry était pris au piège.

— OK. Tantôt, tu vas sur scène et tu me présentes comme un vieil ami que tu n'as pas vu depuis longtemps et à qui tu offres de venir faire une couple de chansons. Tu n'en mets pas trop, d'accord ?

— Facile. Tu me sauves la vie.

— Ne te réjouis pas trop vite, on va peut-être se faire sortir tous les deux.

Gerry et Steve levèrent leurs verres pour conclure le marché.

3

Trente minutes plus tard, le patron de la boîte fit signe à Steve de retourner au micro. Il était près de sept heures. La clientèle des « 5 à 7 » avait quitté la place et le bar était pratiquement désert. Steve et Gerry convinrent que l'invitation à chanter à l'ancien copain ne se ferait pas avant 22 heures. Tant qu'à faire un coup d'éclat, aussi bien attendre que l'endroit soit bondé.

La deuxième prestation de Steve se passa plutôt bien, mais il détesta tout autant. À sa troisième présence, vers 21 heures, trois étudiants le prirent en grippe et, de leur table, ils se moquaient de lui et de ses chansons. À la fin de chacune d'elles, ils s'amusaient à chuchoter le nom de l'artiste auteur de la chanson à la manière de Steve. Gerry, qui n'avait cessé de boire depuis quelques heures, sentait la colère monter en lui en écoutant ces trois étudiants se moquer. Il fit de grands efforts pour ne pas intervenir.

Steve prenait déjà plus d'assurance au micro et vers 22 heures, il s'installa sur son banc.

— Bonsoir...

Quelques « bonsoirs » furent entendus dans les premières rangées. Steve refit sa chanson de Jason Mraz, qui fut mieux accueillie que la première fois. Puis, il s'adressa à l'auditoire.

— Je suis très heureux d'être à Saint-Jean-sur-Richelieu ce soir.

— Oh, il était sans doute en spectacle à New York hier, fit l'un des trois étudiants pour se moquer.

— J'aimerais vous présenter un ami que j'ai rencontré par hasard ici ce soir. Nous avons fait la tournée des bars du Québec ensemble à quelques reprises et il a accepté de venir nous faire quelques chansons. Mesdames et Messieurs, Gerry Mercier...

— C'est quoi ça ? fit le propriétaire du bar en regardant son barman.

— Aucune idée, répondit celui-ci.

Le patron et l'employé furent doublement surpris lorsqu'ils virent Gerry se lever du bar et se diriger vers la scène. Le patron leva les bras en signe de découragement. Gerry s'approcha de Steve.

— Une chance que je t'ai dit de ne pas trop en mettre... le tour du Québec !

— Les gens aiment les surprises, Gerry.

Il avait le trac, mais il éprouvait également une émotion qu'il ne connaissait pas, celle d'avoir le pouvoir sur ce qu'il faisait et il avait bien l'intention d'en profiter.

Sans dire un mot au public, Gerry s'empara de la guitare de Steve, l'évalua d'un coup d'œil avant de la porter sur son genou. Il jeta un regard vers le public en cachant ses yeux d'une main pour se protéger de la lumière éblouissante du petit projecteur qui l'éclairait. Il put voir la salle dans son ensemble. Ce geste et ce temps mort provoquèrent un moment de silence. Sans le savoir, d'un coup, il avait capté l'attention du public. Il retiendrait la leçon.

Gerry entreprit une pièce instrumentale à la guitare tirée de la série télévisée à succès « *Sons of anarchy* » intitulée *Fortunate Son*, de Lyle Workman and The Forest Rangers. C'était un genre de folk américain qui demandait une certaine dextérité. Gerry maîtrisait bien la pièce à deux guitares, même s'il l'avait adaptée pour une seule.

— Pas mal, dit le patron à son employé.

Steve fut impressionné également. À la dernière note, le public applaudit la performance de Gerry, au grand plaisir du patron de la boîte. Gerry salua de la tête pour remercier. Voyant que le public semblait apprécier ce genre de rythme, il enchaîna avec quelques chansons américaines un peu country faisant découvrir sa voix douce, et en même temps un peu rauque.

Après trois chansons, il se leva de son banc sous les applaudissements et retourna s'asseoir au bar alors que Steve reprit sa place. Il ne se passa pas deux minutes avant que les gens recommencent à parler entre eux. La magie n'était déjà plus au rendez-vous.

Aussitôt retourné au bar, Gerry reçut trois verres de cognac de la part du barman, plus qu'il ne lui en fallait.

— Le premier, c'est du patron. Le deuxième, c'est de l'homme là-bas, mais je te le dis tout de suite, il joue dans l'autre équipe... à moins que..., ajouta le barman pour s'excuser à l'avance.

— Non, pas de problème, jusqu'ici je les préfère avec des seins.

— Dans ce cas, le troisième verre devrait t'intéresser. Ça vient de la madame blonde là-bas dans le coin. Elle est seule à sa table. Première fois que je la vois ici. Elle respire le cash et le bon parfum. Elle doit approcher la cinquantaine, c'est les meilleures! expliqua le barman comme s'il était un grand connaisseur en la matière.

Pour l'instant, Gerry ne s'intéressait pas aux verres de cognac devant lui, ni de qui les lui avait offerts. Il venait de vivre un moment intense et il en était fier. Il avait osé. Il avait fait quelque chose d'inhabituel et surtout, il avait maîtrisé le moment. Une sensation de pouvoir l'envahit subitement. Il semblait avoir grandi de quelques centimètres.

Pendant ce temps, Steve faisait son possible sur la scène, mais sans grands résultats. Les trois étudiants avaient recommencé à le narguer et le public à l'ignorer. Gerry prit une gorgée de cognac et se dirigea vers eux. Il se pencha vers le premier en lui mettant la main sur le cou derrière la tête, mais sans trop serrer, un geste qui, à la limite, pouvait avoir l'air amical.

— Hé, les amis, savez-vous à quel point c'est difficile de faire ce qu'il fait? Est-ce qu'on pourrait lui donner une chance? Je vous paye une bière et vous le laissez travailler, c'est d'accord? demanda Gerry en ajoutant un peu de pression sur la nuque du jeune étudiant.

— On peut faire ça, répondit le jeune, visiblement éméché.

— Vous pouvez faire ça, c'est très bien. Je vous fais apporter trois bières et je vous souhaite une bonne soirée.

Gerry retira sa main en la glissant sur les cheveux du jeune homme. Il s'empara également discrètement du portefeuille du jeune homme en fouillant dans la poche de son manteau étendu sur le dossier de sa chaise.

En retournant au bar, Gerry en sortit un billet de vingt dollars et demanda au serveur d'apporter trois bières aux étudiants.

Une fois à sa place, Gerry reprit une gorgée de cognac, fier de son coup.

— C'était bien tout à l'heure, dit le patron du bar en s'adressant à lui. Ça fait longtemps que tu fais cela, ça paraît. J'ai toujours su détecter le talent.

— Merci, fit Gerry, flatté.

— Écoute, je ne sais pas si tu travailles beaucoup en ce moment. Je dois garder le jeune une semaine, mais je pense bien qu'il devra aller apprendre le métier ailleurs. Si tu veux, la place est à toi pour quelques semaines, ensuite on verra.

La proposition ramena Gerry sur terre. Il vivait une belle soirée, mais la réalité demeurait. Dans deux jours, il n'aurait plus de place où aller, pas de vêtements et sans doute plus d'argent. Sans réfléchir davantage, il accepta la proposition.

— Cent dollars par soir, pas de reçu, pas de facture. La boisson au prix du personnel.

— Je commence quand?

— T'as déjà commencé. Bar open pour toi ce soir. Compris, Mike? dit-il en s'adressant au barman. Je pense qu'on vient de trouver un bon système de son!

— Merci, répondit Gerry.

— J'espère que tu vas travailler fort, je ne veux pas me tromper.

— Vous pouvez compter sur moi.

— Tu peux m'appeler Vic!

Gerry regarda dans la salle et croisa le regard de l'homme qui lui avait payé un verre un peu plus tôt. Gerry le salua du regard en essayant d'être aussi clair que possible dans son langage non verbal pour ne laisser aucun doute quant à son orientation sexuelle. Puis, il scruta le fond de la salle et aperçut la dame blonde, commanditaire du troisième verre de cognac.

Gerry prit son verre et se dirigea vers elle. Il se sentait bien et tellement en contrôle. Même sa démarche était différente.

36

À quelques pas d'elle et malgré l'obscurité, Gerry put déceler qu'elle semblait effectivement être au début de la cinquantaine. Cheveux blonds, mi-longs et soignés, elle portait un rouge à lèvres lustré. Il n'arrivait pas encore à voir ses yeux. Elle avait de bonnes épaules laissant croire à un léger surplus de poids.

— Bonsoir, dit-il.

— Bonsoir, répondit-elle d'une voix grave pour une femme.

— Merci pour le verre.

— Je vous en prie.

— Je peux m'asseoir un instant?

Pour toute réponse, l'inconnue tira la chaise à côté d'elle et déplaça sa bourse sur la chaise voisine. Gerry se demandait par où il allait commencer. Il voulait éviter les phrases toutes faites telles que «vous venez souvent ici?» ou encore «belle ambiance, ce soir», mais il ne trouvait pas. Heureusement pour lui, c'est elle qui brisa la glace... avec une phrase toute faite.

— C'était bien tout à l'heure, vous jouez très bien.

— Je vous remercie. Je m'appelle Gerry.

— Claire, dit-elle en lui tendant la main. Je pense que j'ai un peu trop bu.

— La soirée est jeune encore. Qu'est-ce que vous buvez?

— Un classique, vodka jus d'orange. Vous aimez?

— J'aime la vodka jus d'orange à 50-50... le jus d'orange le matin et la vodka le soir! Mais je préfère le cognac, blagua Gerry.

Claire ria de bon cœur. Elle était déjà sous le charme de cet homme d'une dizaine d'années plus jeune qu'elle. La conversation s'anima rapidement alors que les vodkas jus d'orange s'enfilaient.

— J'ai bien l'impression que je ne pourrai pas conduire mon auto, dit-elle en regardant sa montre.

— Je peux le faire pour toi.

— Tu ferais ça? Ah, merci, mon petit nez rouge, répondit-elle en faisant référence à l'organisme qui s'occupe de conduire les personnes en état d'ébriété à la maison en toute sécurité.

Claire passa sa main sur le côté du visage de Gerry et ses intentions étaient faciles à comprendre. Gerry, lui, avait une autre idée en tête.

— Où est ta voiture ? demanda-t-il.

— Dans la rue, juste à côté. C'est une Nissan noire.

— Il fait encore froid. Je prends les clefs et je t'attends dans cinq minutes, dans la ruelle derrière. D'accord ?

— Adorable ! dit-elle, avec une voix qui trahissait son état d'ébriété.

Gerry sortit discrètement du bar, releva son col et mit ses gants, et trouva la Nissan noire. Il mit le contact et se réchauffa les mains. Puis, il fit le tour du pâté de maisons et stoppa ensuite dans le fond d'une ruelle. Les vitres teintées de l'automobile empêchaient les gens de voir à l'intérieur.

Claire sortit du bar en titubant quelque peu. Elle aperçut son véhicule et tenta de faire quelques pas de course pour échapper au froid. Après deux ou trois pas, elle y renonça.

Elle monta à bord et voulut se jeter immédiatement au cou de Gerry.

— Non, attends un peu, il fait trop froid. On va s'éloigner un peu pour être plus tranquille, répondit Gerry en s'éloignant d'elle.

Claire fit la moue et posa sa tête sur le haut du siège. L'alcool et la fatigue commençaient à faire effet. Gerry avait peu de renseignements sur elle. Tout ce qu'elle lui avait dit, c'est qu'elle venait de se séparer, qu'elle vivait maintenant seule et qu'elle souffrait de solitude. Pour le reste, il n'en savait rien et cela ne l'intéressait guère. Il ne voulait pas savoir si elle était riche ou très riche, si elle avait des enfants, l'endroit où elle travaillait. Gerry avait un plan en tête et c'est tout ce qui comptait.

Gerry fit un kilomètre ou deux en direction du cégep à la recherche d'une rue déserte. Puis, il eut une idée et reprit le chemin du centre-ville, vers la marina où se trouvait un stationnement municipal peu fréquenté. Il était près d'une heure du matin. Arrivé sur place, il ferma les lumières et éteignit le moteur. Son cœur battait à tout rompre et voulait sortir de sa poitrine. À côté de lui, Claire sommeillait un peu.

Visiblement, dans son état, elle ne pourrait pas faire l'amour avec lui dans l'automobile... mais ce n'est pas ce qu'il souhaitait non plus.

Il s'étira pour passer le bras par-dessus elle afin d'atteindre le loquet lui permettant de faire basculer le siège de Claire vers l'arrière. Lorsqu'elle sentit sa présence, elle laissa aller un soupir, donnant son accord pour avoir du sexe avec lui. Mais elle était trop endormie pour initier des jeux amoureux.

Gerry ne disait pas un mot. Il n'était pas à son aise derrière le volant. Il entreprit de se déplacer afin de se placer à califourchon sur Claire, ce qu'il réussit après un effort. Il avait chaud maintenant et il sentait la sueur lui descendre le long de la colonne vertébrale.

Le poids du corps de Gerry sur elle réveilla Claire. Elle porta sa main sur le sexe de Gerry et constata qu'il n'avait aucune érection.

— As-tu de la misère à bander ?

Gerry se redressa subitement et la regarda dans les yeux. Elle avait réveillé une colère subite en lui. Il plaça ses mains gantées sur la gorge de Claire et serra lentement. Il eut alors une pensée pour sa mère.

Au début, Claire ne réagit pas. Malgré son état, elle était d'accord à ce que quelqu'un abuse de son corps ce soir. Cela lui ferait peut-être du bien, après tout. Lorsqu'elle sentit les mains de Gerry sur son cou, elle crut qu'il s'agissait de gestes préliminaires à l'amour, tout simplement. Elle s'attendait ensuite qu'il la tripote partout, qu'il lui enlève ses vêtements et qu'il la prenne sauvagement. Elle était prête à cela et elle se laissait faire.

— Excuse-moi, Claire, c'est ma première fois, dit-il en serrant davantage.

À ce moment, Claire ouvrit les yeux et paniqua, mais il était déjà trop tard. Elle tenta de se débattre, mais le poids de Gerry sur elle l'empêchait de bouger. Il était en plein contrôle de la situation et il aimait cela. Claire ne le regardait pas directement dans les yeux. Son instinct de survie lui dictait plutôt de regarder autour si elle ne trouverait pas un objet quelconque avec lequel elle pourrait le frapper pour se dégager.

Gerry mit encore un peu plus de pression sur son cou. Il pouvait voir les yeux de Claire devenir rouges et exorbitants. Il n'en revenait pas de voir à quel point ces secondes pouvaient être longues avant de mourir. Il aurait dû compter avant de commencer. De cette façon, il aurait pu comparer la prochaine fois.

Gerry suait à grosses gouttes maintenant. Il avait beau y mettre toutes ses forces, Claire résistait. Il entendait les muscles et les cartilages du cou de sa victime se tordre et résister.

Claire ne se débattait presque plus et Gerry sentit enfin qu'elle venait de lâcher prise. Elle était prête maintenant à mourir et cela le fascinait.

— Voilà, c'est ça... comme ça... laisse-toi aller, ce sera le meilleur orgasme que tu n'as jamais eu...

Il aurait tant aimé qu'elle puisse parler pour partager ce qu'elle ressentait, pas tellement sur sa souffrance ou sa peur, mais plus précisément sur ce qu'elle voyait à cet instant. La mort le fascinait.

Claire ne bougeait plus. Ses yeux étaient toujours ouverts. Gerry les regarda longuement, hypnotisé par l'absence de toute émotion, de toute vie. Claire était partie, elle ne souffrirait plus de solitude. Elle n'aurait pas eu le courage de se suicider malgré ses malheurs. Au fond, il lui avait rendu service en la tuant et elle lui avait permis d'apprendre. Ils étaient quittes.

Gerry s'amusa quelques instants à bouger les bras de Claire et les laisser retomber. Il aurait aimé voir combien de temps le corps prendrait pour devenir rigide, mais il devait quitter la voiture et revenir au bar à pied. Heureusement, il n'était qu'à une dizaine de minutes à pied.

Gerry sortit de sa poche le portefeuille volé plus tôt dans la soirée à l'étudiant du bar. Il en retira une carte d'identité qu'il glissa entre les deux sièges. Il fouilla ensuite dans la poche de son manteau et sortit une serviette de papier. Il l'ouvrit et s'empara de quelques cheveux châtains du même étudiant qu'il avait bien pris la peine de lui arracher lorsqu'il lui avait parlé au bar. Il déposa délicatement ces quelques cheveux sur l'épaule de Claire en espérant que les enquêteurs feraient bien leur travail.

Il regarda par la fenêtre de l'auto pour s'assurer qu'il n'y avait personne dans le stationnement et il ouvrit la portière. Il se glissa à l'extérieur en prenant soin de vérifier qu'il n'avait rien laissé derrière lui. Il referma la porte doucement pour éviter un bruit qui résonnerait dans le voisinage. Puis, il s'éloigna. La nuit était froide, étoilée. Gerry marchait d'un bon pas, le sourire aux lèvres. Quelle journée il avait passée!

Soudainement, sans savoir pourquoi, il éclata en sanglots. C'était sans doute un trop-plein d'émotions. Il ressentait plusieurs sentiments simultanément; un mélange de peur, de satisfaction, de fierté et de honte. Mais il devait se reprendre et rapidement.

Une dizaine de minutes plus tard, il entrait discrètement au bar. Steve se préparait à retourner sur scène.

— Justement, je te cherchais, dit-il, tu veux remonter avec moi?

— Je ne sais bien pas ce que je pourrais chanter, tu avoueras que je n'ai pas eu beaucoup de temps pour me préparer.

— Ouais, j'avoue. Et si on le faisait à deux? Tu n'auras qu'à me suivre.

— OK, répondit Gerry qui avait soudainement l'impression que les gens le regardaient autrement, comme s'ils savaient tous ce qui venait de se passer. Il dut faire un effort pour se raisonner. C'était normal que tous les clients le regardent, c'était l'un des musiciens de la soirée après tout.

Quelques minutes plus tard, Steve présentait son nouveau copain à l'auditoire qui avait passablement changé au cours de la dernière heure. On y retrouvait maintenant davantage de gens qui avaient sans doute assisté à un spectacle au cabaret-théâtre, plut tôt dans la soirée. Ils semblaient plus calmes que la horde précédente, partie poursuivre la soirée dans un endroit plus bruyant. Gerry regarda vers la table où, il y a quelques heures, Claire était assise, toujours vivante. Il regarda aussi la table où se trouvaient les trois étudiants éméchés. Ils avaient également quitté l'endroit.

À la fermeture du bar, Gerry prit un dernier verre en compagnie de Steve et du barman. Malgré la quantité importante d'alcool ingurgité, Gerry avait toute sa tête. Il appela un taxi et se fit conduire à son hôtel où il s'endormit tout habillé sur son lit.

Vers cinq heures du matin, des patrouilleurs effectuant leur dernière ronde de la nuit aperçurent une voiture noire immobilisée dans le stationnement près de la marina. En passant à proximité, l'agent Pelletier interpella son collègue.

— Arrête-toi.

— Qu'est-ce qu'il y a?

— Je ne sais pas. La Nissan noire, pas de vignette, pas de logements autour. C'est peut-être une auto volée. On va voir?

— S'tie, fait pas chaud dehors, laissa tomber l'agent Dion qui aurait préféré passer tout droit et terminer son quart de travail paisiblement.

— Check la plaque, je vais aller voir, répondit Pelletier.

L'auto-patrouille recula et se plaça derrière la Nissan noire. Pendant que Dion entreprenait des recherches sur l'ordinateur de bord, Pelletier enfonça son chapeau de fourrure portant l'insigne du Service de police de la Ville de Saint-Jean-sur-Richelieu, enfila ses gants et prit sa lampe torche avec lui.

— Oh, pas chaud! dit-il en ouvrant la portière de la voiture.

En quelques secondes, Dion trouva les informations pertinentes au véhicule noir. La voiture était au nom de Claire Legendre, 52 ans, domiciliée rue de Musset à Saint-Jean-sur-Richelieu. Aucun antécédent, pas de billets d'infraction non payés, rien d'anormal.

Pendant ce temps, l'agent Pelletier s'approcha du véhicule et sursauta lorsqu'il vit, en dépit des vitres teintées, une forme sur le siège passager. Il frappa, délicatement d'abord, dans la vitre en pensant que la personne s'était endormie. Il lui était arrivé de surprendre un conducteur trop ivre ayant décidé de faire un somme avant de reprendre le volant.

N'ayant pas de réponse, il alluma la lampe torche et dirigea le faisceau à l'intérieur du véhicule. Il s'agissait bien d'une forme humaine, une femme à en juger par ses cheveux.

— Madame? Madame? dit-il.

Au même instant, l'agent Dion sortit de son véhicule.

— Rien à signaler à moins que l'auto n'ait été volée au cours des dernières heures. Le vol n'aurait pas encore été signalé.

L'agent Pelletier se décida enfin à ouvrir la portière de la Nissan et éclaira l'intérieur.

— Fuck!

— Quoi?

— Il y a une femme à l'intérieur, appelle une ambulance et le Centre de support opérationnel, ordonna Pelletier.

— 10-07, stationnement municipal près de la marina. Une femme retrouvée dans son véhicule! raconta-t-il sur les ondes policières. 10-07.

L'agent Pelletier retira son gant et plaça sa main sur la gorge de la victime. Le pouls était inexistant et sa peau avait commencé à refroidir. Selon toute vraisemblance, la dame était décédée, mais il faudrait le faire constater officiellement par un médecin, conclut Pelletier.

Quelques minutes plus tard, une ambulance et deux autres autos-patrouilles arrivèrent sur les lieux. Les ambulanciers s'approchèrent de la victime et constatèrent rapidement qu'il n'y avait plus rien à faire pour sauver la dame.

— Le médecin va constater le décès en moins de deux! s'exclama le plus âgé des deux ambulanciers qui semblaient en avoir vu bien d'autres au cours de sa carrière.

— Dans ce cas, reculez-vous S.V.P., ordonna Pelletier.

Il demanda à son collègue d'établir immédiatement un périmètre de sécurité pour éviter de contaminer ce qui devenait une scène de crime.

Une heure plus tard, pas beaucoup plus, un caméraman de nuit d'une chaîne de télévision montréalaise arriva sur les lieux après avoir entendu quelques conversations sur les ondes radio du service ambulancier. Par expérience, il avait rapidement conclu qu'il se passait « quelque chose » à Saint-Jean-sur-Richelieu. Ce serait bon pour l'émission du matin.

À peu près en même temps, une voiture de police banalisée arriva sur les lieux. Un homme d'une soixantaine d'années en sortit. Vêtu d'un manteau noir de bonne qualité, sans foulard, on pouvait distinguer sa chemise et sa cravate. L'homme aimait s'habiller chic, cela se voyait. Chevelure blanche épaisse, corpulent et le dos droit, le lieutenant-détective de la Sûreté du Québec commandait le respect.

D'autres experts de la Sûreté du Québec arrivèrent dans les minutes suivantes. En vertu de la Loi de la police, la SQ devait diriger l'enquête puisqu'il s'agissait d'une mort suspecte.

— Oh, voilà Monsieur Sourire! dit l'agent Dion en regardant le lieutenant-détective Gilles Leblanc s'approcher. Tous les policiers municipaux connaissaient Leblanc de réputation.

— Il est de bonne heure ce matin, s'étonna Pelletier.

Gilles Leblanc avait commencé sa carrière très jeune à la Sûreté du Québec. Il avait surtout travaillé dans la région de Montréal en gravissant les échelons jusqu'à l'obtention d'un poste de lieutenant-détective. Respecté de ses collègues et de ses patrons, on lui avait donné le surnom de «Monsieur Sourire» pour plusieurs raisons. Primo, il n'avait pas le sourire facile. Personne ne l'avait déjà vu rire aux éclats. Deuxio, il était tellement passionné par son métier de détective que ses collègues lui avaient donné le surnom qu'utilisait Keith Jesperson, un meurtrier américain qui sévissait au début des années 90 en tuant huit femmes dans trois États américains. Il avait hérité de ce surnom en laissant un bonhomme sourire comme signature sur les messages trouvés sur chaque scène de crime dont il était l'auteur.

En l'appelant Monsieur Sourire, les collègues de Leblanc, en signe de respect, voulaient aussi souligner que le lieutenant était de calibre à s'attaquer à un criminel aussi dangereux que Jesperson, si un tel cas se présentait un jour.

Leblanc avait une bonne feuille de route. Il avait résolu de nombreux cas au cours des dernières années. Il préférait travailler sur les dossiers longs et complexes comme les disparitions d'enfants ou les meurtres irrésolus. C'était un marathonien davantage qu'un sprinter. Il savait que les enquêtes étaient toujours longues et complexes. On nageait toujours dans le gris, rien n'était blanc ou noir. C'est ce qu'il s'efforçait de faire comprendre à ses patrons qui ne géraient que par les résultats et les colonnes de chiffres. C'est pourquoi il envisageait de prendre sa retraite d'ici la fin de l'année. Sa décision était prise. Le métier n'était plus ce qu'il était.

— Qu'est-ce qu'on a? demanda le lieutenant Leblanc à l'agent Pelletier.

— Mort suspecte. Une auto stationnée dans le stationnement municipal. Nous l'avons inspectée...

— Pourquoi ?

— Pourquoi ? demanda l'agent Pelletier, surpris de la question du lieutenant-détective. Parce qu'on passait devant et qu'elle n'avait pas de vignette, qu'elle semblait abandonnée. On pensait à une auto volée, répondit-il avec un peu d'impatience.

— Bon réflexe. Agent ?

— Pelletier, monsieur. Et voici mon collègue, l'agent Dion.

— Bonjour. À part ça ?

L'agent Pelletier poursuivit son récit des événements en tentant de fournir des renseignements très détaillés. Il comprenait que le lieutenant Leblanc avait d'ores et déjà commencé son enquête et qu'il était son premier témoin.

— Bien, allons voir cela de plus près, dit Leblanc.

Toute l'équipe d'enquêteurs et de spécialistes de la Sûreté du Québec procédaient déjà à une analyse de la scène de crime. Le lieutenant-détective Leblanc s'approcha de l'automobile et constata à son tour la position de la dame, assise sur le siège passager, la tête droite, les bras le long du corps, la bouche entrouverte et les yeux exorbités.

— Le corps devrait être déjà parti. Les ambulanciers attendent, dit l'un des enquêteurs au lieutenant Leblanc.

— Qu'ils attendent encore un peu, répondit sèchement Leblanc.

Délicatement et sans parler, Leblanc sortit un stylo de la poche intérieure de son manteau et poussa le collet du manteau de la victime. Il vit des traces violacées sur son cou et songea à un étranglement, mais il faudrait confier l'expertise au médecin légiste.

— Rien n'a bougé, agent Pelletier ? demanda-t-il.

— Non, monsieur.

— Je veux toutes les photos et les empreintes avant que le corps soit déplacé. Vous pouvez vous en occuper ? demanda Leblanc aux deux policiers de la sûreté municipale de Saint-Jean-sur-Richelieu.

— C'est parce qu'on a fini notre quart, nous autres, lança l'agent Dion.

L'inspecteur Leblanc leva la tête et le fixa, le visage dur.

— On s'en occupe, monsieur, répliqua l'agent Pelletier.

Leblanc retourna à l'examen de la scène du crime pendant que les deux policiers se dirigeaient vers leur véhicule.

— On s'en occupe... t'as pas de vie, Pelletier ? On vient de passer la nuit dehors !

— Il y a une femme qui vient de mourir et un tueur qui est en liberté, je te ferai remarquer.

— Justement, elle est morte. Ça ne changera pas grand-chose que je rentre à la maison, dit Dion.

— Toi, des fois...

— Bof, d'un autre côté, ce sont des heures supplémentaires, réfléchit-il à haute voix. Si je veux finir par acheter mon *winnebago* !

Pendant ce temps, une première équipe de télévision arrivait sur les lieux dans le but d'alimenter l'émission du matin avec cet événement. Il y avait également deux autres journalistes qui se tenaient à proximité.

L'agent de la Sûreté du Québec, responsable des relations médias, était arrivé sur les lieux. Il avait pris soin de rencontrer le lieutenant-détective Leblanc. Les deux hommes s'étaient entendus sur le contenu de la déclaration qui serait faite aux médias à ce stade-ci de l'enquête.

— Le corps d'une femme dans la cinquantaine a été retrouvé sans vie à bord de son véhicule. Nous ignorons la cause de la mort ainsi que l'identité de la victime. Nos enquêteurs sont actuellement sur place pour évaluer le tout. C'est tout ce que je peux dire pour l'instant, explique le relationniste.

— C'est un meurtre ? demanda un journaliste.

— Toutes les hypothèses sont envisagées. Est-ce que la dame a eu un malaise ? Nous le saurons au cours des prochaines heures.

— Est-ce qu'il y a des traces de violence ?

— Rien de concluant jusqu'ici, explique le relationniste avec aplomb.

— Est-ce que la voiture appartient à la victime ? demanda une journaliste qui avait besoin de plus d'informations si elle voulait remplir les deux minutes qu'on lui donnerait à l'antenne un peu plus tard.

— Comme nous n'avons pas l'identité de la victime, difficile de dire si l'auto lui appartient, vous ne pensez pas ? répondit l'officier, exaspéré par les questions de certains journalistes. Plus de questions, merci, conclut-il en retournant près de la Nissan noire.

— Le Service d'identité judiciaire a terminé son travail autour du véhicule, lieutenant.

— Du nouveau ?

— Je n'ai pas le rapport complet, mais pour l'instant, plusieurs empreintes apparaissent. Par contre, rien sous la poignée de la portière. Les derniers à avoir utilisé le véhicule devaient porter des gants.

— La victime n'en porte pas, il me semble, répondit Leblanc. Cela lui laissait croire pour l'instant qu'elle n'avait pas été la dernière à ouvrir la porte du côté conducteur.

Le lieutenant Leblanc s'approcha et prit la place du conducteur, à côté du cadavre. Il étira le bras pour saisir le sac à main de la victime à ses pieds devant elle et l'ouvrit pour en vérifier le contenu. Il y trouva les articles habituels que l'on pouvait retrouver dans un sac à main. De plus, les cartes d'identité, les cartes de crédit, une carte de guichet et celles de quelques magasins s'y trouvaient toujours. Leblanc trouva même une somme de cent dollars en billets de vingt.

— Au moins, on est certain que le vol n'est pas le mobile du meurtre, pensa-t-il.

Le lieutenant tirait déjà quelques conclusions en sachant fort bien qu'elles ne seraient jamais définitives tant que le coupable n'aurait pas été démasqué. Il regarda les cartes d'identité de la victime. Son permis de conduire indiquait le nom de Claire Legendre, née le 27 janvier 1961.

— Elle a eu 52 ans le mois dernier... pensa Leblanc. Que faisait-elle ici en plein milieu de la nuit ? fut la première question à laquelle il voulait obtenir une réponse.

L'inspecteur s'approcha des policiers Pelletier et Dion pour leur dire qu'il se rendrait lui-même au domicile de la victime afin d'avertir la famille, si elle en avait une.

— Vous avez remarqué, lieutenant, que les clés sont demeurées dans le contact ? demanda l'agent Pelletier sous le regard désespéré de son collègue Dion qui ne souhaitait que quitter les lieux au plus vite.

— Et ça vous dit quoi ? demanda Leblanc à son tour.

— Je dirais que le vol n'était pas le mobile et que quelqu'un a conduit son véhicule pour l'amener jusqu'ici. Sinon, ça aurait été compliqué de déplacer le corps pour le placer dans cette position sur le siège du passager.

— Intéressant, souligna Leblanc en quittant les lieux.

— Beau lèche-cul, Pelletier! Je ne savais pas que tu visais un poste de lieutenant-détective.

— Ouais, je pensais l'intéresser. J'aurais dû me la fermer. Monsieur Sourire travaille seul, admit-il.

Les techniciens de scènes de crime poursuivaient leur travail minutieux autour du véhicule en prenant des photos sous tous les angles. Ils recueillaient, dans des petites enveloppes, tous les objets susceptibles d'apporter un éclairage nouveau sur les événements. L'un d'eux trouva des cheveux de couleurs et de longueurs différentes sur le manteau de la victime. Certains appartenaient forcément à Claire Legendre. Une expertise plus poussée en laboratoire leur en dirait plus long.

— Vous pouvez faire transporter le corps, ordonna Leblanc.

Les ambulanciers regardèrent le lieutenant en maugréant. Normalement, ils auraient déjà dû être partis afin qu'un médecin constate le décès de Claire Legendre. Leblanc n'en était pas à ses premières fois où il ne respectait pas le protocole à la lettre. Son premier objectif était de retrouver le meurtrier et pour ce faire, il était prêt à oublier les règles, au besoin.

Le soleil se leva vers sept heures trente sur la ville. Il faisait un peu moins froid, mais ce serait une journée typique du mois de février au Québec. Les médias avaient déjà commencé à rapporter les propos du relationniste de la SQ.

Le corps de Claire fut extirpé de la voiture et conduit à l'institut médico-légal aux fins d'autopsie. La dépanneuse agrippa la Nissan noire pour la conduire dans le garage du quartier général de la police locale afin d'y mener d'autres analyses.

Pendant ce temps, le lieutenant-détective Leblanc, accompagné d'un enquêteur de la Sûreté du Québec qui lui servirait de témoin, emprunta la rue Champlain en suivant le Richelieu jusqu'au secteur Saint-Luc de Saint-Jean-sur-Richelieu.

Beaucoup de travail l'attendait. Les recherches pour reconstituer les événements seraient longues et ardues. Il fallait d'abord déterminer l'heure approximative du crime pour ensuite remonter dans le temps. Qu'avait fait la victime au cours des dernières heures ? Avec qui était-elle et dans quel état d'esprit ?

4

Le lieutenant gara sa voiture devant la maison où devait habiter Claire, selon ses papiers d'identité. Il s'agissait d'une maison unifamiliale datant sans doute d'une vingtaine ou d'une trentaine d'années et qui, à l'époque, devait être considérée comme une «maison de riches».

Leblanc sortit de la voiture. Il faisait froid. Frissonnant, il releva le col de son manteau. L'entrée menant du trottoir à la porte principale était bien dégagée. Comme il n'y avait pas eu de fortes accumulations de neige au cours des vingt-quatre dernières heures, Leblanc ne put déterminer avec précision quand elle avait été dégagée. Claire l'avait-elle fait elle-même?

Arrivé à la porte, il n'entendit aucun bruit provenant de l'intérieur. Il sonna, rien. Il appuya de nouveau sur le bouton, toujours aucune réponse. Il était huit heures passé. Est-ce que les résidents étaient déjà partis au travail, à l'école? Leblanc observa le voisinage tranquille et décida d'aller frapper à la porte du voisin.

— Bonjour, je m'excuse de vous déranger, dit-il à une vieille dame qui avait à peine entrouvert la porte.

— Je ne suis pas intéressée, merci, répondit-elle en refermant la porte.

— Est-ce que j'ai l'air d'un camelot ou d'un vendeur d'assurances? ... Vieille folle! se dit-il en tournant les talons.

Leblanc tenta sa chance à la maison voisine et frappa à la porte. Cette fois, une jolie dame portant un tailleur gris, et se préparant visiblement à aller travailler, ouvrit la porte.

— Bonjour, je sais qu'il est tôt. Je suis désolé de vous déranger, je suis de la police.

— Oh! fit la dame stupéfaite.

— Ne vous inquiétez pas. Je suis le lieutenant-détective Leblanc de la Sûreté du Québec et voici l'enquêteur Gilbert, ajouta-t-il en montrant son badge.

— Qu'est-ce que je peux faire pour vous, lieutenant?

— Vous connaissez votre deuxième voisine, vers la droite?

— Madame Legendre? Comme ça, pas plus. Il lui est arrivé quelque chose?

— On s'inquiète un peu pour elle en ce moment. Est-ce que vous savez si elle habite seule?

— Je ne la connais pas beaucoup, mais j'ai bien l'impression qu'elle vient de se séparer il n'y a pas longtemps. Nous avons vu son mari avec un petit camion de déménagement la semaine dernière, probablement qu'il quittait la maison avec ses affaires. Depuis, on a revu la femme à quelques reprises.

— Ils ont des enfants?

— S'ils en ont, ils ne sont pas jeunes, car je les aurais vus jouer dans les alentours. Je suis désolée, je ne peux pas vous aider davantage. C'était un couple très discret pour ce que j'en ai vu au cours des derniers mois.

— Vous habitez ici depuis longtemps? demanda Leblanc.

— Près de deux ans maintenant, mais eux sont arrivés après moi.

— Je vous remercie beaucoup, madame, et désolé du dérangement. Dernière question, à part celui que vous croyez être son mari, avez-vous vu d'autres personnes, hommes ou femmes, entrer ou sortir de la maison au cours des derniers jours?

— Non. Je travaille de neuf heures à dix-huit heures et le soir, avec les enfants, cela me laisse peu de temps pour m'occuper de mes voisins.

— Je comprends, merci madame.

Leblanc et l'enquêteur retournèrent à leur véhicule. Le lieutenant composa un numéro sur son téléphone cellulaire et ordonna qu'on retrouve le nom du mari de la victime, d'une façon ou d'une autre.

Cela ne prit que quelques minutes pour qu'il reçoive une adresse, ainsi que le nom et la photographie du mari sur son téléphone. Quant à la victime, on savait maintenant qu'elle travaillait comme secrétaire de direction pour une entreprise située dans le parc industriel. Le lieutenant irait sans doute vérifier les lieux plus tard pour déterminer si son meurtre avait un éventuel rapport avec le type d'emploi qu'elle exerçait.

Pour l'instant, il reprit la route en direction du centre-ville de Montréal dans l'intention d'annoncer au mari la triste nouvelle de la mort de son épouse et du coup, analyser sa réaction et vérifier s'il avait un alibi. Heureusement, ce matin-là, le flot de circulation était faible et ils mirent peu de temps à traverser le pont Champlain.

Marc Bastien travaillait comme analyste financier dans un bureau de la rue Peel. Leblanc et son collègue s'arrêtèrent d'abord dans un petit restaurant à proximité afin de prendre le petit déjeuner et réfléchir aux premiers éléments de l'enquête.

— Un café et deux rôties bien rôties, s'il vous plaît, commanda-t-il.

— Confitures ?

— Du beurre...

— Confitures avec le beurre ?

— Juste du beurre.

— Beurre d'arachide ?

— Ordinaire.

— Qu'est-ce qu'on met dans le café ?

— Crème, s'il vous plaît.

— Sucre ?

Leblanc, surnommé Monsieur Sourire, commençait à s'impatienter.

— Juste de la crème... (*Si elle me demande de la 15 ou de la 35 %, je l'embarque !*)

— Ça ne devrait pas être bien long.

— *J'espère bien, ciboire, deux toasts !*

La serveuse, sans doute mécontente de travailler dans ce restaurant aussi tôt le matin, prit rapidement la commande de l'enquêteur

Gilbert alors que ce dernier se mordait la joue pour ne pas éclater de rire.

Leblanc sortit son calepin de notes et commença à placer les pions. Au fur et à mesure qu'il inscrivait les détails, plusieurs questions surgissaient. Pourquoi Claire Legendre? Qu'est-ce qu'elle faisait dans le secteur du centre-ville de Saint-Jean-sur-Richelieu un mercredi soir? Pourquoi ne l'a-t-on pas volée?

Alors qu'il s'apprêtait à partager ses informations avec son enquêteur, son téléphone vibra sur la table.

— Leblanc.

— C'est le labo, on m'a demandé de vous appeler si on avait quelque chose de nouveau.

— Et...

— L'autopsie sera pratiquée plus tard aujourd'hui, mais les cheveux qu'on a retrouvés sur son manteau, il y en a à elle et d'autres qui ne lui appartiennent pas, c'est certain.

— C'est tout? demanda Leblanc, sans faire voir sa surprise d'apprendre que l'autopsie se ferait dans un si bref délai, ce qui était inhabituel.

— L'équipe qui examine le véhicule a trouvé une carte d'identité entre les deux sièges avant et ce n'est pas celle de Claire Legendre.

— Et? ajouta Leblanc dont le degré d'impatience montait de plus en plus. D'abord la vieille dame qui lui ferme la porte au nez, ensuite la serveuse et enfin ce connard au laboratoire.

— Elle appartient à Kevin Chassé, un étudiant du Cégep de Saint-Jean-sur-Richelieu. Je vous envoie ses coordonnées par courriel. On a vérifié et il a des cours ce matin. Vous savez quoi?

— Non...

— Je ne serais pas surpris que les cheveux sur le manteau de la victime lui appartiennent. En tout cas, si je regarde la photographie...

— On va vérifier tout cela, merci d'avoir appelé, dit Leblanc avant de raccrocher.

Quelques secondes plus tard, la serveuse arriva avec son petit déjeuner léger. Il mangea rapidement ses deux rôties et indiqua à son enquêteur que la pause était terminée. Gilbert prit une dernière gorgée de café et ils reprirent la route vers la rue Peel pour rencontrer le mari.

L'immeuble comptait quatre étages et Bastien travaillait au troisième. Leblanc prit l'ascenseur et, à la sortie à l'étage, arriva devant un bureau où une réceptionniste était déjà au téléphone.

— Je lui fais le message. Oui, oui, il va vous rappeler aujourd'hui, promis. Au revoir! Qu'est-ce que je peux faire pour vous? demanda-t-elle à l'individu devant lui.

— Je voudrais voir M. Marc Bastien, s'il vous plaît.

— Votre nom?

— Gilles Leblanc, dit-il sans lui révéler qu'il était de la SQ.

— Vous avez rendez-vous?

— *On ne va pas recommencer*, pensa-t-il.

— Non, mais c'est très important que je le voie maintenant, ajouta-t-il avec autorité.

— Un instant, je vérifie s'il est là.

La réceptionniste composa le numéro du poste de Marc Bastien et lui dit qu'un certain Gilles Leblanc voulait le voir à l'avant... et que cela semblait important.

— Vous pouvez vous asseoir, ça ne devrait pas être long.

— Merci, répondit Leblanc, tout en restant debout à faire les cent pas devant la réceptionniste alors que Gilbert, lui, avait pris un siège.

Deux minutes plus tard environ, la porte donnant sur les bureaux s'ouvrit et Marc Bastien apparut. Grand, athlétique, les yeux et les cheveux noirs, il portait un pantalon propre gris foncé ainsi qu'une chemise au col ouvert et un chandail en V par-dessus.

— Monsieur Leblanc?

— Bonjour, monsieur Bastien, nous aimerions vous parler un instant dans un endroit tranquille, s'il vous plaît.

— C'est à quel sujet? demanda Bastien, méfiant.

En faisant attention pour que la réceptionniste ne voie ni entende, le lieutenant Leblanc sortit son badge et le présenta discrètement à Bastien. Ce dernier demeura calme et les pria de le suivre. Ils se dirigèrent vers une salle de conférence vide. Bastien referma nerveusement la porte derrière lui.

— Désolé d'arriver à l'improviste. Je suis le lieutenant-détective Leblanc de la Sûreté du Québec et voici l'enquêteur Gilbert. Vous connaissez madame Claire Legendre?

— Oui, bien sûr, c'est ma f... enfin, mon ex-femme.

— Quand l'avez-vous vue pour la dernière fois?

— Je ne sais pas trop, il y a environ une semaine. Pourquoi?

— J'ai une mauvaise nouvelle à vous apprendre, des policiers l'ont malheureusement trouvée sans vie dans son automobile tôt ce matin.

Marc Bastien porta la main à sa bouche et fronça les sourcils. Il prit sur lui de ne pas réagir trop fortement devant les policiers, mais la douleur était intense.

— Comme toujours en cas de mort suspecte, nous devons procéder à une autopsie. Ce sera fait aujourd'hui, expliqua le lieutenant.

— C'est impossible, répondit Bastien en passant sa main nerveusement sur son visage.

— Elle a été trouvée dans un stationnement municipal près de la marina à Saint-Jean-sur-Richelieu, vous avez une idée de ce qu'elle faisait là en pleine nuit un mercredi soir?

— Nous nous sommes séparés la semaine dernière... révéla Bastien avec peine. Je l'ai appelée une seule fois depuis ce temps. Je n'ai aucune idée de ce qu'elle a fait depuis.

— Vous avez des enfants, des gens qu'on doit contacter?

— Non, nous étions ensemble depuis dix ans, mais comme nous nous sommes rencontrés au début de la quarantaine, nous n'avons pas d'enfants et nous n'en n'avons pas non plus, chacun de notre côté. Sa mère vit encore à Pierrefonds, mais qu'est-ce que je vais lui dire?

— Vous voulez qu'on s'en occupe?

— Non, je vais le faire, mais je dois attendre d'en savoir un peu plus, non? Vous avez parlé d'autopsie, qu'est-ce qui se passe au juste? De quoi est-elle morte? Elle était en bonne santé.

Lentement, Marc Bastien se remettait du choc. Le lieutenant lui posa plusieurs questions sur l'emploi qu'occupait son ex-femme, sur les motifs de leur séparation ainsi que sur les amis qu'elle fréquentait.

Les réponses de Bastien étaient plutôt vagues, comme s'il ne connaissait pas la vie de son ex-femme dans les détails.

— Monsieur Bastien, je peux vous demander où vous étiez la nuit dernière ?

— Dans mon appartement, je dormais.

— Seul ?

— Oui.

— Quelqu'un peut en témoigner ?

— Sans doute que non. Attendez, vous ne pensez tout de même pas que... êtes-vous en train de me dire qu'elle a été assassinée ?

— On va attendre le rapport d'autopsie avant d'aller plus loin. Pour l'instant, son décès est considéré comme une mort suspecte. Vous pouvez me laisser un numéro de téléphone où je peux vous joindre en tout temps, s'il vous plaît ?

— Bien sûr.

Marc Bastien griffonna son numéro de cellulaire sur une carte professionnelle qu'il avait dans sa poche et la remit au lieutenant.

— Je vous remercie, je vous offre mes sympathies et je vous appelle dans la journée.

— Elle a eu 52 ans récemment, vous savez, ajouta Bastien.

— Je sais, dit l'inspecteur en baissant la tête tellement il avait de souvenirs de situations semblables.

— Merci, j'attendrai.

Leblanc et Gilbert sortirent de la pièce et retournèrent vers l'entrée principale. L'enquêteur commanda l'ascenseur sans se soucier de la présence de la réceptionniste. Pour Leblanc, même si l'alibi de Bastien ne tenait pas la route, il était convaincu de sa sincérité. Bastien, atterré, s'assied à son bureau sans savoir quoi penser. La nouvelle l'avait littéralement assommé et il n'avait plus la tête au travail. Il prit son manteau et quitta le bureau après en avoir informé la réceptionniste qui nota son désarroi.

Pendant ce temps au Cégep de Saint-Jean-sur-Richelieu, deux détectives de la SQ faisaient le pied de grue discrètement près de la classe où devait se présenter l'étudiant dont on avait trouvé la carte d'identité dans la voiture de Claire. Kevin Chassé s'approcha dans le corridor.

Mesurant près de 1 m 80, environ 90 kilos, cheveux châtains, l'image correspondait bien à la description qu'en avaient les deux policiers. L'un d'eux composa un numéro de téléphone pour signaler qu'ils avaient le suspect bien en vue.

— Laissez-le entrer à son cours et ne faites rien, sauf l'empêcher de sortir si jamais il essaye, lui dit Leblanc. J'arrive dans une trentaine de minutes si tout va bien.

— Bien, monsieur, répondit l'agent.

Chassé, écouteurs sur les oreilles, entra dans la classe. Les deux enquêteurs demeurèrent immobiles jusqu'à l'arrivée de l'inspecteur Leblanc.

***

Dans sa chambre d'hôtel, Gerry Mercier s'étira longuement dans son lit. Il regarda l'horloge numérique sur la table de chevet qui indiquait dix heures tapantes. Gerry se leva pour aller aux toilettes, encore à moitié endormi. En revenant, il voulut allumer le téléviseur pour vérifier si on parlait de la découverte d'une femme dans une voiture, mais il décida de patienter encore un peu et alla se recoucher.

***

Le lieutenant Leblanc arriva à son tour dans les locaux du cégep, après avoir déposé l'enquêteur Gilbert au poste de police local. Dans les couloirs de l'institution d'enseignement, quelques étudiantes s'étonnèrent de voir deux policiers en uniforme et deux en civil. Pour elles, il était clair que quelque chose se préparait. Elles souhaitaient seulement qu'il ne s'agisse pas d'un tireur fou barricadé quelque part, comme on en voyait si souvent depuis quelques années.

Leblanc regarda par la fenêtre de la porte de la classe et fit signe à l'enseignant de s'approcher. Ce dernier, peu habitué de se faire déranger, hésita un instant, puis interrompit son cours pour aller à la rencontre de cet homme.

— Désolé de vous déranger, dit le lieutenant en montrant son badge, vous avez un étudiant du nom de Kevin Chassé à l'intérieur?

— Possible, je ne les connais pas tous personnellement.

Leblanc comprit qu'il avait encore affaire à une personne compliquée ayant besoin d'indications claires pour faire ce qu'on lui demande.

— Est-ce que vous préférez que j'entre dans votre classe avec ces deux détectives en créant la panique ou bien je vous laisse le soin de demander à monsieur Chassé de sortir de la classe parce que quelqu'un veut lui parler? C'est à vous de voir.

— Chassé, vous avez dit?

— Vous voulez que je vous l'écrive sur un bout de papier?

L'enseignant, vexé, retourna dans sa classe et fit un appel pour l'étudiant demandé. Kevin Chassé se leva de son siège et descendit les marches de l'amphithéâtre où se tenait le cours. Le professeur, intrigué, le regarda sortir en se disant que cet étudiant ne lui avait jamais fourni de signes laissant entrevoir qu'il pouvait participer à de quelconques activités illicites.

En voyant les policiers, Kevin Chassé fut soudainement pris de nervosité. Il pensa immédiatement que quelque chose était arrivé à ses parents ou à sa sœur, plus jeune que lui. Pourtant, si elle avait eu un accident, ce serait plutôt eux qui l'auraient averti, non?

Le lieutenant Leblanc s'approcha, entouré des deux enquêteurs tandis que les deux policiers en uniforme surveillaient les sorties de corridors.

— Bonjour, vous êtes Kevin Chassé?

— Oui, qu'est-ce qui se passe? demanda le jeune homme.

— Lieutenant-détective Gilles Leblanc de la division des crimes majeurs de la Sûreté du Québec, on peut se trouver un endroit tranquille pour discuter?

— Il y a un local libre ici, lieutenant, suggéra l'un des enquêteurs.

— Si vous voulez me suivre, demanda Leblanc à l'étudiant.

Une fois dans la classe, Leblanc invita Chassé à s'asseoir. Ce dernier sentait ses aisselles mouillées jusqu'à la taille tellement il était mal à l'aise.

— Avant de commencer, je voudrais vous lire vos droits, dit le lieutenant.

— Qu'est-ce qui se passe? demanda Chassé soudainement très nerveux.

— Vous avez le droit de garder le silence. Si vous renoncez à ce droit, tout ce que vous direz pourra être et sera utilisé contre vous devant une cour de justice. Vous avez le droit à un avocat et d'avoir un avocat présent lors de l'interrogatoire. Si vous n'en avez pas les moyens, un avocat vous sera fourni gratuitement. Durant chaque interrogatoire, vous pourrez décider à n'importe quel moment d'exercer ces droits, de ne répondre à aucune question ou de ne faire aucune déposition. Vous avez bien compris?

— Qu'est-ce qui se passe? répéta Chassé.

— Vous avez bien compris ce que je vous ai dit? répéta le lieutenant à son tour en montant le ton légèrement.

— Oui, j'ai compris, ça va...

— Bien. Je peux savoir où vous étiez hier soir? demanda le lieutenant sur un ton plus amical.

— Je suis sorti avec des amis.

— À quel endroit et à quelle heure?

— Je ne sais pas trop. Après les cours, on est allés prendre une bière au centre-ville et ça s'est terminé dans un bar de la rue Saint-Jacques.

— Vous avez le nom du bar?

— Le bistrot chez Vic ou quelque chose du genre, vous pouvez me dire ce qui se passe, enfin?

— Vous avez quitté le bar vers quelle heure?

— Je ne sais pas, environ onze heures. J'avais des cours ce matin, je ne voulais pas me coucher trop tard.

— Vous avez vu ou parlé à une femme d'environ 50 ans dans ce bar hier soir, cheveux blonds, assez jolie?

— Pas trop mon genre, les femmes de 50 ans, vous savez... Non, je ne me souviens pas d'avoir vu une femme de cet âge. Faut dire qu'on était un peu sur le party...

— Qui ça «on»? demanda Leblanc.

— Deux amis. Je peux vous donner les noms.

— Vous êtes reparti avec eux vers 11 heures?

— On est sortis du bar en même temps, mais on a pris chacun notre chemin et je suis rentré chez moi. J'habite un petit appartement près du cégep.

Afin de voir sa réaction à chaud, Leblanc sortit son téléphone et lui montra une photo du visage de Claire Legendre, prise dans son véhicule après sa découverte. La femme avait toujours les yeux grands ouverts, mais on pouvait lire la mort sur son visage.

— Voici la dame dont je vous parle et qu'on a retrouvée dans une voiture hier soir, dit-il en observant le visage de l'étudiant.

— Elle est morte?

— Ça vous surprend? demanda Leblanc.

— Non, enfin je veux dire... je ne la connais pas et c'est la première fois que je vois une photo de ce genre pour vrai.

— Vous pouvez m'expliquer alors pourquoi on a retrouvé une de vos cartes d'identité dans sa voiture?

— Hein? J'ai perdu mon portefeuille ce soir-là. Je m'en suis rendu compte en arrivant chez moi, expliqua l'étudiant en constatant que le lieutenant ne semblait pas le croire du tout.

— Je vais vous demander de suivre ces messieurs, s'il vous plaît, nous allons poursuivre notre conversation au poste.

— Vous m'arrêtez? demanda l'étudiant au bord des larmes.

— Non, mais j'ai plusieurs questions à vous poser et on sera mieux pour discuter.

Complètement étranger à ce genre de situation, Kevin Chassé se leva et fut immédiatement encadré par les deux détectives de la SQ.

— Je peux aller chercher mes affaires dans la classe? J'ai besoin de mon manteau et de mon sac.

— C'est le manteau que vous portiez hier soir? demanda le lieutenant.

— C'est le seul que j'ai, répondit Chassé.

— Dans ce cas, si vous êtes d'accord, nous allons garder votre manteau pour quelques heures. En attendant, ce policier va vous prêter le sien, n'est-ce pas? dit-il en regardant l'agent qui, au fond, n'avait nullement envie de lui prêter son manteau.

L'autre agent de police se rendit dans la classe et revint quelques minutes plus tard avec le manteau de Chassé et son sac à dos. Il les manipula avec soin. Les experts y trouveraient peut-être des traces d'ADN de la victime.

Une fois son manteau de policier sur le dos, Kevin Chassé fut escorté à l'extérieur de l'immeuble et prit place à l'arrière dans le véhicule de la police. Le lieutenant Leblanc suivait derrière, dans sa propre voiture. Se pouvait-il qu'il ait réussi à trouver l'assassin de Claire Legendre en si peu de temps ? Tout semblait trop simple, trop rapide. Il profita du trajet pour mettre les choses en place.

Il reçut alors un texto sur son téléphone.

« Mort par asphyxie confirmée par étranglement. Heure de la mort approximative entre vingt-trois heures et deux heures du matin. Identité confirmée » — L. Boutin

Le message provenait de l'assistant du médecin légiste, un vieil ami de Leblanc, avec qui il avait travaillé sur de nombreux dossiers. Boutin savait à quel point le lieutenant appréciait l'efficacité des gens avec qui il travaillait et il savait aussi que plus les messages étaient courts, mieux c'était pour l'humeur de l'inspecteur. Tout en conduisant, Leblanc composa le numéro de téléphone du médecin légiste.

— Léo ? Gilles. Ton message était bref !

Le médecin légiste se dit alors que jamais il ne parviendrait à comprendre Leblanc.

— Elle est morte de quoi ? demanda le lieutenant.

— Par strangulation, c'est certain. Heure du décès, entre 23 heures et deux heures du matin environ. On peut voir clairement des marques autour de son cou. Le meurtrier portait sans doute des gants. Il n'y a aucune déchirure de la peau. On peut aussi présumer que c'est un homme qui l'a étranglée si on examine les points de pression sur le cou. Je dirais même un homme avec des doigts plutôt longs et assez forts. Si j'allais plus loin, mais ce n'est qu'une supposition...

Le lieutenant savait qu'en ce moment, le médecin légiste avait beaucoup de plaisir à lancer des hypothèses qui seraient, ou non, confirmées lors de la conclusion de l'enquête. Aussi, Leblanc décida de laisser aller Boutin.

— Je t'écoute, dit Leblanc.

— D'après moi, ton gars est droitier. Les marques sur le côté droit du cou de la victime sont un peu plus profondes. Oh ! à peine... mais, comme on dit, on n'apprend pas à un vieux singe à faire des grimaces.

61

— Bon travail, c'est tout?

— Ah, une chose. La dame était complètement saoule. Vodka et jus d'orange et plus de vodka que de jus d'orange, tu peux me croire. Elle n'avait pas mangé depuis plusieurs heures. Je n'ai rien trouvé dans l'estomac qui me laisserait deviner à quel restaurant elle est allée dans le courant de la journée.

— T'es dégueulasse, Boutin.

— C'est pour cela que tu aimes travailler avec moi, Leblanc.

— On se reparle bientôt, conclut le lieutenant.

Leblanc fouilla dans ses poches et retrouva la carte professionnelle de l'ex-mari de Claire Legendre. Marc Bastien répondit immédiatement et Leblanc l'informa de la situation en lui présentant ses condoléances à nouveau.

Puis, Leblanc demanda à ce qu'on réunisse toute l'équipe sur place à Saint-Jean-sur-Richelieu. Devant le groupe, il reprit son analyse de la situation.

— Nous avons une femme morte, étranglée dans son automobile entre 23 heures et deux heures du matin, une carte d'identité d'un étudiant trouvée à l'intérieur, un ex-mari qui a quitté la maison la semaine dernière, quelques cheveux sur le manteau de la victime, un mobile qui n'est ni le vol ni le viol. Nous avons aussi un ex-mari et un étudiant suspects qui n'ont, à première vue, aucun mobile, mais aucun alibi non plus.

Leblanc dressa son plan de match pour les prochaines heures et distribua les tâches de recherche à chacun des membres de l'équipe.

5

Dans sa chambre d'hôtel, Gerry Mercier était attentif aux informations diffusées en continu à la télévision. Le bulletin de onze heures allait débuter.

« *En manchettes, le corps d'une femme retrouvée morte dans son véhicule à Saint-Jean-sur-Richelieu : il s'agirait du premier meurtre de l'année !* »

— Hé, le premier de 2013... pas mal ! se réjouit Gerry en attendant la suite du bulletin de nouvelles.

« *Les policiers de Saint-Jean-sur-Richelieu ont fait la découverte d'une femme d'une cinquantaine d'années la nuit dernière dans son automobile, abandonnée dans un stationnement municipal. Les enquêteurs de la Sûreté du Québec qui ont repris l'affaire confirment que la femme a été étranglée. Il s'agirait de Claire Legendre, 52 ans, de Saint-Jean. La police a très peu de détails pour l'instant, mais selon nos sources, un suspect aurait déjà été interrogé ce matin.* »

— Je peux même vous dire qu'il s'appelle Chassé ! dit Gerry à haute voix en se souvenant très bien du nom figurant sur la carte d'identité laissée dans la voiture.

Mercier serait resté devant le téléviseur toute la journée pour entendre les développements dans cette affaire. Le travail des enquêteurs et des journalistes l'intéressait au plus haut point. Il adorait ce soudain jeu du chat et de la souris. Il aurait aimé avoir le nom de l'enquêteur au dossier afin de le suivre à la trace.

Même si son crime avait été impulsif, Gerry était fier de lui. Même s'il avait agi nerveusement, il n'avait négligé aucun détail. La preuve, rien ne semblait diriger la police vers lui, de près ou de loin. Il n'avait pris aucune chance quant au déplacement de la voiture au cas où des caméras de surveillance auraient pu le capter en compagnie de la victime. Il avait aussi bien pris soin de retourner chanter sur scène avec Steve après le meurtre. Ce dernier pourrait le confirmer si jamais il était interrogé.

Gerry avait beaucoup de pain sur la planche aujourd'hui. Il devait se trouver une chambre ou un petit appartement, car l'aide de la Croix-Rouge se terminait le lendemain. Il avait maintenant un emploi convenable et inespéré dans les circonstances. Il prendrait l'après-midi pour visiter quelques endroits et il rentrerait ensuite au bistrot chez Vic en fin d'après-midi.

***

Kevin Chassé était assis dans une pièce du poste de police où il n'y avait qu'une table, deux chaises ainsi qu'une vitre miroir, tout à fait comme dans les films policiers, pensa-t-il. Même s'il n'avait rien à se reprocher, l'étudiant craignait le pire. Il se rappela les paroles du lieutenant quant à la découverte de sa carte d'identité dans la voiture de la victime. Qui pouvait bien l'avoir déposée là et pourquoi ? Impossible pour lui de l'expliquer ou de trouver le coupable. De toute façon, c'était le travail des enquêteurs. De son côté, il devait à tout prix prouver qu'il ne connaissait pas cette femme, qu'il ne lui avait pas adressé la parole au cours de la soirée et qu'il avait un alibi solide au moment où le meurtre avait été commis. Ce ne serait pas facile compte tenu de la présence de sa carte d'identité dans la voiture.

Pour ajouter aux soupçons qui pesaient contre l'étudiant, le lieutenant Leblanc entra dans la salle d'interrogatoire et laissa tomber sur la table un rapport du médecin légiste sur les éléments connus entourant la mort de Claire Legendre.

— Vous voyez ici, M. Chassé, que des cheveux châtains ont été retrouvés sur le manteau de la victime. Si vous êtes d'accord, j'aurais besoin de votre autorisation pour prélever un peu d'ADN sur vous afin de faire une comparaison. Je peux, bien sûr, obtenir un mandat pour le faire, mais je déteste la paperasse administrative. Si vous n'étiez pas sur place et si vous n'avez pas côtoyé madame Legendre, j'imagine que vous n'aurez aucune objection ?

— Est-ce que je suis obligé ?

— Pas du tout, c'est juste que cela compliquera la procédure et ce sera plus long. Si je pouvais vous éliminer de la liste des suspects rapidement, ça nous rendrait service à tous les deux, non ?

— OK, allez-y.

Une technicienne entra dans la pièce et à l'aide d'un bâton-tige, elle prit un échantillon de salive de Kevin Chassé afin de dresser son ADN et le comparer ensuite avec les cheveux châtains.

L'inspecteur Leblanc sortit de la salle d'interrogatoire un moment et donna des directives à plusieurs membres de son personnel. Au premier, il demanda de retrouver les deux étudiants qui étaient avec Chassé la veille au bistrot chez Vic pour entendre leurs versions du déroulement de la soirée. Il leur demanda de les interroger sur la perte du portefeuille de Chassé, sur les heures d'arrivée et de départ et sur le fait qu'ils aient aperçu ou non Claire ce soir-là.

Au deuxième enquêteur, il demanda de vérifier s'il y avait des caméras de surveillance sur la rue Saint-Jacques et auprès de tous les commerces situés près du bistrot.

Enfin, il se réservait la soirée pour aller interroger lui-même le personnel et la clientèle du bistrot chez Vic. Quelqu'un avait peut-être vu ou entendu quelque chose qui pourrait l'aider dans son enquête.

Sachant qu'il ne pouvait garder l'étudiant plus de vingt-quatre heures en détention, Leblanc décida de le laisser aller en attendant les résultats de l'analyse de l'ADN. À ce moment-ci, son instinct lui dictait que le jeune étudiant n'était pour rien dans ce meurtre, malgré les apparences contre lui. Mais il pouvait se tromper. Le temps pressait donc, car s'il libérait Chassé, il ne pourrait pas l'arrêter de nouveau pour un même crime, à moins d'avoir obtenu de nouveaux éléments.

Gerry arriva au bistrot vers dix-sept heures et alla directement voir Steve.

— Salut, prêt pour une grosse soirée ? Un jeudi soir, ça doit brasser ici, dit Gerry au barman.

— Ça dépend des semaines. On est en février, il fait froid et parfois les gens préfèrent rester chez eux ou aller voir un film, répondit-il. Il paraît que le propriétaire t'a offert une place ici? Félicitations... ajouta Steve avec un peu de frustration dans la voix.

— Je ne voulais pas te voler ton job, je te le jure. C'est lui qui m'a demandé de prendre la relève. Si ça n'avait pas été moi, ça aurait été un autre, expliqua Gerry.

— Bof, ce n'est pas grave. J'aime mieux retourner sur la Côte-Nord. Je pense que je ne suis pas fait pour vivre dans la région de Montréal, il y a trop d'action à mon goût, répondit Steve.

— Parlant d'action, vous avez entendu parler du meurtre d'une femme hier soir? demanda le barman, soulevant immédiatement l'intérêt de Gerry.

— J'ai entendu cela vaguement à la télévision ce matin, dit Gerry.

— Je suis pas mal certain d'avoir vu cette femme dans le bar hier soir, suggéra le barman.

— Ah ouin? fit Steve, surpris qu'une victime de meurtre ait pu être si près de lui.

— Ce n'est pas elle qui t'a payé un verre, Gerry?

— Ça se peut, fit-il. Je sais qu'il y a ton *gay* qui m'en a payé un, ça, je m'en souviens et je te remercie de m'avoir avisé. Je te laisse celui-là.

Vers vingt heures, le lieutenant-détective Leblanc se présenta seul au bistrot chez Vic. Il savait qu'il aurait dû emmener l'enquêteur Gilbert avec lui, surtout s'il songeait à interroger des témoins. Cependant, il ne voulait pas attirer l'attention, du moins pas encore.

Il y avait longtemps qu'il n'avait pas mis les pieds dans un bar, au moins une dizaine d'années. La dernière fois, il s'en souvenait encore. C'était au début des années 2000 dans l'ouest de Montréal, dans une période où il remettait tout en question, tant son mariage que sa vie professionnelle. Pendant des semaines, il avait couru les bars pour se défouler. Aussitôt son quart de travail terminé, il partait avec un groupe de copains différents chaque soir et rentrait chez lui, ivre la plupart du temps.

Jusqu'au jour où sa fille était venue le chercher dans ce même bar de l'ouest de la ville pour lui annoncer que sa mère venait d'être victime d'un chauffard en traversant la rue. Elle était morte sur le coup. Il s'agissait d'un délit de fuite dont on n'avait jamais retrouvé l'auteur. Qui plus est, au moment de l'accident, la femme de Leblanc marchait vers son automobile pour se rendre au bar où il se trouvait avec l'intention d'avoir une explication avec lui, et surtout lui dire qu'elle l'aimait malgré tout. C'est ce que sa fille lui avait raconté.

Pris de remords et de regrets, Gilles Leblanc n'avait plus remis les pieds dans un bar depuis ce temps et n'avait plus repris d'alcool non plus. Il s'était, par la suite, consacré entièrement à son travail et à l'éducation de sa fille unique.

Leblanc s'approcha du bar et commanda une eau minérale.

— Tranquille ce soir, dit-il.

— Il est encore tôt, répliqua le barman.

— On n'ira pas par quatre chemins, je suis de la police et j'enquête sur le meurtre d'une dame retrouvée dans sa voiture la nuit dernière, vous en avez peut-être entendu parler?

— On ne parle que de ça à la télé, fit le barman.

— Ça vous dit quelque chose? demanda le lieutenant, en tendant la photographie de Claire Legendre tirée de son permis de conduire.

— Je ne serais pas prêt à le jurer, mais je suis pas mal certain qu'elle était ici hier soir, répondit le barman.

— Ah oui? répliqua Leblanc, heureux de constater qu'il était peut-être enfin sur une piste sérieuse.

— Une partie de la soirée, en tout cas. Elle était assise là-bas, seule, dit-il en montrant une table dans un coin.

— Vous la connaissiez? Une cliente régulière?

— Non, pas du tout. Je ne l'ai pas vue partir non plus, le bistrot s'est rempli totalement vers vingt-trois heures et je n'avais vraiment plus de temps de remarquer quoi que ce soit.

— Et ce jeune étudiant, il vous dit quelque chose? poursuivit Leblanc en lui montrant la photo de Kevin Chassé. Il était avec deux autres étudiants hier soir.

— Ça se pourrait bien, mais vous savez le cégep n'est pas tellement loin et ils se ressemblent tous, répondit le barman.

— Il y avait d'autres serveurs sur le plancher? demanda Leblanc.

— Oui, Sandra, pour une. Elle est là-bas en train d'essuyer les tables.

Le lieutenant le remercia en lui laissant sa carte en précisant que si un renseignement lui revenait, il pouvait le contacter jour et nuit.

— Entendu, répondit le barman.

Leblanc se dirigea immédiatement vers Sandra qui se souvenait bel et bien d'avoir servi la dame.

— Elle buvait de la vodka jus d'orange, il me semble. Je ne l'ai pas vue quitter le bar, mais je sais qu'elle n'était pas là à minuit, expliqua Sandra en mâchant sa gomme avec vigueur.

— Comment ça ? demanda le lieutenant.

— Parce qu'à minuit, le musicien recommence un set et je fais toujours la tournée de mes tables au début. La femme n'était plus là à minuit.

— Merci, fit Leblanc en lui tendant également une carte professionnelle.

— Euh... monsieur... Vous pensez qu'elle a été enlevée au bar et qu'on l'a tuée pas loin ? demanda-t-elle, inquiète.

— Non, je ne crois pas. Ne vous inquiétez pas, répondit Leblanc.

Aussitôt le dos tourné, il appela au quartier général pour demander des patrouilles supplémentaires au centre-ville de Saint-Jean-sur-Richelieu. La crainte de la jeune femme était sans doute injustifiée, mais il ne fallait prendre aucune chance, tout à coup le meurtrier reviendrait dans les parages.

— Portez une attention particulière aux hommes seuls et aux femmes seules, également, dit-il au téléphone.

Leblanc parla ensuite avec quelques clients, mais ce fut peine perdue, la plupart n'étant pas venus la veille. Gerry, attentif à tout ce qui se passait autour de lui depuis le meurtre, avait bien vu cet homme au long manteau noir aller et venir dans le bar en parlant au personnel. Il n'avait rien du type habituel qu'on retrouve dans les bars. Habilement, il parvint à ne pas le croiser.

Le lieutenant Leblanc quitta le bistrot chez Vic une vingtaine de minutes après son arrivée et rentra chez lui. Le bistrot était devenu une pièce de plus dans son puzzle. Gerry s'approcha du barman.

— Drôle de gars à qui tu parlais tantôt, on aurait dit une police.

68

— Tu as le pif, mon Gerry. Lieutenant-détective Gilles Leblanc de la Sûreté du Québec, lut-il à haute voix sur la carte laissée par le policier.

Un grand frisson traversa la colonne vertébrale de Gerry qui fit un effort colossal pour garder son sang-froid. La police était-elle déjà sur ses traces? Cela lui semblait impossible.

— Qu'est-ce qu'il te voulait? demanda Gerry le plus innocemment possible.

— À moi rien, heureusement. Il enquête sur le meurtre de la femme hier.

— Tu lui as dit que tu l'avais vue?

— Oui, enfin je pense bien que c'est elle, répondit le barman. De toute façon, même si j'en avais su plus, je n'en aurais pas dit plus. Je n'aime pas beaucoup la police.

— C'est comme moi, dit Gerry, soulagé.

Steve monta sur scène pour son spectacle de vingt et une heures et laissa ensuite Gerry occuper le plancher pour le set de vingt-deux heures trente. Au cours de la journée, Gerry avait pris le temps de répéter quelques chansons de son répertoire. Il commença d'abord avec quelques chansons populaires anglophones, puis risqua une de ses compositions sur une musique rythmée à la guitare. Dès les premiers accords, plusieurs se mirent à taper dans les mains. Le propriétaire, derrière son bar, regarda son barman avec étonnement. Il y avait bien longtemps que ses clients n'avaient pas participé au mini-spectacle offert par les chansonniers qu'il proposait.

Bien que rythmée, sa chanson parlait de la mort et les paroles ne cadraient pas vraiment avec le type de musique choisi.

Mais je suis là maintenant
Tu n'as qu'à te laisser aller
Mais je suis là maintenant
Tu peux partir les yeux fermés

Après sa chanson, Gerry remercia le public et retourna au bar pour rejoindre Steve.

— C'était quoi? demanda Steve.

— Une de mes chansons, je l'ai composée cet après-midi. Un vrai moment de grâce, les paroles et la musique sont sorties de moi en l'espace d'une heure, cela fait longtemps que cela ne m'était pas arrivé, répondit fièrement Gerry.

— C'est pas mal. Un peu noir, il me semble, mais pas mal...

— Merci, fit Gerry.

— As-tu parlé au policier tout à l'heure ? interrogea Steve.

— Quel policier ? demanda Gerry.

— Le lieutenant Leblanc, fit Steve, en consultant la carte professionnelle.

— Non, je ne l'ai pas vu.

— Ça prend un *estie* de malade pour tuer une femme dans son *char*! s'exclama Steve qui n'en revenait toujours pas du genre de vie qu'on menait ici comparativement à sa Côte-Nord natale.

— Je ne sais pas. D'un autre côté, il doit falloir une grosse paire de couilles pour faire cela, répondit Gerry.

Steve préféra ne pas discuter de ce point. Il commanda un verre et chercha les groupes de filles dans le bar dans l'espoir de repartir à son appartement avec l'une d'elles à la fin de la soirée.

Le lendemain midi, le lieutenant Leblanc reçut les résultats des tests d'ADN des cheveux retrouvés sur le manteau de Claire Legendre. Ils correspondaient en tous points à l'ADN de Kevin Chassé. Il devrait se rendre dans le bureau de son patron pour discuter de ce cas. Normalement, il aurait immédiatement dû commander l'arrestation de Chassé et monter le dossier pour le procureur dans le but de porter des accusations de meurtre au premier ou au second degré. Mais, malgré les preuves accablantes contre le jeune homme, trop de détails demeuraient en suspens. Par exemple, Leblanc n'arrivait pas à déterminer un mobile. Ce n'était ni le sexe ni le vol. Ensuite, la version des amis de Chassé concordait avec la sienne. Ils n'avaient pas eu de contacts en soirée avec Claire Legendre.

De plus, la voisine de Kevin Chassé avait déclaré à un enquêteur de Leblanc qu'elle avait entendu du bruit dans le logement de l'étudiant un peu avant vingt-trois heures. Chassé jurait avoir quitté le bar vers vingt-deux heures et le médecin légiste avançait que le meurtre avait été commis entre vingt-trois heures et deux heures du matin. Rien ne concordait.

Enfin, pour compliquer la tâche du lieutenant, il venait d'apprendre que Chassé n'avait pas de permis de conduire et ses proches soutenaient qu'il ne savait même pas conduire une voiture. Il prenait toujours le transport en commun ou le vélo pour se déplacer en ville.

Comme l'information voulant que le tueur ait conduit le véhicule de Claire Legendre n'avait pas circulé et comme Chassé n'avait aucun intérêt pour les voitures...

Le lieutenant Leblanc avait trop peu de preuves à offrir au dossier pour inculper Kevin Chassé. Aucun procureur n'accepterait de porter des accusations sur la seule présence de son ADN sur les lieux du crime. N'empêche que c'étaient bel et bien ses cheveux et sa carte d'identité qui étaient là. Pourquoi? Ou bien Chassé et la victime se connaissaient et étaient, par exemple, des amants secrets, ou bien, plus simplement, quelqu'un avait déposé les effets personnels de Chassé dans la voiture pour le faire inculper.

Leblanc décida de prendre quelques jours pour fouiller davantage. D'ici là, peut-être que certaines langues se délieraient. Il avait quand même l'intention de mettre Chassé sous surveillance ainsi que l'ex-mari qui, malgré sa peine, avait peut-être un mobile pour assassiner son ex. Il creuserait également cette piste.

6

Le printemps 2013 apportait avec lui les sourires, l'éclatement des bourgeons, la chaleur et les robes légères des femmes déambulant dans les rues. Les premières terrasses ouvraient leurs portes au public.

Les touristes commençaient à arriver à Montréal où le secteur du Vieux-Port s'animait avec ses artistes de rue. À Saint-Jean-sur-Richelieu, on voyait de plus en plus de bateaux aux écluses, des touristes américains pour la plupart, qui venaient du lac Champlain et passaient par le Richelieu pour rejoindre le fleuve Saint-Laurent.

Et puis, comme tous les printemps, il y avait le hockey au Québec. Cette année, les Canadiens affronteraient les Sénateurs d'Ottawa et toute la province vibrait déjà au rythme de l'équipe avec l'espoir qu'enfin les Glorieux ramèneraient une coupe aux partisans. Toute la province... sauf Gerry qui n'avait aucun «don» pour le sport, comme il aimait le dire à ceux qui lui posaient des questions à ce sujet. Il se servait très bien de ce manque d'intérêt dans les spectacles qu'il offrait au bistrot chez Vic.

— Aimez-vous le hockey? lançait-il soudainement aux spectateurs.

— Ouuui, répondaient-ils en chœur.

— Moi aussi! Mais je ne suis pas le hockey de manière assidue. Est-ce que Guy Lafleur va bien cette année?

Les spectateurs éclataient de rire à tout coup. Gerry en rajoutait chaque soir en prenant le pouls de la salle qu'il aimait sentir sous son emprise.

— Quand on m'a dit que les Canadiens allaient jouer contre les Sénateurs, je me suis demandé si c'était un match-bénéfice contre les vieux politiciens d'Ottawa, mais on m'a expliqué !

Malgré ce printemps attendu et la bonne humeur qui régnait un peu partout, Gerry se morfondait et se sentait comme un lion en cage. Il avait cru que le meurtre de Claire Legendre allait provoquer davantage de vagues et que cet événement peu banal allait lui donner une dose d'adrénaline pour les dix prochaines années. La réalité était tout autre.

Le monde étant ce qu'il est, le meurtre avait fait la manchette des médias pendant deux ou trois jours et l'affaire avait rapidement été oubliée. Cela désolait Gerry pour plusieurs raisons. Il aurait aimé que la ville entière se lance à la poursuite du meurtrier. Il adorait cette sensation d'être le seul à connaître la vérité et voir tout le monde autour la chercher. Il se désolait également de voir que, finalement, la vie d'une personne n'avait pas plus d'importance pour l'ensemble de la population. Chacun faisait sa petite affaire et ne voulait pas être dérangé dans son quotidien. Gerry pouvait changer cela, croyait-il.

D'un autre côté, si tout le monde avait oublié le meurtre de Claire, cela prouvait à quel point Gerry avait bien réussi son travail. Il ne pouvait s'imaginer que cela était si facile. Pourtant, une chose le fatiguait. Pourquoi n'avait-il pas vu dans les journaux que le jeune étudiant, à qui il avait volé des cheveux et la carte d'identité, n'avait pas encore été accusé du meurtre ? Cela demeurait un mystère. Il aurait tant aimé être un petit oiseau et se trouver dans les bureaux de la police lorsqu'on avait discuté de l'affaire. Il manquait d'information et cela lui déplaisait.

Pendant les mois de mars et avril, le lieutenant Leblanc continua d'interroger l'entourage de Claire Legendre, tout en s'occupant des nombreux autres dossiers qui traînaient sur son bureau. Encore quelques mois et ce serait la retraite. Leblanc regardait les papiers éparpillés sur son bureau et aurait bien aimé conclure toutes ces enquêtes avant de quitter ce travail. Mais il avait donné suffisamment à sa profession.

Il avait toujours l'étudiant à l'œil, même si aucune preuve concrète ne jouait contre lui jusqu'à maintenant. Le jeune homme avait passé la soirée au bistrot chez Vic et Leblanc y était retourné à quelques reprises depuis, mais sans résultat non plus. Chaque fois que Gerry le voyait entrer dans le bar, il trouvait amusant de constater à quel point le lieutenant était près du but, sans s'en douter une seconde.

Sauf peut-être une fois. Quelques semaines auparavant, Leblanc était revenu au bar et cette fois, Gerry n'avait pu l'éviter. Le lieutenant s'était dirigé directement vers lui. C'était une fin d'après-midi alors que Gerry était en train de vérifier son matériel technique sur la petite scène qu'il occupait.

— Je vous demande pardon? avait dit le lieutenant.

Gerry s'était retourné, surpris de voir Leblanc, au point où il avait dû se justifier.

— Bon sang, vous m'avez fait peur.

— Je fais souvent cet effet, blagua Leblanc, sans sourire. Nous n'avons pas eu l'occasion de nous rencontrer et pourtant je suis venu au bistrot plusieurs fois au cours des dernières semaines.

Gerry ne répondit rien et attendit la suite. Il faisait tout en son pouvoir pour contrôler ses réactions.

— Je suis le lieutenant-détective Leblanc de la Sûreté du Québec, j'enquête sur le meurtre d'une femme commis en février dernier. Vous en avez entendu parler, j'imagine?

— Ça me dit vaguement quelque chose, répondit Gerry.

— Claire Legendre, ajouta le lieutenant. Si je vous montrais une photo? dit-il en lui tendant celle de la victime.

— Ça ne me dit rien, désolé, fit Gerry en lui remettant la photographie.

— Vous ne l'avez jamais vue au bistrot?

— Vous savez, je suis le musicien de service. Je travaille en soirée sur cette scène avec des projecteurs dans le visage. C'est à peine si je vois combien il y a de personnes dans la salle.

— Je comprends, répondit Leblanc. Si jamais quelque chose vous revient, dit-il, en lui tendant une carte professionnelle.

Leblanc était reparti, laissant Gerry songeur. Il se demandait comment il avait réagi devant le lieutenant. Avait-il été solide ou bien

74

Leblanc l'avait dans sa mire? Depuis ce temps, Gerry était beaucoup plus nerveux.

— Gerry? Gerry? fit le patron du bistrot en tapant sur l'épaule du musicien accoudé au bar après son premier tour de chant.

— Hein? fit Gerry en se retournant.

— C'est tranquille ce soir...

— Ouais, il fait beau et le monde préfère marcher dans les rues, j'imagine.

— Gerry, tu as fait du bon travail ici, expliqua le propriétaire.

Gerry reconnaissait ce ton qui ne laissait présager rien de bon pour son emploi.

— Je ne te le cacherai pas, les affaires ne vont pas très bien. La concurrence est trop forte. Je vais devoir faire des changements.

— Et j'en fais partie, c'est ça?

— Oui, mais j'ai quelque chose à te proposer.

Gerry sentait déjà la colère et la frustration monter en lui. Il avait toujours détesté les mauvaises nouvelles. Elles arrivaient toujours quand on ne s'y attendait pas. Pour un, c'était l'annonce d'un cancer alors que tout semblait bien aller dans la vie. Pour un autre, c'était un conjoint qui annonçait une séparation soudaine. Les mauvaises nouvelles indiquaient qu'on perdait le contrôle de sa vie pendant quelques minutes, quelques heures ou quelques jours. Gerry détestait perdre le contrôle. Il tenta de se reprendre rapidement.

— Je vous écoute, dit-il.

— J'ai parlé à un de mes amis qui dirige un resto-bar et il est à la recherche d'un musicien-chanteur jusqu'à la fin de l'année. Je lui ai parlé de toi, je lui ai fait entendre ce que tu faisais et il est prêt à te prendre. Mêmes conditions qu'ici ou à peu près.

Gerry y vit immédiatement une façon rapide de reprendre le contrôle sur les événements et il se dit qu'un nouvel endroit lui serait peut-être bénéfique. Il repensa à sa dernière conversation avec le lieutenant Leblanc et le fait de s'éloigner n'était peut-être pas une si mauvaise idée après tout.

— Où ça? demanda-t-il.

— Sherbrooke. C'est à une heure et quart d'ici seulement. Belle ville, le bar fonctionne bien. Alors ?

— Je commencerais quand ?

— La semaine prochaine, le temps d'aller voir et de te trouver un endroit pour crécher.

Gerry, alors qu'il pratiquait mille et un métiers, une vingtaine d'années plus tôt, avait habité Magog, à quelques kilomètres de Sherbrooke. Il connaissait donc un peu Sherbrooke et son centre-ville, mais sans plus. Dans son désir de contrôle, il vit une occasion lui rappelant un vieux proverbe du pays des Ch'tis :

Vaut miux êtes tiot maître à s'mason qu'grind varlet chez l's'ôtes.

Il vaut mieux être un petit maître chez soi qu'un grand valet chez les autres.

— Sherbrooke ? Pourquoi pas ? répondit Gerry.

— Bon ! C'est bon ! répliqua le patron, heureux de constater que son artiste prenait les choses du bon côté.

Gerry prit son verre de cognac et le vida d'un trait, puis il sourit. Une nouvelle vie s'ouvrait à lui et il avait bien l'intention de devenir le petit maître de son nouveau milieu. Si la région de Montréal était trop grande pour lui, Sherbrooke lui conviendrait certainement mieux. Et puis, il y avait ce maudit lieutenant.

Mais, avant de partir, Gerry voulait laisser une petite trace derrière lui.

Il se retourna et, tel un loup, surveilla les allées et venues dans le bar. Pour l'heure, rien d'intéressant, mais il demeurerait aux aguets.

Une demi-heure plus tard, il retourna chanter devant le public. Il enchaîna plusieurs chansons québécoises et américaines, reprenant des succès des dernières décennies en y ajoutant quelques commentaires et blagues ici et là. Le public, ce soir-là, était plutôt froid et peu réceptif. Après deux chansons qui tombèrent un peu à plat, Gerry interpella l'auditoire.

— Faites comme si je n'étais pas là, je comprends. Il y a des soirs comme cela où on n'a pas nécessairement envie de taper dans les mains et de chanter. Je vais vous faire une ballade qui n'est pas connue puisque je l'ai écrite cette semaine. Mais faites comme si je n'étais pas là, hein, promis ? Ce sera moins gênant pour moi et si vous n'aimez pas, je ne m'en rendrai pas compte. Deal ?

Quelques clients assis à l'avant de la scène étaient maintenant complètement attentifs au chanteur. Plus loin, seule assise à une table, une jeune femme, sans doute une étudiante, sirotait un verre.

Gerry amorça sa chanson sur un rythme rappelant les ballades de Lionel Ritchie. Sa chanson parlait de solitude, d'amour, de rupture inattendue, de peine d'amour, puis de rencontres et d'espoir. En terminant son dernier accord de guitare, Gerry sentit que la chanson avait plu. Cependant, il y eut peu d'applaudissements.

Gerry leva les yeux et vit la jeune femme, toujours seule. Elle avait retiré sa main de son verre et applaudissait discrètement.

Gerry remercia et quitta son banc. Quelques minutes plus tard, il s'approcha de la jeune fille.

— Bonsoir.

— Bonsoir, répondit-elle, timidement.

— Je peux m'asseoir un instant ? demanda-t-il.

— OK, fit la jeune fille, surprise.

Gerry sentit son pouls battre un peu plus fort. Qui dit pouls dit pulsions et dans le cas de Gerry, on pouvait parler de pulsions dangereuses. Sans écouter attentivement ce qu'elle racontait, Gerry la laissait parler de ses cours à l'université. Il avait bien d'autres idées en tête. Il imaginait des scénarios plus tordus les uns que les autres pour « se la faire ».

— Tu m'attends un instant ? Je reviens, dit Gerry.

Il se leva et se dirigea vers le comptoir. En marchant, il pensa à Kevin Chassé, l'étudiant qu'il avait tenté de faire accuser de meurtre dans le dossier de Claire Legendre. Il devait bien y avoir un autre « Kevin » dans la place ce soir. Gerry avait bien l'intention de procéder de la même façon que la dernière fois. Cela avait très bien fonctionné, non ? Il suffisait de chercher le bon pigeon, de lui prendre un objet dont on pourrait tirer un peu d'ADN sur les lieux du crime.

Pendant qu'il cherchait la bonne personne, il commanda deux verres, un pour lui et un autre pour l'étudiante. Il restait maintenant à trouver le moyen de la sortir d'ici sans attirer l'attention sur eux.

Serait-elle étranglée comme la dernière ? Se servirait-il d'un couteau, cette fois ? Ce serait peut-être tellement bon de regarder ses yeux pendant que le couteau s'enfonce dans sa chair tout en lui plaçant une main sur la bouche. Tout se déroulerait dans le silence, d'une façon presque solennelle. Il la verrait partir.

Mais voilà, il ne voyait personne qui faisait l'affaire. Il devait gagner du temps. Il rejoignit la jeune femme, deux verres dans les mains. Elle le remercia et lui raconta par la suite qu'elle venait de rompre avec son petit copain.

— Moi, si j'avais une belle fille comme toi à mes côtés, j'en prendrais soin comme la prunelle de mes yeux, dit Gerry.

— Tu n'es pas sérieux là, dit-elle avec une voix qui trahissait sa consommation d'alcool. Et moi, j'aime que les gars soient sérieux, tu comprends ?

— Si j'avais quelques années de moins, ma belle, je tenterais ma chance. On pourrait faire le tour du monde ensemble, roucoula Gerry.

— Pourquoi on ne s'en irait pas à Paris ? Là, tout de suite, dit la jeune femme.

— Bonne idée, blagua Gerry. Si on partait maintenant, on pourrait visiter la tour Eiffel ensemble demain matin.

— Tu n'es pas sérieux, là ! Je ne te crois pas, dit la jeune femme saoule. Pourquoi les gars ne sont jamais sérieux avec moi ?

Pendant une bonne demi-heure, Gerry se concentra sur sa tâche. Il faisait rire la jeune fille avec une allusion ou deux au passage sur le fait qu'elle devait maintenant penser à regarder en avant et surtout, surtout, profiter du moment présent. Dans son esprit, le moment présent s'appelait Gerry.

À deux reprises, il se leva en croyant avoir vu une personne digne de devenir « suspecte pour meurtre » et deux fois, il fut incapable de saisir quoi que ce soit de sa victime. Pas grave, se dit-il, cette fois, il agirait sans filet. Il amènerait tout simplement la jeune fille derrière le bar près du chemin de fer. Vite fait et bien fait. Ce serait risqué, mais cela faisait partie du métier. Il en avait tellement envie.

Au moment où Gerry allait lui proposer de sortir prendre l'air, profitant de l'instant où davantage de clients entraient et sortaient, un garçon dans la vingtaine s'approcha de la table.

— Mélissa? demanda-t-il.

— Simon? fit-elle en relevant la tête. C'est lui, mon ex-petit copain connard! ajouta-t-elle à l'intention de Gerry en parlant d'une bouche pâteuse.

— Viens, je te ramène, dit-il.

— Non, ce soir, c'est le monsieur que tu vois là qui va me ramener, hein, Gary? Et pas à Saint-Jean... à Paris, tu sauras!

— Gerry...

— Pfifff... Gerry, Gary, au point où on en est...

— Allez, debout, dit Simon.

La jeune femme fit un brusque mouvement pour empêcher Simon de prendre son bras, puis elle se ravisa.

— Tu m'aimes encore...? Mon petit lapin! dit-elle avec beaucoup de difficulté.

— Excusez-la, monsieur, dit Simon. Nous avons des choses à nous dire, mais je vais commencer par la ramener à la maison pour qu'elle se repose. Je vous remercie de vous être occupé d'elle.

— Pas de faute, dit Gerry. Vous avez une bonne fille entre les mains. J'espère que vos problèmes vont s'arranger.

— On y travaille, expliqua Simon en tirant sur Mélissa pour la lever de sa chaise.

Le couple sortit du bar. Simon venait, sans le savoir, de lui sauver la vie. Quant à Gerry, il retourna chanter sur scène. Sa pulsion avait diminué d'intensité. Il avait eu le temps d'imaginer la scène et cela lui suffisait pour ce soir. Il réalisa du coup qu'il ne devrait plus jamais improviser dans ce domaine. Les choses avaient besoin d'être planifiées longtemps à l'avance. Le spectacle et la jouissance qu'il en tirerait seraient encore meilleurs.

À la fermeture du bar, vers trois heures du matin, Gerry salua le personnel et rentra chez lui. Le lendemain, il louerait une voiture et se dirigerait vers Sherbrooke en empruntant l'autoroute des Cantons de l'Est.

7

Début mai, à bord d'une voiture du service de Communauto, Gerry prit la route pour Sherbrooke où une nouvelle vie l'attendait. Sixième ville en importance au Québec, Sherbrooke comptait environ 160 000 habitants avec une forte concentration de personnes de plus de 50 ans et une autre, formée d'étudiants.

Peu familier avec la technologie, Gerry avait avec lui une carte de la ville, dépliée sur le siège du passager, afin de se repérer dans la ville. Le temps était magnifique et il se sentait en pleine liberté. Il monta le volume de la radio qui crachait une chanson rock et décapante.

En roulant sur le boulevard de Portland, en direction du centre-ville, Gerry rêvait de prendre possession de cette ville. Pourquoi ne serait-il pas enfin le chanteur qu'il avait toujours voulu être? Et si on le découvrait enfin?

Arrivé à un carrefour bizarre où se croisaient plusieurs rues que seuls les Sherbrookois pouvaient décoder rapidement, Gerry tourna sur sa droite pour se retrouver sur la rue Belvédère. Il traversa un pont duquel il vit la rivière Magog, l'une des deux principales rivières qui découpent la ville, avec la Saint-François. Il profita du feu de circulation pour regarder sa carte à nouveau. Il tourna à sa gauche et roula à peine un kilomètre avant de se retrouver au centre-ville. La première image qu'il en eut fut l'impressionnant hôtel de ville, réplique de celui de la ville de Montréal, côté architectural.

Le patron du bistrot chez Vic lui avait dit que le bar où il devait se présenter, L'ouvre-boîte, se trouvait tout juste en face de l'hôtel de ville. Il trouva rapidement une place dans un stationnement qui portait un drôle de nom, La Grenouillère. Puis, il marcha rue Wellington pour sentir, pour écouter, pour ressentir sa nouvelle ville.

Très excité, il se sentait comme un jeune travailleur qui se prépare à aller passer une entrevue importante pour un emploi. Pourtant, il n'avait pas à s'inquiéter, son job était assuré pour les huit prochains mois. Il ne lui restait qu'à signer son contrat, ce qu'il avait l'intention de faire plus tard dans la journée.

Au passage, il s'arrêta prendre un verre dans un café situé à l'intersection des rues King et Wellington, les deux noms de rues que l'on connaît quand on n'est pas de Sherbrooke, comme la rue Racine à Saguenay ou la rue des Forges à Trois-Rivières.

Le café était bondé de travailleurs du centre-ville et d'étudiants. Gerry s'y sentait à l'aise. Il se leva pour aller aux toilettes et profita du mouvement créé par le départ de huit personnes autour d'une table pour saisir les casquettes de deux étudiants qui traînaient sur des chaises. Habilement, Gerry les fourra sous son chandail de coton ouaté et poursuivit son chemin vers la salle de bain.

À son retour à sa place, il jeta les deux casquettes dans le sac en bandoulière qu'il transportait toujours avec lui. Il finit son verre, puis retourna ensuite à son véhicule pour y camoufler son butin. Ensuite, il visita quelques boutiques avant de se présenter à L'ouvre-boîte.

L'heure du déjeuner achevée, l'endroit était maintenant tranquille. Les serveuses s'affairaient à débarrasser les dernières tables des clients. Avec ses murs de briques et ses boiseries, l'endroit était chaleureux. Il pouvait contenir une centaine de personnes, selon l'évaluation de Gerry. Il n'y avait pas de scène comme telle. Sans doute que l'artiste invité se produisait dans un coin, devant la vitrine donnant sur la rue Wellington.

— Bonjour, j'aimerais voir le gérant ou le patron de la boîte, s'il vous plaît, demanda Gerry à la première serveuse disponible.

— C'est pour un formulaire d'emploi? Vous pouvez attendre, je vais aller vous en chercher un. Vous pouvez le remplir ici et me le remettre ensuite. On va vous rappeler d'ici trois ou quatre jours, si vous avez les compétences. Vous avez apporté votre CV? demanda la serveuse machinalement.

— Non, fit Gerry.

— Non, vous n'avez pas apporté votre CV ou non, ce n'est pas pour un formulaire d'emploi? demanda la serveuse impatiente.

— Les deux, fit Gerry, amusé.

— Qu'est-ce que vous voulez alors?

— Juste voir le gérant, répondit Gerry.

— Vous auriez pu le dire plus tôt, fit la serveuse, en se dirigeant vers les cuisines.

Gerry sourit et tenta de deviner le prénom de cette serveuse. Il avait toujours été convaincu que les prénoms donnés à la naissance devenaient associés à la personnalité. Lui-même détestait son prénom. C'est pourquoi il se faisait appeler Gerry au lieu de Gérald. Elle sonnait plutôt comme une Gisèle, pensa-t-il en souriant.

Quelques instants plus tard, un homme, grand, la trentaine, portant un veston bleu et une chemise blanche à col ouvert, se présenta à lui tenant un minuscule chihuahua dans ses mains.

— Martin Boisvert, je peux vous aider?

— Gerry, Gerry Mercier. C'est Vic à Saint-Jean-sur-Richelieu qui m'envoie. Je suis musicien-chanteur.

— Ah, enchanté, je ne pensais pas vous voir si tôt, répondit Boisvert.

— Désolé, il faisait beau, je suis parti de Saint-Jean ce matin, j'aurais dû appeler...

— Pas de problème, on s'assoit un instant? demanda le gérant en commandant deux cafés d'un signe de la main. Désolé pour le chien, c'est celui de ma conjointe et je suis pris pour le garder aujourd'hui.

Gerry observa le petit chien. Il n'avait qu'une envie, lui tordre le cou, tellement il détestait les animaux.

Martin Boisvert commença par lui dire qu'il l'avait entendu sur un enregistrement et qu'il avait bien aimé ce qu'il faisait. Il trouvait que le répertoire du chanteur cadrait bien avec la clientèle qui fréquentait son resto-bar, des gens plus âgés et une clientèle étudiante, selon les soirs.

— Je suis certain que vous pourrez vous y adapter facilement, dit Boisvert. Dites, on peut se tutoyer? Ce serait plus facile.

— Avec plaisir, Martin, répondit Gerry en regardant passer ce qui devait être l'une des plus jolies serveuses du bar.

Le gérant remarqua l'intérêt soudain de Gerry pour un membre de son personnel.

— Jolie, n'est-ce pas? demanda Boisvert. C'est Nora, mon bras droit. Si je ne suis pas ici, tu peux lui demander n'importe quoi... ou presque, ajouta-t-il en riant.

Gerry fut mal à l'aise de s'être fait prendre ainsi à reluquer une serveuse alors qu'il venait tout juste de prendre contact avec son patron. Cependant, ce dernier était habitué avec le public et il n'était pas sans savoir que Nora attirait l'attention de tous les clients. Elle rappelait à Gerry une fille qu'il avait connue à l'école secondaire. Elle était belle et le savait. Qu'est-ce qu'elle en avait fait baver des garçons! Gerry s'était toujours dit qu'un jour, lui aussi aurait le droit de coucher avec une telle beauté... de gré ou de force.

— Désolé, fit Gerry.

— Il n'y a pas de faute, répondit Boisvert. Vic t'avait dit que tu ne commencerais que la semaine prochaine?

— Oui, oui, je vais trouver un endroit à coucher pour les premiers jours ou les premières semaines et je retourne ensuite à Saint-Jean. Je serai ici jeudi prochain comme prévu.

— C'est ça, du jeudi au dimanche inclus, quatre tours de trente minutes entre 21 heures et une heure du matin. Cent vingt-cinq dollars par soir pour commencer, ça te convient?

— C'est ce que Vic m'a dit. C'est correct. Merci.

— Je peux appeler dans un hôtel pour réserver une chambre pour toi pour ce soir, si tu veux, proposa le gérant de l'établissement.

— Non, merci, je vais sans doute retourner à Saint-Jean dès ce soir. Certaines personnes trouvent cela loin, mais c'est à peine à une heure de route.

— Comme tu voudras. Donc, je t'attends jeudi prochain dans la journée, on pourrait faire des tests de son avec ton matériel.

— Parfait, dit Gerry en se levant, non sans chercher cette Nora de l'œil, une dernière fois.

Gerry passa le reste de l'après-midi à visiter Sherbrooke. Il commença par longer la rue Wellington du nord au sud. Au nord, là où se trouvait L'ouvre-boîte, plusieurs commerces avaient pignon sur rue, allant du magasin de meubles à la friperie. Par contre, du côté sud, passé la rue King Ouest, l'endroit était désert. On lui avait raconté que dans les années 70, un grand hôtel, Le Moulin rouge, se dressait à l'intersection King-Wellington, alors très achalandée. On y présentait des spectacles musicaux toutes les fins de semaine. Les clients devaient donner un dollar à l'énorme *videur* à la porte s'ils souhaitaient obtenir une place près de l'orchestre.

Plus loin encore sur Wellington Sud, des immeubles désaffectés, sur le point de s'écrouler. Sans doute des commerces en faillite et dont les propriétaires demeuraient introuvables, se dit Gerry. La «clientèle» n'était pas la même non plus, remarqua-t-il, entre la Wellington Nord et la portion sud. Au nord, restaurants, vie de bureau. Au sud, itinérance et troubles mentaux. Entre les deux, la rue King Ouest faisait office de frontière.

Il découvrit ensuite, plus à l'ouest, le Lac des Nations et sa promenade de quelques kilomètres, en plein centre-ville. Il s'approcha du mont Bellevue, à proximité, puis du secteur universitaire où il trouva un petit restaurant pour prendre une bouchée.

Il feuilleta *La Tribune*, le quotidien local, afin de prendre connaissance de ce qui retenait l'attention de la population. Outre l'annonce de quelques candidatures en vue des élections municipales de novembre et la préparation des Jeux d'été du Canada dans la ville en août, peu de choses attiraient son attention. Cependant, il vit que la police avait tenu, la veille, une conférence de presse pour dévoiler les activités de la «Semaine de la police» qui se tiendrait la semaine suivante.

En parlant avec une serveuse, il apprit que les bars les plus «hot» se trouvaient au centre-ville et qu'il en existait également un spécialement pour les étudiants à proximité de l'université.

Le soir venu, Gerry se rendit à l'Université de Sherbrooke. C'était un grand campus, tranquille. Toute la journée, il avait senti ses pulsions le travailler. Sans doute que la vue de Nora, plus tôt dans l'après-midi, les avait réveillées.

Il arrêta son véhicule dans un stationnement presque plein, situé près du complexe sportif. Sans doute y avait-il un spectacle en soirée au Centre culturel. Il ferma le moteur, regarda autour, puis en pensant à cette Nora, il enfouit sa main dans son pantalon dans l'espoir d'avoir une érection. Le geste était devenu machinal. Après quelques minutes, il se lassa.

Gerry aperçut soudainement une automobile identifiée à la sécurité du campus. À bord, le conducteur surveillait à distance les véhicules en infraction pour distribuer des contraventions au besoin. Cette image déclencha soudainement une foule de souvenirs chez lui. Il revit sa mère à côté d'un homme en uniforme. Elle ne semblait pas avoir peur de lui, au contraire. Son souvenir était vague. L'avait-elle embrassé ? Son père n'était pas loin non plus. Ce n'était pas clair. Il était tellement jeune.

Il fouilla dans son sac sur le siège passager et en sortit une paire de gants de plastique chirurgicaux et un couteau. Gerry sortit de son véhicule et s'approcha de la voiture de surveillance, immobilisée. Rendu à un mètre de la voiture, le préposé à la circulation ouvrit sa vitre d'auto voyant bien qu'une personne venait vers lui, sans doute pour lui demander un renseignement. Il y était habitué.

L'homme regarda Gerry un instant et comprit aussitôt qu'il était en eaux troubles. Il tenta de refermer la fenêtre électrique de sa voiture, mais il peina à trouver le bon bouton à la noirceur. Au lieu de fermer la sienne, la manœuvre désespérée actionna la fenêtre arrière.

Gerry fit un pas vers lui et enfonça son couteau d'un coup sec dans le cou du chauffeur. Une fois le couteau bien planté, Gerry releva la tête un moment, les narines au vent et la bouche serrée.

L'homme demeura figé et commença à se vider de son sang. Gerry entra ensuite sa tête à l'intérieur de l'auto pour voir les yeux de sa victime, mais le conducteur les avait déjà fermés, résigné à mourir.

— Ça va aller, ça va aller. Tu n'as même pas poussé un petit gémissement. Tu as bien fait cela.

Gerry retira son couteau du cou de sa victime et sortit de sous son chandail une des casquettes volées plus tôt au restaurant, qu'il balança sur le siège avant. Il coupa le contact. Puis se penchant vers l'oreille de sa victime, il murmura :

— Pour tous les uniformes que ma mère a baisés !

Gerry se retourna et s'assura que personne ne l'avait vu. Il réintégra son véhicule, enleva ses gants avant de les enrouler et de les placer dans son sac. Il s'en débarrasserait plus tard, loin de Sherbrooke. Son cœur battait fort dans sa poitrine. Il avait besoin d'un verre.

Même s'il savait qu'il devait quitter les lieux rapidement pour ne pas être vu, Gerry prit quand même quelques secondes pour savourer le moment. Il ferma les yeux et écouta son cœur battre. La sensation était tellement intense qu'il sentait ses tempes battre la mesure. Aucune drogue, aucun alcool, aucune femme ne pouvaient lui procurer une émotion semblable. Cela valait bien des orgasmes, pensa-t-il. Il ouvrit les yeux et étendit sa main devant lui. Il ne tremblait pas. En apparence, il était calme, en plein contrôle. En dedans, « la tempête » commençait à se calmer.

Prudent, il observa les allées et venues dans le stationnement. Tout était calme, il pouvait partir. Il sortit du stationnement en vérifiant constamment sa vitesse. Cela aurait été trop stupide de se faire prendre par un patrouilleur. Il quitta le campus et, à l'intersection la plus proche, il vit une affiche indiquant la direction à prendre pour le réseau autoroutier. Il accéléra en pensant à la suite des choses. C'est ce qu'il détestait le plus, ne pas être présent lorsque le corps serait découvert. Il aurait aimé voir le visage de ceux qui le trouveraient et surtout, entendre les policiers.

Gerry sourit en conduisant.

— Bonne Semaine de la police ! dit-il à haute voix dans sa voiture, en empruntant l'autoroute 10 en direction de Saint-Jean-sur-Richelieu.

Au long du trajet, il repensa à Claire. Il compara la sensation d'étouffer une personne de ses propres mains et celle de la poignarder comme il venait de faire. À bien y penser, il préférait le couteau.

Environ une heure plus tard, à la fin du spectacle au Centre culturel de l'université, des centaines de personnes se dirigeaient vers les différents stationnements à proximité. L'automobile du gardien de sécurité était immobilisée dans une allée. Les premiers passants ne firent aucun cas du véhicule en passant à côté. Cependant, lorsqu'un couple tenta de sortir de son véhicule, celui du gardien de sécurité, immobilisé derrière le sien, demeura en place. Normalement, le conducteur aurait dû se déplacer après quelques secondes.

— Voyons, qu'est-ce qu'il fait qu'il ne s'éloigne pas? Il voit bien que je veux partir.

Le jeune homme sortit de sa voiture et s'approcha de celle du gardien de sécurité. Cette fois, il prit conscience que le moteur était coupé. Il s'avança davantage et aperçut une forme humaine au volant. Arrivé côté conducteur, le jeune homme vit que la fenêtre était ouverte. Il ne pouvait distinguer clairement à l'intérieur en raison de l'obscurité.

— Monsieur?...

Pas de réponse.

— Monsieur? répéta-t-il, en s'approchant encore un peu plus.

Le jeune homme crut un instant que le gardien s'était endormi. Drôle d'endroit! estima-t-il. Il mit la main sur l'épaule du gardien et sentit soudainement de l'eau sur ses doigts.

— Monsieur? dit-il plus fort, cette fois.

Il sortit son téléphone cellulaire de la poche arrière de son jeans et mit l'application lampe de poche en fonction. Il éclaira le conducteur et comprit rapidement que l'eau qu'il avait sentie sur ses doigts était du sang. Le gardien de sécurité avait le cou et l'épaule ensanglantés. Sa chemise bleu poudre était rouge vin en bonne partie. Le jeune homme sursauta et recula d'un pas.

— *Tabarnak!* s'écria-t-il.

Dans sa voiture, sa copine entendit le cri de son amoureux et sortit aussitôt pour voir ce qui se passait. Jamais elle n'avait entendu son copain s'exprimer sur un ton pareil.

— Gabriel? Qu'est-ce qu'il y a? demanda-t-elle, inquiète et n'y voyant à peu près rien.

Le jeune homme, toujours sur le choc, prit quelques secondes avant de répondre, ce qui fit augmenter l'angoisse. La jeune fille, elle, ressentit une peur véritable.

— Gabriel!!

— Oui… oui… je suis là, tout est correct. Faut appeler la police, le gars est mort!

— Hein? fit la jeune femme en s'approchant.

— Tu ne veux pas voir ça! dit-il en se dirigeant vers elle.

Gabriel composa le 911 et transmit le message à la préposée. Elle lui posa une foule de questions pour le garder en ligne et le calmer pendant qu'elle transmettait des informations aux policiers se trouvant le plus près de l'université.

Au fur et à mesure que les gens sortaient de la salle de spectacle, des curieux s'approchaient du véhicule et l'attroupement devenait de plus en plus imposant.

En quelques minutes, ils étaient maintenant des dizaines à entourer la voiture. Tout le monde prenait des photos du pauvre homme ensanglanté pour les relayer à leurs amis. La vie du gardien de sécurité n'avait déjà plus aucune importance pour plusieurs. Le *thrill* était davantage de faire vite pour que les photos de la victime circulent le plus rapidement possible. L'effet de foule pour prendre des photos entraîna même une légère bousculade. Chacun voulait avoir le meilleur angle pour prendre sa photo.

Aussitôt que le code 10-06 fut transmis sur les ondes de la police et du réseau ambulancier indiquant la présence de blessés ou de morts sur les lieux, les chaînes de télévision et les reporters judiciaires accoururent. Cette fois, Facebook et Twitter auraient été beaucoup plus rapides qu'eux.

Les premiers agents de police arrivèrent sur les lieux environ quatre minutes après la réception de l'appel au 911. Le véhicule de police eut du mal à se frayer un chemin dans le stationnement, tellement la foule était dense.

— Ici l'unité 21, on va avoir besoin d'une ambulance et d'assistance dans le stationnement du complexe sportif de l'université. On s'approche du véhicule immobilisé.

— 10-04, répondit la préposée.

— C'est quoi ce bordel? se demanda l'un des deux agents à haute voix.

Les badauds se bousculaient lentement pour laisser passer le véhicule de police. Lorsque celui-ci parvint enfin à proximité de l'automobile du gardien de sécurité, le premier agent de police sortit et ordonna à tout le monde, d'un ton ferme, de reculer de quelques pas. Les spectateurs, côté conducteur, reculèrent aussitôt. Cependant, du côté passager, les gens étaient de plus en plus nombreux. À l'aide de leurs téléphones intelligents, ils parvenaient tous ensemble à éclairer suffisamment l'intérieur de l'automobile pour bien voir le gardien de sécurité ensanglanté. Et toujours ces photos qui se prenaient de tous les angles possibles.

— Reculez, s'il vous plaît, répéta l'agent de police, visiblement débordé par le nombre de personnes sur place.

Son collègue le rejoignit pour l'aider à faire reculer les dizaines de personnes présentes. Il en bouscula deux ou trois pour se rendre près de la portière. Cela entraîna un léger mouvement de foule, les gens bousculés en poussant d'autres à leur tour.

— Monsieur, reculez! Sinon, je vais vous faire reculer! dit l'agent de police à l'intention d'un homme dans la quarantaine qui se prenait visiblement pour un photographe de presse.

— Fais reculer les autres derrière moi et je vais pouvoir le faire ensuite! répondit l'homme en prenant d'autres photos.

Excédé, le policier, plutôt costaud, le saisit par les épaules et le poussa vers l'avant du véhicule. Cela eut pour effet de surprendre tout le monde et un silence s'installa, l'espace d'un moment.

— Brutalité policière! cria un jeune étudiant un peu plus loin.

— Ouais... approuvèrent d'autres personnes.

L'agent de police était sur le point de répliquer et de tenter d'expliquer à tout le monde qu'ils se trouvaient visiblement sur une scène de crime et qu'ils pouvaient empêcher la police de retrouver des indices importants. Toutefois, l'arrivée de trois autres véhicules de police avec gyrophares et sirènes eut l'effet escompté. D'elle-même, la foule se retira de quelques mètres. En quelques secondes, l'automobile du gardien de sécurité fut enfin isolée. Des agents contrôlèrent la foule pendant que d'autres établirent un périmètre de sécurité à l'aide de bandes de plastique jaune.

— Il n'y a plus rien à voir, laissez-nous faire notre travail, dit l'un des policiers à l'intention des personnes rassemblées.

Après les agents de police, ce fut au tour des enquêteurs de la division des crimes majeurs d'arriver sur les lieux. Les médias sur place demandaient à s'approcher à leur tour pour prendre des images.

Le sergent-détective Erik Farley, récemment promu à ce poste, alluma sa lampe de poche et éclaira la victime. Il comprit rapidement que l'homme avait sans aucun doute été poignardé dans le cou. Il dirigea le faisceau lumineux à l'intérieur du véhicule et vit une casquette à l'effigie des Yankees de New York sur le siège avant. Il fit le tour de l'automobile. Les dizaines de personnes présentes avaient sans doute laissé sur place des traces qui ne feraient que compliquer l'enquête. C'était sans compter que certains indices importants avaient peut-être disparu. Pourquoi cet homme? Pourquoi ici? Pourquoi ce soir? Pourquoi, pourquoi? La nuit serait longue pour tout le monde.

Le sergent-détective contacta immédiatement la Sûreté du Québec comme le voulait le protocole. Sherbrooke, de par le nombre d'habitants, était un niveau de service deux selon la Loi sur la police du Québec. Son service de police devait donc confier la responsabilité de l'enquête à la SQ. Mais, en attendant la Sûreté du Québec, il donna ses directives à sa propre équipe.

D'abord, recueillir le maximum de renseignements et de photos sur la scène de crime. En même temps, il fallait identifier la victime et aviser sa famille du décès. Les photos qui circulaient déjà sur le Web allaient sans doute être diffusées par les médias sous peu. Les gens n'avaient aucune idée du mal causé aux proches de la victime qui verraient peut-être soudainement leur père ou leur collègue de travail ensanglanté sur Facebook. Probablement que ces gens s'en foutaient de toute façon.

Ensuite, on devait chercher l'arme du crime et analyser tous les objets suspects retrouvés dans et autour de la voiture. L'enquêteur devait également tout savoir des dernières heures de la victime. À quelle heure avait-il commencé à travailler? Qui était-il?

Farley refit le tour de l'automobile. On lui avait appris d'abord à regarder une scène de crime dix fois plutôt qu'une. Pendant que des membres de son équipe prenaient des photos et tentaient de recueillir des empreintes ou d'autres indices, il remarqua que la fenêtre arrière, côté passager, était entrouverte de quelques centimètres. Il ne put rien conclure à ce moment-ci, mais demanda quand même à un technicien de prendre des photos.

Farley se dirigea ensuite vers le jeune homme qui avait découvert le corps le premier. Il lui raconta tout en détail, comme il l'avait déjà expliqué plus tôt, à deux reprises, à des agents et enquêteurs du SPS. Non, il n'avait pas vu personne autour et oui, il demeurerait disponible pour la police.

Le sergent-détective donna son accord pour qu'on transporte le corps au Centre hospitalier universitaire de Sherbrooke.

— Nous avons l'identité de la victime, monsieur. Il s'agit de Claude Beaudoin, 54 ans, un homme sans histoire. Il a commencé son quart de travail à 16 heures et il devait terminer à minuit. Il travaille pour le service de sécurité de l'université depuis une quinzaine d'années, semble-t-il.

— Merci. Vous vous assurez que la famille soit prévenue?

— Oui, monsieur. Mais les sites de nouvelles ont déjà publié des photos.

— Alors, faites vite, répondit Farley, enragé, mais peu surpris de la façon d'agir des médias.

— Autre chose, monsieur. Le relationniste de la police demande s'il peut vous parler pour avoir quelques éléments à donner aux médias en attendant que celui de la SQ arrive.

— Je m'en occupe.

— Merci, monsieur, fit l'agent.

Le sergent Farley se déplaça une quinzaine de mètres à sa droite, là où on avait rassemblé les médias, de l'autre côté du ruban jaune plastifié. Le relationniste du SPS se dirigea vers lui pour obtenir quelques informations, mais l'enquêteur lui fit signe de la main lui indiquant qu'il parlerait directement aux médias, ce qui était assez inhabituel.

Erik Farley s'approcha des journalistes, d'un pas décidé. Ceux-ci tendirent leurs micros vers lui, l'aveuglant presque avec les projecteurs des caméras.

— Pouvez-vous nous dire votre nom et votre titre, s'il vous plaît? lança un premier journaliste.

— Sergent-détective Erik Farley du SPS, répondit-il d'une voix grave, prête à exploser.

— Qu'est-ce que vous avez comme premiers éléments de l'enquête? demanda un journaliste d'une chaîne télévisée.

— Je voudrais d'abord vous dire à quel point je suis désolé pour les proches de la victime qui, malheureusement, ont peut-être appris son décès par les médias sociaux. Je tiens aussi à vous dire à quel point je trouve dégueulasses les médias qui vont diffuser les photos prises par les passants!

— On fait juste notre travail, dit l'un des journalistes, piqué par les propos de l'enquêteur.

— Votre travail? demanda l'enquêteur. Votre travail serait de nous aider à trouver le coupable de ce meurtre pour ne pas que ce soit votre père, votre mère, votre frère ou votre sœur, la prochaine fois!

— Vous confirmez donc que c'est un meurtre? demanda un journaliste pour revenir au sujet principal.

Le sergent aurait aimé poursuivre cette discussion sur la responsabilité des citoyens et des journalistes, mais il savait qu'il ne gagnerait pas cette bataille. Il reprit alors le ton de circonstance et fournit ce qu'on appelait dans le métier «une clip de police».

— Tout semble indiquer qu'il s'agit d'un meurtre. La victime a été vraisemblablement frappée avec un objet contondant. L'autopsie nous dira s'il y a d'autres blessures et s'il s'agit de la cause de la mort. Pour l'instant, nous n'avons aucun mobile, ni aucun suspect en vue.

— Identité de la victime? demanda un journaliste.

— Vous avez déjà sa photo, ce n'est pas assez? demanda Farley, sèchement.

— Comment peut-on vous aider? intervint une jeune journaliste de la radio.

Le sergent Farley porta la main au-dessus de ses yeux pour se protéger de la lumière aveuglante des projecteurs afin de mieux voir l'intervenante. De son point de vue, c'était sans doute la meilleure question reçue jusqu'ici.

— Si quelqu'un a vu quelque chose le moindrement suspect ou inhabituel au cours des dernières heures sur le campus ou n'importe où en ville, on peut nous appeler pour nous en faire part. L'enquête débute, elle sera longue. Nous n'avons pas d'indices apparents jusqu'ici. Malheureusement, il n'y a pas de caméras de surveillance dans ce secteur. Mais nous allons trouver. Ça, je vous le garantis. Ce sera long, mais nous allons trouver.

Le relationniste de la police saisit délicatement son sergent par le coude pour lui faire comprendre qu'il en avait suffisamment donné aux médias pour l'instant. Farley comprit le message et quitta l'endroit.

— Désolé, dit-il, mais ça me met tellement en colère ce genre de comportement.

— Ce n'est rien, je comprends, dit le relationniste. Laissez-nous faire pour la suite des choses. La relationniste de la Sûreté du Québec arrivera sous peu.

— OK.

Farley retourna sur la scène de crime pendant que les journalistes diffusaient le peu d'informations recueillies.

Pendant ce temps, Gerry approchait de Saint-Jean-sur-Richelieu. Il faisait le tour des stations de radio depuis plus d'une heure à la recherche d'informations, mais en vain. Puis enfin, dans un bulletin de nouvelles, on parla d'un meurtre gratuit à Sherbrooke au cours de la soirée.

— Un meurtre gratuit, fit-il. Bande d'imbéciles, si les gens tuaient simplement pour tuer, il y aurait des meurtres gratuits toutes les heures!

— Un gardien de sécurité a été tué, possiblement à l'arme blanche, ce soir dans un stationnement de l'Université de Sherbrooke. Le corps de la victime a été découvert par des passants qui sortaient d'un spectacle. Des dizaines de personnes ont réussi à prendre des photos de la victime avant l'arrivée des policiers. Pour l'instant, la police n'a aucun indice qui pourrait conduire à un ou des suspects. On demande la collaboration du public si vous avez été témoin d'allées et venues suspectes sur le campus au cours de la journée. L'identité de la victime, un homme de 54 ans, sera dévoilée plus tard.

— C'est un bon départ, fit Gerry en changeant la fréquence radio de son automobile pour une station musicale contemporaine.

Quelques minutes plus tard, Gerry quitta l'autoroute 10 à la sortie de Saint-Jean-sur-Richelieu. Il n'avait aucune idée de l'endroit où il allait dormir. Il n'avait plus rien, sauf quelques vêtements et sa précieuse guitare. Il trouverait sûrement un hôtel bon marché dans le centre-ville. Tout ce qu'il avait à l'esprit pour le moment était des images qui lui revenaient sans cesse. Il se revoyait en pleine action, en train de diriger le couteau vers le cou de sa victime. Il avait réussi à le faire. Il en tremblait d'excitation.

8

Le lendemain matin, sur le campus de l'Université de Sherbrooke, le personnel de la sécurité était secoué par le départ subit de leur collègue. Même si l'année scolaire était officiellement terminée, des collègues avaient déposé des fleurs sur le terre-plein, près de l'endroit où l'on avait découvert la victime. La direction de l'université avait convoqué la presse pour la fin de l'avant-midi afin de faire savoir que les mesures de sécurité seraient accrues et que des caméras de surveillance seraient installées à divers endroits sur le campus. Les autorités étaient incapables d'évaluer s'il s'agissait d'un geste isolé ou si cela était le début d'un cauchemar. Les membres du personnel manifestaient ouvertement leurs craintes.

— La peur s'est installée sur le campus de l'Université de Sherbrooke, répétait sans cesse les médias électroniques.

C'est ce message diffusé sur les chaînes d'information en continu que Gerry entendit en se levant le matin, dans sa chambre louée à Saint-Jean-sur-Richelieu. La nouvelle du meurtre de Sherbrooke figurait au deuxième rang des nouvelles du jour, tout juste derrière l'élimination des Canadiens de Montréal par les Sénateurs d'Ottawa.

— Votre vie a moins d'importance que le hockey, monsieur le gardien de sécurité! pensa Gerry.

Même s'il apprit dans le même bulletin de nouvelles que la victime s'appelait Claude Beaudoin, qu'il était père d'un garçon et d'une fille dans la vingtaine et qu'il avait eu une vie sans histoire, Gerry resta de glace.

— Maintenant, il en a une histoire ! pensa-t-il, presque fier d'avoir donné un nom à Claude Beaudoin.

Gerry prit sa guitare et commença à en jouer. Il ne restait que quelques jours avant d'amorcer son nouvel emploi à Sherbrooke et il voulait que ce soit impeccable. Il souhaitait être reconnu à la hauteur de son talent. Il commencerait par Sherbrooke et ensuite, qui sait, on pourrait même le voir à la télévision. Il aurait tellement voulu être plus jeune pour participer à des émissions comme *La Voix* ou *Star Académie* qui savaient propulser quelqu'un au sommet en quelques semaines.

Gerry laissa aller son imagination en improvisant sur son instrument. Les accords s'enchaînaient dans une douce mélodie qui s'accrochait dans sa tête. Les mots venaient plus difficilement, cependant. C'est comme s'il y avait trop de mots, trop d'images dans sa tête pour pouvoir les placer un par un sur une feuille de papier. Tout voulait sortir en même temps. Il aurait eu tellement de choses à dire, à crier au monde entier. Mais il en était incapable.

Dans les médias montréalais, on ne parla plus du meurtre de Claude Beaudoin le jour même. La nouvelle n'avait plus d'importance pour la métropole. D'autres actes de violence, d'autres frasques de politiciens en place, d'autres événements avaient pris la place momentanément.

De son côté, depuis le matin, le sergent-détective Farley avait partagé une foule d'informations avec une équipe de la Sûreté du Québec menée par un lieutenant plutôt désordonné. Il s'agissait principalement de différentes données provenant des laboratoires et du médecin légiste ainsi que des analyses de photographies et des rapports des policiers qui s'étaient renseignés sur le passé de la victime. Il n'y avait cependant rien de significatif qui puisse faire avancer son enquête.

Claude Beaudoin, le gardien de sécurité de 54 ans, se trouvait, semble-t-il, tout simplement au mauvais endroit, au mauvais moment. Le destin, ou la fatalité, l'avait frappé. Les enquêteurs avaient parlé à des membres de sa famille et à des collègues de travail, mais personne ne lui connaissait un seul ennemi.

Farley, un jeune homme dans la trentaine, avait gravi les échelons de la police un à un. Son rêve depuis qu'il était tout petit était de devenir inspecteur à la criminelle. Originaire de la région, il connaissait les moindres recoins de la ville. Avant d'être nommé sergent-détective, il avait fait ses devoirs. Il pouvait identifier la plupart des gangs travaillant de près ou de loin dans la région sherbrookoise. Il connaissait la plupart des ramifications locales du monde de la drogue. Il avait même quelques informateurs parmi la «faune» du centre-ville. En échange d'un café, il parvenait parfois à obtenir quelques informations pertinentes. Ce n'était cependant pas le premier but de l'opération. Il donnait aux moins bien nantis parce qu'il voulait les aider à survivre. Il y croyait fermement. C'est ce côté très humain du policier que ses supérieurs avaient retenu au moment de le faire monter en grade.

Dans le milieu, on le respectait et on lui prédisait un bel avenir. Ses collègues de travail l'appelaient souvent «l'Irlandais» en raison de la sonorité de son nom de famille. Il avait beau leur répéter que le nom de Farley était originaire de la France, tout simplement, mais cela ne faisait qu'ajouter au plaisir qu'avaient ses collègues de le taquiner. Après de vaines tentatives pour les convaincre, il avait finalement accepté de supporter ce surnom.

Pour l'heure, Farley se sentait plutôt démuni. Il n'avait rien de nouveau sous la main pour avancer. La victime était morte d'un coup de couteau à la gorge, un coup sec, brutal, qui ne lui avait laissé aucune chance. La mort avait été rapide, heureusement pour la victime innocente.

Le médecin légiste n'avait trouvé aucune trace de bagarre. Beaudoin n'avait pas eu le temps de se défendre. Cependant, Farley était convaincu qu'il avait vu venir son agresseur. La fenêtre de la portière de son automobile ouverte ainsi que celle en arrière, côté passager, illustraient selon lui qu'il y avait eu un échange, puis un moment de panique. Les photographies montraient d'ailleurs son bras gauche reposant toujours sur l'appui-coude gauche où se trouvaient les boutons donnant accès à l'ouverture et la fermeture des fenêtres.

Il n'y avait aucune trace de pneus autour de sa voiture pouvant laisser croire que le ou les agresseurs s'étaient enfuis à toute vitesse. La chaussée était sèche également, aucune trace de pas n'était visible. De toute façon, toutes les traces avaient été brouillées par les innombrables témoins de la scène. Puis, il y avait la question du moteur de l'automobile. Le gardien l'avait-il coupé lui-même avant d'être agressé ou bien l'agresseur l'avait-il fait ensuite?

Farley était accoudé sur son bureau. Il en savait déjà plus que ce lieutenant que la Sûreté du Québec lui avait envoyé. Il aurait bien aimé que ce soit «son» enquête, mais, protocole oblige, il se devait de partager ses informations. Il observait sa tasse de café tout en réfléchissant, quand un de ses collaborateurs cogna à sa porte.

— Monsieur?

— Oui...

— Il y a un jeune homme qui aimerait vous voir, je crois que c'est à propos du meurtre d'hier soir.

Enfin, une lueur d'espoir. Quelqu'un avait peut-être vu un détail qui pourrait aider les policiers dans leur enquête.

— Faites-le entrer, s'il vous plaît, dit-il, et restez avec moi ensuite.

Quelques secondes plus tard, l'agent revint accompagné d'un garçon dans la vingtaine, sans doute un étudiant de l'université.

— Bonjour, je suis le sergent Farley, dit-il en lui tendant la main.

Visiblement nerveux, le jeune se demanda tout à coup s'il avait bien fait de se présenter aux bureaux de la police.

— Bonjour, répondit-il.

— Assoyez-vous, je vous en prie. Je peux savoir votre nom?

— Rémi St-Pierre, j'étudie en littérature à l'université.

— Qu'est-ce que je peux faire pour vous? demanda l'enquêteur, en espérant plutôt que cet étudiant puisse faire quelque chose pour lui.

— J'ai vu les photos du monsieur qui est mort hier. Elles circulent beaucoup sur Internet.

— Je sais, oui.

— Sur l'une des photos, j'ai vu une casquette des Yankees sur le siège avant. Je sais que c'est ridicule, mais vous avez dit que le moindre détail pourrait vous aider.

— Je vous écoute, dit l'enquêteur, intrigué.

— Je ne sais pas si le monsieur était partisan des Yankees, mais je me suis fait voler ma casquette hier midi au restaurant au centre-ville, expliqua l'étudiant.

Le sergent Farley prit son stylo bille et nota. Il lui demanda l'heure, l'endroit, avec qui il était et toutes les questions qui lui passaient par la tête.

— J'ai hésité avant de venir parce que je me suis dit que si c'était ma casquette dans l'auto de la victime, je serais probablement un suspect. Mais après, je me suis dit aussi que si j'avais été le meurtrier, je n'aurais sûrement pas laissé ma casquette là!

— Oui, sans doute, répondit l'enquêteur. Si on vous montre la casquette, pensez-vous être capable de l'identifier?

— Je ne sais pas. Il faudrait que je la mette sur ma tête pour savoir si elle fait juste, dit-il.

— Je ne pourrai pas faire cela. Cependant, si vous voulez, on pourrait essayer de faire une comparaison de votre ADN avec ce qu'on peut trouver dans la casquette, expliqua l'enquêteur.

— Si vous voulez, répondit l'étudiant.

Farley appela un de ses adjoints pour qu'il s'occupe de cette tâche. Il remercia l'étudiant de sa visite en lui rappelant à quel point son geste était important et qu'il avait agi en bon citoyen.

— Au fait, ajouta le jeune, j'ai oublié de vous dire qu'on était six ou huit autour de la table et que mon ami Frank aussi s'est fait voler sa casquette en même temps. C'était une casquette des Red Sox. C'est bizarre quand même, non?

— Oui, vraiment bizarre, ajouta l'enquêteur en espérant ne pas retrouver de casquettes des Red Sox près d'une autre victime.

Rémi St-Pierre suivit l'agent de police qui recueillerait sa déposition pendant que Farley replongeait dans son analyse de la situation.

Une heure plus tard, en réunion avec toute l'équipe locale et celle de la Sûreté du Québec, Farley mit sur la table toutes les informations qu'il possédait. Le lieutenant de la SQ, responsable de l'enquête, écoutait attentivement, mais ne semblait guère intéressé. Après la réunion, Farley en discuta avec le directeur du Service.

— Sauf votre respect, monsieur, c'est qui la plante verte que la SQ nous a envoyée ?

Le directeur du SPS, respectueux de la hiérarchie et de l'ordre, chercha une réponse des plus diplomates. Il connaissait ce lieutenant Bourassa de réputation.

— Je comprends votre impatience, sergent, dit le directeur. Mais laissons une chance au lieutenant. Dites-vous que plus vous allez travailler sur le cas et moins longtemps il sera avec nous.

— Mais il ne dirige rien...

— Alors, prenez votre place, trancha le directeur. Ce que je veux, ce sont des résultats.

Farley prit bonne note de la recommandation de son supérieur. Il trouverait le coupable et la SQ en aurait tout le crédit. C'était son plan de match.

Tout au long de la semaine, les équipes d'enquêteurs tentèrent de réunir le plus d'indices possible pour élucider le meurtre de Claude Beaudoin, mais sans succès. Ce soir-là, à l'Université de Sherbrooke, personne n'avait vu quoi que ce soit et l'auteur du crime semblait avoir pris toutes les précautions requises. Jusqu'ici, le meurtre semblait parfait.

La semaine suivante, Gerry ramassa ses quelques affaires qu'il chargea dans la Honda Civic, louée pour l'occasion. Il prit la route de Sherbrooke avec la ferme intention de trouver rapidement une chambre ou un petit appartement près de L'ouvre-boîte.

Une fois arrivé, il consulta les médias locaux pour vérifier si, ici, on parlait encore beaucoup de l'événement. Comme à Montréal cependant, la nouvelle était désuète.

— Qu'est-ce qu'il va falloir faire pour que le monde comprenne que la vie est importante ? pensa-t-il.

Il consulta les petites annonces et trouva un petit appartement d'une pièce et demie, situé sur la rue King Ouest, près de Wellington. Il téléphona et prit rendez-vous dans la prochaine heure. Une fois sur place, il visita les lieux et en fut satisfait. Comble de chance, il s'agissait d'une sous-location jusqu'à la fin de l'année courante, ce qui lui convenait parfaitement, son contrat au bar se terminant au même moment.

L'appartement était semi-meublé et offrait l'essentiel, soit un petit réfrigérateur, une cuisinière, un divan-lit et une vieille table de cuisine. Une fois le ménage fait, Gerry se retrouverait dans un petit appartement tout à fait correct. Les murs semblaient un peu minces, mais il s'en accommoderait. Par la seule fenêtre de l'appartement, il pouvait voir l'intersection King-Wellington. Tout près de chez lui se trouvaient des commerces de toutes sortes, des restaurants, des bars, un cinéma. Il y avait même un espace de stationnement fourni derrière l'immeuble au cas où il pourrait, un jour, avoir une automobile bien à lui. Il avait tout ce qu'il lui fallait.

Gerry signa les papiers avec le propriétaire et monta ses affaires, le cœur léger. Il alla faire quelques courses pour garnir son frigo de l'essentiel. Aussitôt qu'il aurait un peu d'argent, il se procurerait un téléviseur. En attendant, sa guitare lui suffisait.

Sa première nuit à l'appartement fut un peu mouvementée. Ses voisins, ivres et bruyants, étaient rentrés tard. Ils avaient discuté fort jusqu'à quatre heures du matin et avaient fini par se coucher, sans doute par épuisement. Au lieu de s'impatienter et de frapper dans le mur, Gerry s'était levé et avait ressorti de ses affaires un vieux catalogue de la chaîne de magasins Sears qu'il conservait depuis plusieurs années.

Bizarrement, Gerry avait conservé ce souvenir de son enfance. Étant jeune, on ne lui permettait pas de colorier dans de beaux cahiers à coloriage comme tous les enfants. Sans doute que ses parents n'avaient pas les moyens d'en acheter. C'est ce qu'il avait toujours cru. Toutefois, comme passe-temps à la maison, sa mère lui permettait de prendre des ciseaux et de découper des objets ou des personnages dans des gros catalogues. Gerry avait conservé cette habitude, surtout lorsqu'il avait les nerfs en boule. Cette nuit, il avait découpé des femmes en sous-vêtements et il leur avait coupé la tête. Puis, il avait collé les images sur le mur de sa cuisine, disposées pêle-mêle, sans ordre précis.

Après avoir pu enfin dormir quelques heures, Gerry se pointa au bar en début d'après-midi. En ouvrant la porte, il eut une pensée pour cette jolie serveuse qu'il avait aperçue la semaine précédente. Il espérait qu'elle soit là. L'ouvre-boîte, où l'on servait des repas le midi et le soir, était assez plein pour un jeudi midi. La plupart étaient des habitués de la place, travaillant dans différents bureaux du centre-ville.

Gerry chercha immédiatement la serveuse du regard. Il la vit. Elle était derrière le bar et dirigeait les opérations d'une main de maître. Elle portait ses cheveux noirs en chignon. Ses pantalons noirs et son chemisier blanc ajustés laissaient imaginer un corps jeune et ferme.

Gerry s'approcha et la regarda de nouveau. Lorsque leurs regards se croisèrent, Gerry sortit son plus beau sourire. Nora, elle, détourna le regard et ordonna à une serveuse de s'occuper de la table numéro douze. Une frustration soudaine s'empara de Gerry, mais il réussit à la contrôler aussi rapidement. Il vit aussi le chihuahua trônant dans un petit panier sur le comptoir. Gerry le regarda et lui montra les dents comme pour grogner. L'animal se mit à trembler.

— Est-ce que Martin est ici ? demanda-t-il.

— Il est occupé à l'arrière, répondit Nora en terminant d'essuyer un verre.

— Je pense qu'il m'attend. Je suis le musicien, Gerry Mercier, on s'est rencontrés la semaine dernière.

— Ah oui, il m'en a parlé. C'est pour les tests de son, c'est ça ? Faudra revenir dans une heure, vous avez vu le monde ce midi ?

Gerry n'aimait pas se faire contrôler, même par la plus jolie femme qui soit.

— Et si j'en profitais pour goûter votre cuisine ? dit-il, en essayant de mettre un sourire dans sa voix.

— Prenez place, on vous apporte un menu dans un instant, répondit sèchement Nora.

D'une voix puissante et autoritaire, elle disputa soudainement une jeune serveuse qui venait d'échapper une tasse remplie de café. Le son de sa voix rappela immédiatement un souvenir très désagréable. Il entendait soudainement le même ton de reproche que celui utilisé par sa mère à son endroit pour un oui et pour un non.

À cet instant précis, les sentiments de Gerry envers Nora changèrent complètement. Elle aurait pu être une reine pour lui, pensait-il.

Il y a quelques minutes à peine, Gerry aurait donné n'importe quoi pour qu'elle tombe amoureuse de lui. Il avait eu un véritable coup de foudre, du moins il en était convaincu.

Mais elle avait cette façon d'agir. Elle avait fait le mauvais choix, estimait Gerry. C'était, sans contredit, une femme autoritaire qui devait faire souffrir tout le monde dans son entourage. Gerry en avait connu des « comme cela » dans sa vie.

Il se souvenait d'ailleurs qu'à l'école primaire, il était aux prises avec un important problème, l'énurésie. Il ne pouvait se retenir d'uriner, surtout lorsqu'il était intimidé. Gerry ignorait pourquoi tous les jeunes de la classe savaient qu'il urinait toujours au lit à son âge. Sans doute sa mère l'avait-elle raconté aux autres mères et cela s'était su rapidement par tout le monde.

Si bien qu'il était la risée de tout le monde et souffrait d'intimidation dans la cour d'école, bien avant que le thème devienne un problème dénoncé comme cela l'était aujourd'hui.

Un jour, son institutrice, probablement une personne aucunement douée pour l'enseignement, lui posa une question sur l'une des matières au programme. Évidemment, il fut incapable de s'exprimer devant toute la classe, car pour plusieurs à cet âge, il est difficile de faire ce genre de choses devant tout le monde.

Elle lui ordonna de se lever en croyant qu'elle était capable de régler son problème de timidité maladive. Elle lui posa à nouveau la question en s'approchant de lui tout en tenant une longue règle dans sa main. Les autres élèves de la classe, surpris, gardaient le silence.

L'institutrice répéta la question encore et encore, et de plus en plus fort. Gerry, inévitablement, mouilla son pantalon gris pâle. Une grosse tache sombre progressait à vue d'œil au-devant. L'urine coulait le long de sa jambe et commençait à former un rond autour de ses pieds.

L'institutrice le regarda avec des yeux sévères. Puis, elle montra du doigt la flaque d'urine par terre et éclata de rire en regardant tous les élèves de la classe pour les inciter à faire de même. Au début, les élèves étaient gênés et mal à l'aise, mais, petit à petit, les plus insolents se mirent à rire de bon cœur et bientôt presque toute la classe fut prise d'un fou rire. Tous les élèves... sauf Gerry.

Le petit Gerry Mercier pleurait chaudement, toujours debout devant tout le monde.

L'institutrice ne s'arrêta pas là. Soudainement, elle leva la règle et immédiatement, tels des animaux domptés, tous les élèves se turent. Elle s'approcha davantage du jeune garçon et se pinça le nez pour lui rappeler la senteur qu'il dégageait ainsi que sa médiocrité. Elle lui ordonna ensuite de se mettre à genoux devant la flaque. Pleurant toujours, Gerry s'exécuta. Elle le prit par le cou et lui trempa le nez dans son urine en disant que c'est ainsi qu'on dressait les chiens qui n'obéissaient pas à leur maître.

À la connaissance de Gerry, l'institutrice n'avait jamais été punie pour son geste. Les enfants avaient toujours tort et les parents, à cette époque, étaient toujours du côté des enseignants.

L'attitude de Nora, ses yeux et sa voix autoritaires, lui avait rappelé ce douloureux souvenir. Il ne l'aimait pas, il ne l'aimait plus. Par son attitude, jugea-t-il, elle avait choisi d'être méchante. Un jour, elle ou une autre dans son genre devrait payer pour cela, mais pas maintenant.

Une fois l'heure du dîner passée, le gérant de L'ouvre-boîte, Martin Boisvert, sortit de la cuisine en souriant. Il aperçut Gerry et se dirigea immédiatement vers lui.

— Gerry ? Ça va ? Ça fait longtemps que tu es arrivé ?

Son attitude joyeuse et généreuse replaça Gerry dans de meilleures dispositions.

— Salut, Martin, j'ai pris le temps de dîner. C'était excellent, d'ailleurs.

— Merci. Je ferme les livres de ce midi et je suis à toi. On regardera tout cela pour ce soir. J'ai fait de la publicité partout, ça devrait être plein pour ta première.

Martin se dirigea ensuite derrière le bar pour y retrouver Nora. Il passa derrière elle et lui donna un baiser sur la nuque. Nora sourit et se replia sur elle-même en sentant le chatouillement dans son cou. Gerry comprit alors que Martin et Nora étaient en couple. Il ne l'aimait pas davantage, mais il aimait bien Martin. Elle venait de gagner un peu de temps.

Une vingtaine de minutes plus tard, Gerry prenait connaissance du matériel dont disposait Martin dans son bar. Visiblement, cela faisait longtemps qu'un musicien ne s'était pas installé en permanence à L'ouvre-boîte. Gerry aménagea un coin de scène du mieux qu'il pouvait dans un espace assez restreint. Derrière lui, il y avait une grande fenêtre qui donnait sur la rue Wellington. Il était aussi près de l'entrée du bar, ce qui lui permettait de voir facilement les entrées et sorties du public. Au plafond, trois petits projecteurs étaient accrochés de façon à isoler la scène. Les tables étaient assez rapprochées les unes des autres. L'endroit, bien rempli, devait compter environ de 100 à 125 places et Gerry comptait bien y mettre de l'ambiance dès ce soir. Il voyait déjà son nom dans les pages culturelles de *La Tribune* d'ici quelques jours dans la section « À ne pas manquer ».

Une fois la technique en place, Gerry sortit sa guitare de son étui et la brancha au système de son et à l'ordinateur portable usagé qu'il avait pu se procurer et grâce auquel il pouvait jouer sa musique avec un accompagnement adéquat.

La place était maintenant déserte, mis à part le personnel de l'établissement. Gerry ajusta le son.

— Check... one, two...

Il donna ensuite, officiellement, son premier accord de guitare pour entendre la résonnance et l'effet dans le bar.

Assis sur un petit banc, micro sur pied devant lui, ainsi que la table basse sur laquelle reposait son ordinateur, Gerry était en plein contrôle. Il regarda Nora derrière le bar, affairée à replacer les coupes sur les supports suspendus au-dessus du bar. Il ne pouvait s'empêcher de la trouver jolie. Mais elle « appartenait » à Martin, selon sa conception de l'amour.

Puis, il mit en marche son ordinateur. On entendit alors les premiers coups rapides de la batterie sur la chanson de Creedence Clearwater Revival, « Sunday never comes ». Avec sa voix chaude et un peu rauque, Gerry donna les premières paroles de la chanson.

First thing I remember was askin' Papa, « Why »?
For there were many things I didn't know
And Daddy always smiled, took me by the hand
Sayin », « Someday you'll understand »

Dès les premières paroles, Nora releva la tête pour regarder en direction de Gerry. Ce dernier le remarqua. Il avait l'habitude de « tester » la réaction de son public à chaque chanson. C'est ainsi qu'il dirigeait ses soirées. Il s'adaptait toujours à ce qu'il appelait le « feeling » de la salle. Cette première chanson pour commencer la soirée ferait certainement l'affaire.

Martin sortit de son bureau également. Il regarda Nora et sourit. Il avait, semble-t-il, fait un bon choix en embauchant Gerry. Peut-être que les affaires allaient reprendre comme avant, comme au temps où il n'y avait pas de restaurants et de bars à tous les coins de rue comme c'était le cas maintenant. Seulement à Sherbrooke, on comptait 250 restaurants. Il fallait jouer du coude et se démarquer pour survivre. L'arrivée de Gerry, un « chanteur de Montréal », était peut-être la clef pour L'ouvre-boîte.

Gerry termina sa chanson et au dernier accord, Martin, du fond de la salle, ne put s'empêcher d'applaudir. Gerry embarqua dans son jeu et cria dans son micro.

— Merci, Sherbrooke!!

Martin leva le pouce et retourna à ses affaires. Gerry rangea sa guitare. Il était prêt. Quelque chose l'agaçait cependant. Il était incapable de dire si Nora avait aimé ou non. Cette fille demeurait un mystère pour l'instant.

Gerry retourna à son appartement dans l'après-midi. Le ciel était nuageux et la pluie imminente. Il était nerveux. Pourtant, ce n'était pas la première fois qu'il se donnait en spectacle, mais cet endroit signifiait quelque chose d'important pour lui. Sherbrooke était un second départ et il ne voulait pas le rater, tant pour sa carrière de musicien que pour son besoin de satisfaire ses pulsions.

Pour tenter de diminuer sa nervosité, il fouilla dans un tiroir et en sortit un magazine pornographique. Il pensa à Nora en regardant ces images de filles nues inconnues et, malgré bien des efforts, fut incapable d'obtenir une érection digne de ce nom.

Gerry retourna à L'ouvre-boîte assez tôt en début de soirée. Enfin, le moment arriva. Martin se fit un plaisir de s'approcher au micro pour présenter l'artiste.

— Chers amis, merci d'être là ce soir. L'ouvre-boîte est fier de vous présenter un musicien-chanteur qui sera avec nous pour les prochains mois du jeudi au dimanche. Parlez-en à vos amis... Avec lui, on ne s'ennuiera pas, je vous le garantis. J'ai le plaisir de vous présenter Gerry Mercier!

La centaine de personnes présentes applaudirent. Gerry, habillé d'un T-shirt noir et d'un jeans, s'avança sur la scène et prit sa guitare. Au lieu de commencer à parler aux gens, il entreprit immédiatement la chanson de CCR qu'il avait répétée en après-midi. Il se souvenait de Vic à Saint-Jean-sur-Richelieu qui n'avait cessé de lui rappeler, à ses débuts, que les gens venaient pour l'entendre chanter et non l'entendre parler.

À la fin de la chanson, il eut droit à des applaudissements nourris. L'auditoire avait aimé. Il jeta un coup d'œil à Martin qui souleva le pouce en signe d'encouragement. Expérimenté, Gerry vit les serveuses s'activer pour apporter des verres à plusieurs endroits dans la salle. Gerry ne se faisait pas d'illusions. Il savait qu'il était là pour faire vendre de l'alcool, mais il s'en foutait. Il croyait que cela était aussi un bon moyen pour se faire connaître. Tout le monde était gagnant.

Il salua les personnes présentes, enchaîna quelques autres chansons entraînantes.

— Merci d'être là ce soir. Pour terminer cette première partie, j'aimerais vous offrir une chanson que j'ai composée l'année dernière pendant ma tournée internationale!... C'est une blague. J'étais plutôt assis sur un banc de centre commercial et l'idée m'est venue d'écrire sur la vieillesse! Avouez que ça paraît mieux quand je dis que c'était pendant ma tournée internationale!

La centaine de personnes présentes rirent de bon cœur. Gerry avait le sens du spectacle et il savait aller chercher les spectateurs un par un.

Il remarqua la présence d'une jeune femme, début trentaine, assise à une table avec une copine. Elle semblait apprécier le spectacle.

Elle allait mourir demain
Et elle le savait bien
Soixante-quinze ans seulement
La mort se nourrit de cheveux blancs

Après sa chanson, Gerry se dirigea vers la table des deux filles et leur demanda s'il pouvait s'asseoir avec elles quelques instants.

— Vous en avez plusieurs de ces chansons déprimantes ? demanda une des deux filles en souriant.

— C'est ma spécialité, répondit Gerry en tirant une chaise vers lui.

— Anne ! répondit-elle en lui tendant la main, et voici Sophie.

— Gerry. Vous venez souvent ici ? demanda-t-il.

— Non, et je n'habite pas chez mes parents, répondit Anne.

Gerry se rendit compte de son approche conventionnelle et franchement malhabile.

— Je sais, c'est moche comme entrée en matière. Ça ne vous dérange pas qu'on recommence ?

Sans attendre une réponse, Gerry se releva, recula et revint à la table en souriant.

— Bonsoir, vous avez aimé le spectacle ? Je peux m'asseoir un instant ? J'aime toujours avoir les commentaires des spectateurs. Je peux vous offrir un verre ? Ce n'est pas la première fois que vous venez, je vous ai vues quelques fois, non ?

— Ça suffit, assoyez-vous, vous m'étourdissez ! dit Anne en riant pendant que sa copine Sophie demeurait de marbre.

Ravi, Gerry se tourna vers Sophie pour tenter de l'amadouer.

— Vous devez être Sophie ? Anne m'a beaucoup parlé de vous.

Sophie eut un sourire obligé et ne répondit rien. Visiblement, elle et Gerry ne partageaient pas le même sens de l'humour. En fait, Sophie ne fréquentait jamais ce genre d'endroit, ou presque. Ce soir, elle accompagnait son amie Anne qui sortait tout juste d'une peine d'amour et elle avait besoin de se changer les idées. Sophie Leblanc était une jeune avocate, sérieuse, qui voyait souvent cette clientèle de bar au palais de justice.

108

Anne Poulin, au contraire, était une fille enjouée et facilement charmée par quiconque savait chanter et jouer d'un instrument de musique. Plus jeune, elle aurait aimé suivre des cours de musique, mais sa famille était peu portée sur les arts. Grâce à une tante qui adorait les livres, elle avait pu lire tout ce qu'elle voulait étant enfant. Elle avait ensuite étudié en littérature à l'Université de Sherbrooke et travaillait maintenant à la bibliothèque municipale en attendant... elle ne savait pas trop quoi encore. C'est à l'université qu'elle et Sophie étaient devenues des amies.

Telle une véritable groupie, Anne posa toutes les questions du monde au chanteur assis à sa table. Comment on s'y prend pour écrire une chanson, comment les choses se passent dans un vrai studio d'enregistrement et tout le reste. Gerry répondait aux questions d'Anne avec plaisir tandis que Sophie semblait s'ennuyer à mort à côté d'eux. Elle n'en revenait pas que son amie puisse être si épatée par « ce petit chanteur de bar sans envergure ».

Puis, Sophie songea à la dure séparation que venait de vivre Anne et elle comprit qu'il était tout à fait normal qu'elle ait besoin de se sentir belle et intéressante. Tant qu'elle ne l'emmènerait pas à son appartement le premier soir, se disait-elle.

— Bon, je vais y aller, dit Sophie.

— Déjà? demanda Anne, sans trop insister.

— Il m'a fait grand plaisir de vous rencontrer, dit Gerry en se levant de table.

— Quel homme galant, pensa Anne. Cela faisait tellement changement des autres hommes qu'elle avait connus jusqu'ici.

— Quel clown! pensa Sophie au même moment.

Gerry retourna chanter à quelques reprises au cours de la soirée. Entre deux sets, il revenait s'asseoir avec Anne qui ne demandait pas mieux.

— Je ferme dans trente minutes, last call! lança la serveuse à leur intention.

— Mon Dieu, il n'est pas deux heures et demie? s'étonna Anne.

— Le temps d'un dernier verre? demanda Gerry.

— Non, merci, sérieusement je travaille demain matin... enfin tout à l'heure, dit-elle en souriant.

— Alors, laisse-moi au moins te raccompagner jusqu'à ton véhicule. Je n'aime pas laisser partir une femme seule en pleine nuit. Ce n'est pas prudent, dit Gerry.

— C'est gentil, merci.

Quelques instants plus tard, les lumières de la salle s'allumèrent brusquement, brisant la magie du moment. En plein éclairage, Gerry et Anne se virent soudainement comme en plein jour. Elle leva les yeux vers lui et rougit. Il fut conquis par sa timidité. Les cheveux courts et châtains d'Anne cachaient légèrement ses yeux lorsqu'elle penchait la tête par en avant. Mais lorsque dans un geste automatique elle les replaçait derrière ses oreilles, on pouvait découvrir ses yeux bruns pétillants et ses lèvres charnues.

Gerry et Anne quittèrent le restaurant. La serveuse les vit partir ensemble et n'en revenait pas encore de voir à quel point les musiciens avaient cette facilité de partir avec des clientes. On ne la prendrait certainement pas à ce jeu, se dit-elle.

— Je veux mettre les choses au clair au départ. Je ne couche pas avec les hommes le premier soir, dit soudainement Anne en marchant sur le trottoir.

— Ça tombe bien, moi non plus je ne couche jamais avec les hommes le premier soir.

Anne le regarda et se retint pour ne pas rire. Début trentaine, Anne avait déjà connu plusieurs hommes, mais n'avait pas eu de succès en amour. Le dernier, un agent de bureau que lui avait présenté Sophie, était resté près d'elle pendant près d'un an avant de s'amouracher d'une jeune stagiaire de vingt ans. La séparation avait été brutale, surtout qu'elle en avait été informée par courriel. Dorénavant, elle serait plus prudente et plus indépendante. Juste le fait de pouvoir dire à un homme qu'elle ne coucherait pas avec lui le premier soir représentait une victoire pour elle, celle de dire enfin ce qu'elle pensait vraiment.

— Où étais-tu avant de débarquer à Sherbrooke ? demanda-t-elle.

110

— Un peu partout, mais surtout Montréal et Québec où il y a plus d'endroits pour travailler.

Ils passèrent devant l'hôtel de ville éclairé, puis sur la rue Dufferin d'où ils avaient une vue magnifique sur les chutes illuminées de la rivière Magog. Le fond de l'air de mai était encore frais, mais la nuit était belle.

Un silence s'imposa alors, créant ce moment où tout ressemble aux secondes précédant une tornade. Tout bouge, le vent est puissant puis, soudainement, plus rien, le vent tombe, les feuilles s'immobilisent dans les arbres avant qu'éclate la tempête. Anne voyait ainsi les moments qui précédaient les premiers baisers. Elle savait bien que Gerry allait tenter quelque chose et elle se demandait vraiment comment elle devait réagir.

— Tu veux rentrer, tu as froid ? demanda-t-il.

— Mon auto est au stationnement Magog, tout près, répondit-elle, heureuse de constater que Gerry n'était peut-être pas un homme comme les autres. J'habite dans l'ouest, ajouta-t-elle.

— Tu sais, moi, l'ouest ou l'est de la ville, c'est du pareil au même pour l'instant.

— Ici, c'est souvent de cette façon qu'on s'oriente. Il y a les gens de l'est, ceux de l'ouest, les riches du nord et les moins nantis du sud, expliqua-t-elle.

— C'est un peu simpliste, dit-il.

— Peut-être, mais ça dit tout pour nous.

Arrivée près de la voiture, Anne sortit les clefs de son sac à main.

— J'ai passé une agréable soirée, dit-elle.

— Tu sais où me trouver du jeudi au dimanche, répondit-il.

— Merci, dit-elle.

— Pourquoi ?

— Pour ne pas insister, répondit-elle.

— Ça ne m'est presque pas passé par la tête, répondit Gerry en la saluant de la main alors qu'elle montait en voiture.

Au cours des trois semaines suivantes, Gerry apprit sur le tas. À tout le monde, il racontait toutes sortes d'histoires de bar inventées, comme s'il faisait ce métier depuis vingt ans. Avec son talent de musicien, il parvenait à apprendre les chansons qui tournaient le plus à la radio et il les offrait au public toujours plus nombreux les fins de semaine à L'ouvre-boîte. Il était de plus en plus connu des clients, avec qui il aimait discuter de choses et d'autres. Anne, aussi, reprenait goût à sortir et elle fréquentait de plus en plus souvent le bar.

9

Début juin, fin d'après-midi à Montréal, dans un bar de la rue Crescent, une cinquantaine de personnes soulignaient le départ à la retraite du lieutenant-détective Gilles Leblanc. Malgré plusieurs affaires encore non résolues qu'il avait peine à quitter, dont le dernier meurtre commis à Saint-Jean-sur-Richelieu, Leblanc avait fait le tour du jardin. Sa carrière de près de 40 ans dans les forces de l'ordre l'avait comblé, mais il se sentait maintenant fatigué et il méritait ce repos.

Après avoir reçu plusieurs poignées de main et tapes dans le dos de la part de ses collègues, plusieurs d'entre eux avaient pris le microphone pour raconter quelques anecdotes savoureuses à propos de Leblanc. Bien sûr, on se moqua de lui pour son surnom de «Monsieur Sourire», ce qui ne fit même pas sourire le principal intéressé, même s'il appréciait l'attention qu'on lui portait. Leblanc avait trop vu et vécu de drames dans sa vie. Il avait perdu le mode d'emploi pour s'afficher un sourire au visage.

— Gilles, dit son supérieur en levant son verre, je voudrais te souhaiter une bonne retraite au nom de tout le monde ici et de toutes les personnes que tu as aidées au cours de ta longue carrière!

Chacun leva son verre dans un moment de silence rempli d'émotion. Certains crurent même avoir vu Leblanc essuyant une larme.

Les conversations reprirent rapidement et Leblanc se fraya un chemin jusqu'au bar. Son patron le rejoignit.

— Gilles, je peux te parler une seconde? demanda-t-il.

Le lieutenant reconnut ce ton qu'il avait maintes fois entendu de la bouche de son supérieur. Un autre drame venait sans doute de survenir quelque part, mais cette fois, il tiendrait son bout et ne se rendrait pas sur place. Il était officiellement à la retraite.

— N'y pensez même pas, fit Leblanc, croyant soudainement à une blague.

— Sérieusement, viens avec moi, s'il te plaît, répondit son patron en lui touchant le bras.

Les deux hommes se dirigèrent dans un coin pour être plus tranquilles.

— Un collègue à moi m'a appelé aujourd'hui pour me demander de te confier une enquête. Ça ne te demandera que quelques jours. Tu regardes cela et si tu ne veux pas prendre l'affaire, je trouverai quelqu'un.

— Je ne pense pas, boss, je viens d'accrocher mes patins. Je suis à la retraite depuis une demi-heure !

— Même si je te disais que c'est à Sherbrooke ? demanda le directeur.

Gilles Leblanc garda le silence un instant pour réfléchir.

— Comme tu dis, poursuivit le directeur, tu es maintenant à la retraite, il serait temps de remettre de l'ordre dans ta vie et ça pourrait commencer à Sherbrooke, tu ne penses pas ?

Le patron de la SQ venait de toucher une corde sensible. En plus de s'être côtoyés pendant plusieurs années, les deux hommes avaient développé une certaine « amitié professionnelle » qui dépassait l'admiration pour la qualité de leur travail respectif.

Après la mort accidentelle et tragique de son épouse, Leblanc avait connu des moments difficiles et sa fille avait décidé d'aller habiter Sherbrooke pour poursuivre ses études de droit. Elle avait voulu devenir policière, mais son père l'en avait dissuadée à un point tel qu'un froid s'était installé entre eux.

En fait, ils avaient commencé par se parler quelques fois par année lors d'occasions spéciales, puis plus rien depuis maintenant deux ans. Complètement absorbé par son travail, Gilles Leblanc, en dépit de sa peine, avait accepté la situation. Il se disait que sa fille méritait mieux qu'un père qui s'était saoulé pendant des mois et qui était presque responsable de la mort de sa femme.

Le directeur de la SQ, lui-même père de famille, estimait que son collègue se jugeait trop sévèrement et qu'il aurait dû, depuis longtemps déjà, tenter de renouer avec sa fille. Pour lui, la demande de Sherbrooke tombait à point.

— C'est quoi le cas ? On a déjà quelqu'un là-dessus, non ? demanda Leblanc.

— Un agent de sécurité poignardé sur le campus de l'université, et c'est Bourassa qui est là depuis un mois...

— Et rien n'avance, conclut Leblanc qui connaissait aussi la réputation de paresseux que traînait Bourassa comme un boulet depuis des années. J'ai entendu parler de ce meurtre, rien de spécial pourtant.

— Tu savais que sur les lieux du crime, on avait retrouvé des objets qui ne semblent pas appartenir aux victimes ? Allez, juste quelques jours...

— Ah... ciboire, que tu peux être collant quand tu veux ! répondit Leblanc en s'adressant cette fois à son ami plutôt qu'à son patron.

— Good !

— À une condition, ajouta Leblanc.

— Tout ce que tu veux.

— Je suis mon propre patron et si je décide que j'abandonne, je le fais sans subir de pression supplémentaire venant de toi ou de Sherbrooke.

— Parfait, répondit le directeur qui connaissait son homme.

Il savait bien qu'une fois investi dans l'enquête et après avoir rencontré sa fille, ce ne serait pas facile de laisser tomber. À moins, bien sûr, qu'il ne soit rejeté par sa fille. C'était d'ailleurs la pire crainte de Leblanc. Par ailleurs, le fait qu'on ait retrouvé des objets n'appartenant pas aux victimes sur les lieux du crime lui rappelait bien évidemment le meurtre de Claire Legendre à Saint-Jean-sur-Richelieu quelques mois plus tôt, alors qu'on avait retrouvé la carte d'identité de Kevin Chassé ainsi que quelques-uns de ses cheveux. Y avait-il un lien ? Cette seule question obligeait presque Leblanc à se déplacer à Sherbrooke et son patron savait bien qu'il ne pourrait résister.

Mais il devait aussi considérer que cette nouvelle enquête lui apporterait beaucoup de stress et qu'il devrait lutter contre ses démons intérieurs.

— Je pars quand ?

— Après ton party ! répondit le patron en riant alors que Leblanc, lui, ne trouvait rien de drôle dans cette situation.

Le directeur de la SQ appela aussitôt son confrère directeur à Sherbrooke. Comme il le connaissait bien, il s'excusa presque d'avoir confié l'enquête à Bourassa.

— Je t'ai trouvé le meilleur cependant, comme tu me l'as demandé, dit-il.

— Il arrivera quand ? demanda le directeur du Service de police de Sherbrooke. Mon sergent-détective fait tout ce qu'il peut, mais il a besoin d'une expertise.

— Excellent, le lieutenant-détective Leblanc devrait arriver à Sherbrooke dans la soirée. Il sera à ton bureau demain matin.

— Gilles ? Gilles Leblanc ?

— Tu le connais ?

— Oui, bien sûr, on a étudié ensemble il y a très longtemps. Il va mieux depuis...

— Ça va, l'interrompit le directeur de la SQ.

— OK, on l'attend.

Le directeur du SPS se dirigea ensuite vers le bureau du sergent Farley. Ce dernier bossait encore malgré l'heure tardive. Le directeur s'empressa de lui dire que Bourassa était relevé et qu'un nouveau responsable de l'enquête serait là dès le lendemain. Farley demeura songeur un instant, ferma son ordinateur et rentra à la maison. Il devrait reprendre l'enquête dès le début avec ce nouveau.

Le lieutenant-détective Leblanc arriva à Sherbrooke vers 22 heures. Il avait loué une chambre au Grand Times Hotel au centre-ville. Il dormait à poings fermés au moment où Gerry retourna à son appartement en plein milieu de la nuit après avoir travaillé.

Ce soir-là, Gerry avait revu Anne, la jeune bibliothécaire, et elle lui était apparue sous un nouveau jour. Habituellement très réservée et plutôt timide jusque dans son habillement, Anne portait un jeans serré et un chemisier de couleur qui mettaient son corps en valeur. Il l'avait remarqué parmi toutes les autres femmes de la soirée.

Il feuilleta son épais catalogue à la recherche d'un visage ressemblant de près ou de loin à celui d'Anne. Quand il eut trouvé une image ayant une quelconque ressemblance, il la découpa et la colla sur le mur, à côté de l'image d'une dame dans la cinquantaine portant un corset beige.

Une heure après s'être couché, Gerry entendit soudainement du bruit dans le corridor.

— POLICE! OUVREZ SINON ON DÉFONCE!

Gerry ouvrit les yeux et fut pris d'un moment de pure panique. Instinctivement, il chercha un endroit par où il pouvait s'enfuir. De nombreuses idées se bousculaient dans sa tête, des idées de survie et aussi des questions, de multiples questions. Comment la police l'avait-elle trouvé? Qu'allait-il se passer maintenant?

En une fraction de seconde, il réussit à reprendre le contrôle. Il écouta attentivement les ordres de la police. Le bruit venait du corridor, mais on ne frappait pas chez lui directement. Cela semblait venir du voisin, un homme dans la soixantaine environ, peu volubile, peu sociable en fait.

Gerry se leva, enfila un pantalon et un T-shirt et se dirigea vers la porte. Il regarda l'heure, 4 h 15.

Au moment où il s'avançait vers la porte, on frappa.

— Police de Sherbrooke, s'il y a quelqu'un, veuillez ouvrir, s'il vous plaît.

Nerveux, Gerry ouvrit la porte de quelques centimètres.

— Oui?

— Désolé de vous déranger à cette heure-ci, mais on va vous demander de sortir. Pouvez-vous prendre des vêtements et me suivre?

— Qu'est-ce qui se passe?

— J'ai bien l'impression qu'un de vos voisins va nous occuper un petit bout de temps. On a eu un appel, le monsieur fait du bruit et des menaces. On préfère évacuer l'immeuble par mesure de sécurité.

— Je comprends, je vous suis dans un instant.

Rassuré, Gerry prit un manteau, une paire de gants, camoufla un couteau et une casquette dans son sac à dos et jeta un coup d'œil à sa guitare dans le coin. Comme il n'y avait pas danger d'incendie, il décida de la laisser en place. Le policier, posté dans le corridor, faisait le tour des appartements voisins. Lentement, une vieille femme sortit, puis un jeune homme. Gerry les suivit jusque sur le trottoir où déjà des autos-patrouilles étaient arrivées et où un périmètre avait été érigé. La mission était d'entrer en contact avec l'homme, visiblement dérangé mentalement.

Ce dernier se montra à la fenêtre et envoya un doigt d'honneur aux forces policières. Puis, il ouvrit la fenêtre et leur cria un paquet de bêtises et de menaces. Les policiers, pour l'instant, ignoraient si l'homme était armé, ce qui compliquait leur travail.

Une fois tout le monde sorti, les policiers offrirent aux résidents les plus vulnérables de s'asseoir dans un autobus de la Société de transport, nolisé pour cet événement. Les autres, ainsi que quelques voisins de l'immeuble, demeuraient sur le trottoir d'en face pour assister au spectacle. Malgré l'heure matinale, on pouvait s'attendre à voir quelques photographes et cameramen arriver sous peu.

Gerry profita du moment de confusion dans la foule pour se faire oublier. Il emprunta la rue Wellington Sud, puis monta une petite rue donnant sur un parc. L'idée d'avoir une telle occasion réveilla soudainement les instincts de tueur de Gerry. Il déambula dans le secteur à la recherche d'une proie, tel un loup dans la nuit. Il releva le capuchon de son chandail kangourou et se sentit davantage dans son personnage.

Il ne fallut que quelques minutes pour qu'il le trouve. Couché sur un banc de parc, un clochard, entouré de ses sacs d'épicerie, s'avérait une proie facile. Gerry s'approcha doucement. C'était un homme. En l'observant, il eut l'impression de le connaître.

La puanteur que dégageait l'individu lui rappelait l'odeur de la sueur d'un ami de la famille qui venait souvent prendre un verre à la maison avec ses parents. Il portait toujours une camisole jaunie, Gerry s'en souvenait très bien. Quel être crasseux!

Lentement, sans faire de bruit, il sortit son couteau et l'ouvrit en dépliant la lame de quelques centimètres, avant de remettre ses gants.

L'homme était couché sur le dos, la bouche ouverte, le cou offert. Gerry déposa sa main sur la bouche de l'homme qui s'éveilla aussitôt. La panique se lisait sur son visage. À ce moment, il ne devait pas penser être victime d'une attaque, se disait Gerry. Il devait plutôt s'imaginer que quelqu'un voulait voler son butin.

Gerry l'observa un moment et n'eut aucune pitié. À genoux à une extrémité du banc de parc, penché vers sa victime, Gerry avait une main sur la bouche du clochard et de l'autre, il lui ouvrit la gorge de la gauche vers la droite. Ensuite, il le regarda se vider de son sang en silence. Le pauvre homme n'eut pas le temps de prononcer une parole et se résigna rapidement à mourir.

Gerry essuya la lame de son couteau sur les vêtements de sa victime et la replia. Puis, il sortit de son sac une casquette à l'effigie des Red Sox de Boston qu'il déposa dans un des sacs d'épicerie du sans-abri, au travers d'autres vêtements et d'objets hétéroclites.

— Tu ne feras plus de mal à personne, vieux sale! dit Gerry en regardant sa victime immobile et en repensant à ce salopard qui venait régulièrement chez ses parents.

D'un pas alerte, en regardant autour de lui, Gerry reprit son chemin et retourna à l'intersection des rues King et Wellington où quelques dizaines de personnes étaient toujours rassemblées pour observer le travail des policiers. Gerry se glissa dans un petit groupe de quatre ou cinq personnes et aucun d'entre eux ne remarqua sa présence.

Il était presque 5 h 30, le soleil pointait déjà le bout de son nez. Que cette journée du 7 juin débutait bien pour Gerry.

Les policiers du SPS mirent au moins une bonne heure à dénouer la crise. Les discussions avec l'homme barricadé ne donnèrent aucun résultat. Il réclamait qu'on augmente son chèque d'aide sociale, sinon il menaçait de mettre fin à sa vie. Le négociateur lui avait alors demandé calmement de quelle façon il procéderait dans ce cas. L'homme dérangé lui répondit sans réfléchir qu'il allait se jeter en bas du deuxième étage, car «il n'avait même pas de fusil pour mettre fin à ses jours».

Forts de cette information, des policiers du groupe d'intervention étaient rentrés de force dans son appartement à la vitesse de l'éclair et avaient réussi à le maîtriser rapidement. Il serait sans doute transporté à l'hôpital pour une évaluation, mais malheureusement, il en ressortirait dans quelques heures et tout serait à recommencer.

Une fois l'ambulance partie, les journalistes satisfaits des explications fournies et la foule dispersée, les résidents furent autorisés à retourner chez eux. Gerry suivit les autres locataires en remerciant, comme les autres, les policiers pour l'efficacité de leur intervention. Au fond de lui-même, Gerry les remercia de leur présence à cet endroit, à ce moment. Ils lui avaient tellement facilité le travail. Il retourna se coucher; il avait déjà hâte de se réveiller pour écouter et regarder le résultat de son œuvre. Et puis, c'était vendredi, L'ouvre-boîte serait sans doute rempli ce soir pour son spectacle.

Vers huit heures, des élèves du primaire passèrent dans le parc comme chaque matin. Il ne restait que quelques semaines à l'année scolaire et les jeunes étaient déjà en mode vacances. Habituellement, le clochard était toujours debout à cette heure-là. Il n'était pas méchant, juste sans-abri. Parfois, il envoyait la main aux jeunes qui rentraient à l'école. Cependant, aucun enfant ne lui parlait. Les parents du secteur le savaient inoffensif, mais ils avaient mis leurs enfants en garde de ne pas s'en approcher.

Quelques enfants furent surpris de le voir encore étendu sur son banc plutôt que debout à les regarder passer. Ils en firent part à la brigadière scolaire qui les accompagnait chaque matin pour traverser la rue. La dame n'en fit pas de cas sur le coup, mais elle aussi trouva bizarre le comportement de l'homme. Depuis quelques années déjà, aussitôt le retour de la chaleur, elle savait qu'elle le retrouverait près de son banc chaque matin.

Une fois les élèves rentrés à l'école, elle décida de s'approcher du parc. Depuis près d'une heure maintenant, l'homme n'avait pas bougé de son banc. Peut-être dormait-il à poings fermés après tout. Elle ne connaissait pas ses habitudes de vie.

À une dizaine de mètres de lui, elle l'interpella avec prudence.

— Monsieur? Monsieur, ça va?

Aucune réponse. Elle s'approcha davantage, de plus en plus craintive.

— Monsieur ? répéta-t-elle.

L'homme ne bougeait pas d'un poil. Prenant son courage à deux mains, elle s'avança de plus en plus jusqu'au moment où elle vit son visage, la large entaille sur son cou et la mare de sang séché, accumulée sous le banc de parc, remplie de croûtes rouges et noires.

Elle poussa un cri qui résonna dans tout le quartier, ou presque. Elle porta les mains à sa bouche et chercha de l'aide immédiate dans les parages. Il n'y avait personne autour.

Il lui fallut au moins une minute pour réaliser qu'elle se devait d'appeler le 911. Elle marchait de long en large, complètement désemparée. Elle sortit son téléphone et composa finalement le numéro. Au bout du fil, la préposée l'écouta, la calma et la rassura en disant qu'une voiture de police serait là dans quelques minutes.

Il ne fallut que deux minutes au maximum pour que des policiers arrivent sur place. Pendant qu'un premier policier s'approchait de la femme pour qu'elle lui raconte les circonstances de sa découverte, son coéquipier alla constater l'état de la victime. Il appela immédiatement son superviseur pour réclamer la brigade des enquêtes criminelles, car, pour lui, il était clair qu'il ne s'agissait pas d'un suicide. On pouvait nettement voir le travail du tueur.

Rapidement, les policiers dressèrent un périmètre. Les voisins, à la vue de l'auto-patrouille, sortirent à leur tour pour avoir des nouvelles. L'un d'eux, téléphone en main, était déjà en train d'avertir la salle des nouvelles de sa station de radio matinale préférée. Il ne fallut que quelques minutes pour que le téléphone mobile du relationniste du SPS déborde de messages de médias. Pour l'instant, la nouvelle était diffusée au conditionnel. «Un meurtre aurait été commis la nuit dernière au centre-ville. Si tel est le cas, il s'agirait du deuxième meurtre en deux mois à Sherbrooke, après celui du gardien de sécurité sur le terrain de l'Université de Sherbrooke», crachaient les médias locaux sans interruption.

Tout aussi rapidement, le sergent Farley fut appelé sur les lieux. Lui qui n'avait pas encore eu la moindre piste sérieuse quant au meurtre de l'agent de sécurité, il se retrouvait avec un deuxième meurtre sur les bras. Il se dirigea rapidement sur les lieux en n'ayant qu'une seule question en tête.

— Avez-vous trouvé une casquette des Red Sox de Boston près du cadavre ? demanda-t-il au premier policier rencontré, avant même de lui dire bonjour.

— Aucune idée, monsieur, on ne s'est pas approchés trop pour ne pas brouiller la scène de crime.

— Bien sûr, répondit Farley, en avançant vers la victime.

Après avoir observé le visage et le cou ensanglantés du sans-abri, Farley regarda délicatement les sacs autour de lui. Si on avait voulu le voler, tout serait sens dessus dessous, mais ce n'était pas le cas. Tout était plutôt dans un ordre relatif. Farley s'approcha des sacs puants et vit ce qu'il cherchait. Sur le dessus de l'un d'eux se trouvait effective-ment une casquette des Red Sox qui, par sa propreté, ne cadrait tout simplement pas avec le reste des effets personnels de l'individu.

Cependant, à ce stade-ci de l'enquête, rien ne lui permettait de ti-rer quelque conclusion que ce soit. Bien sûr, le tueur l'avait peut-être laissée sur place, mais peut-être aussi que le clochard l'avait trouvée, l'avait volée, qui sait ? C'était un indice, certes, mais était-ce une si-gnature ? Même si personnellement Farley semblait en être convaincu, il lui faudrait davantage de preuves.

Pendant que les techniciens en scènes de crime faisaient leur bou-lot et que le relationniste s'occupait des représentants des médias, le sergent observait le parc en tentant de reconstituer le fil des événe-ments. Mais, comme dans le cas du meurtre de l'agent de sécurité à l'université, la seule question qui demeurait était : pourquoi ?

Un des enquêteurs du SPS vint le rejoindre et lui offrit un des go-belets de café qu'il transportait.

— Merci, dit Farley.

— Sale affaire encore une fois, fit l'autre.

— Un clochard sans histoire, pas d'antécédents sinon un peu de bruit dans le parc tard le soir.

— Des jeunes, vous pensez ? demanda le policier.

— Tout est possible, mais ça me surprendrait.

— Comment ça ?

— Pas de traces de lutte, les affaires du clochard ne sont pas éparpillées non plus. Si c'était un gang de jeunes, ils se seraient sans doute amusés avec lui avant de le tuer. Ils l'auraient sans doute fait courir après ses affaires à travers le parc. Non, cet homme a été saigné pendant son sommeil. Il n'a pas eu le temps de voir quoi que ce soit.

L'adjoint de Farley, plus jeune que lui, avait beaucoup de respect pour son patron et il reconnut que sa théorie se tenait, du moins pour l'instant. Lui aussi avait remarqué que la ligne tracée par le couteau était faite d'un seul trait. Le tueur avait été expéditif, net. Cependant, il connaissait aussi le protocole à respecter. Son sergent semblait prendre l'enquête sous sa responsabilité totale.

— Avez-vous appelé la SQ ? demanda l'agent.

— Oui, oui, répondit vaguement le sergent Farley, qui ignorait encore quand le soi-disant lieutenant expérimenté de la SQ débarquait à Sherbrooke.

Après toutes les prises de photos et les vérifications sur le terrain, Farley rentra au bureau pour réfléchir et tenter de se faire un plan d'action, mais par où commencer ?

Dans sa chambre d'hôtel, le lieutenant-détective Gilles Leblanc sursauta en entendant à la radio cet éventuel nouveau meurtre à Sherbrooke. Pourquoi personne ne l'avait appelé pour se rendre sur les lieux ?

Il prit une douche rapide et enfila une chemise blanche, une cravate d'un bleu sobre et un complet marine de belle qualité. Il se présenta au quartier général du SPS et demanda à rencontrer le directeur du service. Ce dernier vint à sa rencontre et le salua.

— Salut, Gilles, ça fait longtemps...

Leblanc ne lui laissa même pas le temps de finir sa phrase.

— C'est inconcevable que personne ne m'ait appelé ce matin, dit-il.

Le directeur le prit par le bras pour l'éloigner un peu.

— Je ne savais même pas que tu étais déjà à Sherbrooke, je croyais que tu arriverais seulement ce matin.

— Vous avez appelé la SQ pour le meurtre de ce matin ?

— Bien sûr, mais personne ne m'a dit que tu étais déjà sur le terrain.

Leblanc balança la tête d'un côté et de l'autre et n'en revenait pas qu'on puisse autant manquer de rigueur. En fait, ce qui le hérissait davantage était d'avoir manqué la scène de crime au moment où le corps avait été découvert. Malgré les circonstances pénibles qui entouraient ces événements, la découverte d'un corps et les premiers moments de l'analyse d'une scène de crime étaient ce qu'il préférait dans son métier. Pour lui, c'était une partie qui commençait entre lui et l'auteur d'un meurtre, et il adorait le défi.

— Ne t'en fais pas, le sergent Farley est très dédié et il a toutes les informations disponibles, dit le directeur qui tenait à assister à la première rencontre entre les deux hommes.

Leblanc décida de passer outre ces embûches et de commencer sa relation avec le SPS du bon pied. Le directeur fit les présentations d'usage entre Leblanc et Farley.

— On peut commencer à travailler, expliqua le directeur. Si je t'ai demandé de venir, c'est que j'ai besoin d'une évaluation avec un œil externe. Nous avons deux meurtres sur les bras en deux mois. On n'a jamais vu cela à Sherbrooke. Les médias s'énervent, la population aussi et je ne te parle pas des politiciens. Nos têtes sont sur le billot, comme on dit.

— Je peux regarder les dossiers, mais je doute de trouver quelque chose que le sergent-détective Farley n'aurait pas vu, expliqua Leblanc, voulant ainsi gagner la confiance et le respect de son collègue.

Le sergent Farley, plus jeune, reçut la réplique de Leblanc avec beaucoup de plaisir. La manœuvre avait fonctionné. Il résuma les principaux éléments de l'enquête et invita Leblanc à parcourir les notes et les rapports reliés aux deux meurtres.

— Je vais d'abord aller sur les lieux des deux crimes. Je sais que cela ne donnera rien du tout, mais c'est ma façon de travailler, expliqua Leblanc.

— Je peux vous accompagner si vous le souhaitez, suggéra Farley.

— Je vous remercie, mais pour l'instant, je peux faire un premier tour tout seul.

— Je suis à votre disposition à votre retour, indiqua le sergent.

Gilles Leblanc quitta le bureau des enquêtes. Farley regarda son directeur.

— Drôle de bonhomme, dit-il. Vous vous connaissez depuis long-temps ? demanda Farley.

— Des dizaines d'années, on a fait l'école de police ensemble. C'était, et c'est encore, un excellent enquêteur. Il a perdu sa femme dans des conditions pénibles et il est passé par des moments difficiles, mais ça demeure l'un des meilleurs.

— On ne va certainement pas se priver de l'avis d'un champion, dit Farley.

— Faites attention, Farley, vous avez de l'ambition et c'est bien. Mais ne soyez pas sarcastique envers les enquêteurs plus expérimen-tés. Quand vous aurez vu la moitié des horreurs que Gilles Leblanc a vues, vous pourrez vous péter les bretelles. En attendant, je vous con-seille de collaborer avec lui à cent pour cent. C'est compris ?

— Compris, chef.

— C'est bien compris ? reprit le directeur.

— C'est bien compris, répondit le sergent qui retiendrait la leçon.

Après la lecture des différents rapports, Leblanc sortit du quartier général, monta dans son automobile et partit vers l'ouest de la ville en montant la rue Galt jusqu'à l'Université de Sherbrooke. Il repéra rapidement l'endroit où l'agent de sécurité Claude Beaudoin avait été poignardé à mort. Leblanc tenta de recréer, dans son esprit, les événe-ments survenus le soir du drame.

Pour lui, il était clair que la victime avait été surprise par le tueur. Jusqu'ici, les enquêteurs n'avaient rien trouvé dans le passé de Beaudoin qui pourrait expliquer qu'on lui en veuille à mort.

L'endroit était redevenu tranquille, un mois après le meurtre. Les responsables de la sécurité avaient obtenu qu'on installe des caméras vidéo un peu partout sur le campus. Leblanc leva les yeux et en iden-tifia une, accrochée à un lampadaire. Si seulement elle avait été là au cours des derniers mois, on aurait pu éclaircir les circonstances entou-rant la mort de Beaudoin. Mais l'inspecteur le savait, il fallait souvent un drame semblable pour que les choses bougent et que, soudainement, l'argent n'ait plus aucune importance.

Derrière son volant, Leblanc regardait les photos prises le soir du meurtre, à la recherche d'un détail. Rien ne lui venait. Peut-être aurait-il plus de chances dans le parc où le clochard avait été assassiné.

Il reprit le chemin en direction du centre-ville. Sherbrooke n'avait pas beaucoup changé depuis sa dernière visite qui datait quand même de quelques années. Mis à part la construction d'un hôtel près des berges du Lac des Nations, celui où il résidait, le secteur était toujours entouré d'anciennes manufactures qui n'attendaient qu'un promoteur pour se transformer en condominiums de luxe.

En empruntant la rue King Ouest, Leblanc aperçut le palais de justice. Au même moment, un automobiliste quitta une case de stationnement. Leblanc se faufila et prit sa place. Il pénétra dans l'immeuble et monta au deuxième étage. À cette heure-ci, les juges et les avocats avaient déjà commencé à siéger. Une dizaine de personnes attendaient à l'extérieur des salles de cour. Puis, il l'aperçut.

Elle portait sa toge noire par-dessus son chemisier blanc, les cheveux blonds relevés et le pas assuré. Elle ne le vit pas immédiatement au bout de l'allée. Lorsqu'elle croisa enfin son regard, elle s'arrêta net.

— Papa?

— Bonjour, Sophie.

— Qu'est-ce que tu fais ici? Je veux dire... il n'y a rien de grave? demanda-t-elle soudainement inquiète.

— Tu es toujours la même, prête à t'inquiéter pour tout le monde, répondit Leblanc. Ne t'en fais pas, je ne faisais que passer par ici.

Sophie retrouva son aplomb maintenant que la surprise était passée et qu'elle savait qu'aucune vie n'était en danger. Elle ignorait cependant comment réagir. Il y avait près de deux ans qu'elle n'avait pas vu son père. Elle ne pouvait quand même pas lui sauter au cou, même si secrètement c'était probablement ce qu'ils souhaitaient tous les deux.

Leblanc, instinctif, respecta la distance qui les séparait. Il n'avait pas l'intention de brusquer quoi que ce soit. Déjà, qu'elle ne tourne pas les talons était bon signe.

— Pour une surprise, c'en est une, dit Sophie ne sachant trop quoi dire dans de telles circonstances.

— On m'a demandé de venir évaluer une situation au poste de police, j'ai eu envie de te voir. Tu peux me le dire si ce n'est pas le bon moment ou si ce n'est pas une bonne idée. Je peux repasser...

— Non, ça va, ça va. Je vais en cour dans une cinquantaine de minutes. Tu es venu pour les deux meurtres ? demanda-t-elle.

— Oui, assez bizarre pour une ville de la grosseur de Sherbrooke. Tu veux qu'on prenne un café en bas ? demanda Sophie qui remarqua à quel point son père avait vieilli depuis la dernière fois qu'elle l'avait vu. Ses cheveux étaient maintenant tout blancs et il avait les traits du visage plus tirés. Ses yeux, toutefois, étaient toujours aussi vifs et bleus.

— Bonne idée, mais je ne veux pas te déranger, dit-il, heureux de la tournure des événements.

— Il y a un petit café à côté du palais, tu me laisses cinq minutes et je t'y rejoins, d'accord ?

— Je t'attendrai, dit son père.

Sophie se précipita dans son bureau et enleva sa toge. Elle ignorait pourquoi elle réagissait ainsi, mais cela la rendait heureuse en ce moment de voir son père. Les plaies du passé étaient toujours présentes, mais Sophie avait vieilli elle aussi. Elle aurait eu de la difficulté à déterminer la raison exacte de son différend avec son père. Le temps avait passé, la distance s'était créée et cela lui avait convenu. Elle se souvenait aussi que son père aurait bien aimé qu'elle ait une vie rangée et qu'elle lui donne un petit-fils ou une petite-fille, mais elle n'était pas faite pour cela, pas en ce moment du moins.

Ses relations avec les hommes avaient été compliquées au cours des dernières années et, heureusement pour elle, elle n'avait jamais cédé à l'envie d'enfanter. Avoir un enfant et l'éduquer était quelque chose de très important pour Sophie et il n'était pas question que son enfant souffre de l'absence de ses parents ou de la qualité du temps qu'ils passeraient ensemble. Le père absent, elle connaissait trop.

Sophie rejoignit son père au café. Il attendait patiemment. Il avait commandé un café au lait pour lui et un cappuccino pour sa fille.

— C'est toujours le cappuccino pour toi ? demanda-t-il.

127

— Oui, mentit-elle. Cela faisait des mois qu'elle ne buvait plus de café.

Un silence tout à fait compréhensible s'installa. Aucun des deux ne savait comment amorcer une conversation. Sophie brisa la glace.

— As-tu eu le temps de regarder les dossiers?

— Un peu, mais je viens d'arriver, répondit son père qui voulait visiblement avoir un autre genre de conversation avec sa fille. Comment vas-tu? demanda-t-il.

— Bien. Bien... je travaille fort, toujours célibataire. Je suis bien installée et toujours heureuse d'être à Sherbrooke.

— Ta décision était la bonne finalement de venir étudier ici plutôt qu'à Montréal, admit Leblanc.

— Je pense bien, oui. Je préfère toujours les petites villes aux plus grosses. Et toi? demanda-t-elle.

— J'ai pris ma retraite.

— On ne dirait pas.

— En fait, je l'ai prise hier à quatre heures et demie et on m'a remis en service à cinq heures. Ça a été assez court comme retraite, dit-il avec cette impossibilité de sourire, même s'il s'agissait d'un mot d'humour.

— Tu restes toujours dans la maison familiale? demanda la jeune femme.

— Oui, je n'ai pas bougé depuis ton départ. Je voulais te dire...

— C'est correct, papa, fit-elle. On n'a pas envie, ni toi ni moi, de revenir sur le passé. Est-ce que je me trompe?

— Non, tu as raison, mais s'il faut passer par là pour espérer avoir une meilleure relation, je suis prêt à répondre à toutes tes questions, répondit Leblanc en fixant son café.

Sophie aurait aimé qu'il la prenne dans ses bras à cet instant, mais elle savait qu'il était encore trop tôt. Ils avaient du temps à reprendre.

— Tu es à Sherbrooke pour un bout de temps? demanda-t-elle.

— Je ne sais pas trop encore. Je suis là au moins pour quelques jours, répondit-il.

— On pourrait se voir en fin de semaine si tu veux. J'aurais plus de temps...

— C'est vrai, tu dois être à la cour dans quelques minutes. Quelle est la cause ?

— Introduction par effraction, un petit minable qui deviendra peut-être un grand criminel si on ne le prend pas en main dès maintenant, expliqua-t-elle en se levant de table.

— Tu vas gagner ta cause ?

— J'ai déjà une entente avec la défense, ça ne devrait pas être trop compliqué. Je te laisse mon numéro de téléphone et j'attends ton appel demain matin. On se trouvera un moment. Tu as un endroit pour dormir ?

— Je suis au Times, ne t'en fais pas pour moi. Allez, vas-y... tu as un méchant à mettre en prison, dit-il.

— Toi aussi ! répondit-elle du tac au tac.

Pour la première fois depuis très longtemps, un léger sourire se dessina sur le visage de « Monsieur Sourire ».

Satisfait, Gilles Leblanc sortit du palais de justice et marcha sur la rue King Ouest en direction du centre-ville. Selon la carte qu'il avait regardée dans le dossier du meurtre du clochard, il n'était qu'à une quinzaine de minutes de marche du parc où l'attentat avait eu lieu. Il décida qu'une marche lui ferait le plus grand bien. Il se sentait le cœur léger.

Cette sensation le quitta aussitôt qu'il mit le pied dans le parc Racine. Il vit immédiatement le banc où l'homme avait été poignardé sauvagement. Il s'en approcha et prit la place du tueur en imaginant la scène selon les rapports de police consultés.

Il s'assit sur le banc pour réfléchir. Y avait-il quelque chose en commun entre ces deux meurtres ? Il trouva quelques similitudes évidentes comme le fait que les deux victimes avaient été tuées de coups de couteau. Toutefois, la façon de tuer était différente. Le premier avait été poignardé au cou, le second avait eu la gorge tranchée. La seule chose en commun était donc la blessure au cou.

Les deux victimes étaient de classes sociales différentes, ne semblaient pas se connaître non plus. Le seul point commun, il s'agissait de deux hommes.

Dans les deux cas, le vol n'était pas le mobile du crime. Et puis, il y avait cette casquette de sport retrouvée dans les deux cas. On ignorait encore si l'auteur du vol était aussi l'auteur des meurtres.

Soudain, l'inspecteur Leblanc songea à quelque chose. Il prit son téléphone cellulaire et composa un numéro. Il patienta quelques instants, posa une question, attendit encore un peu et raccrocha. Il sortit son calepin de notes de sa poche de veston et inscrivit quelques lignes. Puis, il appela le directeur du Service de police de Sherbrooke.

— Salut, c'est Leblanc. Je serai à ton bureau dans quinze minutes. Tu peux demander au sergent Farley d'être présent aussi ?

— Tu as trouvé quelque chose ? demanda le directeur.

— Quinze minutes ! répondit Leblanc avant de raccrocher.

Le lieutenant reprit sa marche en sens inverse. Les idées se bousculaient dans sa tête. Il arriva à son auto à bout de souffle. Quelques minutes plus tard, il pénétra dans le quartier général et, sans s'arrêter, se dirigea immédiatement vers le bureau du patron qui l'attendait déjà en compagnie de Farley.

— Alors, qu'est-ce que tu as ? demanda le directeur, curieux.

— Est-ce que je pourrais avoir un verre d'eau ? fit Leblanc dont la condition physique laissait un peu à désirer.

Le directeur versa un verre à partir d'un pichet qui se trouvait sur sa table de travail et le donna à Leblanc qui le vida presque d'un trait.

— J'ai repensé à ce qu'il y avait en commun entre les deux meurtres. On sait déjà que ce sont deux hommes tués à coups de couteau et qu'on a retrouvé deux casquettes volées sur les lieux des crimes.

Tel un avocat, Leblanc avait préparé sa brève présentation en venant en voiture. Sauf que le directeur ainsi que Farley souhaitaient plutôt la version courte. Cependant, ils ne voulaient pas le brusquer et ils respectèrent sa façon de faire.

— Puis, je me suis souvenu d'un cas survenu en février à Saint-Jean-sur-Richelieu. C'est une femme qui a été assassinée. Pas de couteau, mais le tueur l'a étranglée dans son automobile. Comme pour les deux hommes de Sherbrooke, il s'en est pris à son cou.

— *Un peu mince, pensa Farley. Combien d'hommes et de femmes ont-ils été étranglés ces derniers mois ?*

— Mais là où ça devient intéressant, poursuivit Leblanc, c'est que le meurtrier est droitier dans les trois cas.

Farley ravala sa dernière pensée. Il n'avait pas déduit que le meurtrier de Sherbrooke était droitier. Il revit les deux façons de faire, la position des corps, la façon dont le tueur avait planté son couteau dans le cas du gardien de sécurité et la lame se promenant de gauche à droite sur la gorge du clochard. Leblanc avait raison.

— Et ce qu'il y a encore de plus intéressant, reprit Leblanc, c'est que dans le meurtre à Saint-Jean-sur-Richelieu de Madame...

Le lieutenant sortit le calepin de notes qu'il portait toujours sur lui pour vérifier le nom de la victime.

— Legendre... Claire Legendre... c'est que notre homme a aussi laissé une soi-disant preuve ne lui appartenant pas. Dans ce cas, c'était la carte d'identité d'un étudiant du cégep de Saint-Jean et quelques-uns de ses cheveux. L'étudiant avait un alibi assez solide pour démontrer qu'il n'était pas présent sur la scène du crime.

Leblanc retint cependant qu'il lui faudrait vérifier si l'étudiant Kevin Chassé était à Sherbrooke au moment des deux meurtres, ce qui, du reste, le surprendrait énormément.

— Bon, conclut le directeur, nous cherchons un homme qui est aussi un voleur.

— Plus que cela, déclara Leblanc.

— Quoi donc? demanda Farley.

— Nous avons possiblement à faire à un tueur en série, affirma Leblanc.

— Qu'est-ce qui vous fait dire cela? demanda le sergent qui trouvait que Leblanc était vite en affaire pour faire une telle déclaration.

— Le meurtre de Claire Legendre à Saint-Jean-sur-Richelieu a été commis le 7 février, celui du gardien de sécurité, le 7 mai...

— Et celui du clochard, le 7 juin... ajouta Farley.

— Si mes conclusions valent quelque chose, il nous reste moins d'un mois pour éviter un meurtre le 7 juillet prochain! lança Leblanc sous le regard ébahi du directeur du SPS.

— Cela voudrait dire aussi qu'on recherche un suspect qui se balade entre Saint-Jean-sur-Richelieu et Sherbrooke, dit Farley.

— Ou qui vient d'emménager ici depuis peu, poursuivit Leblanc.

10

En début de soirée, après s'être gavé de toutes les informations concernant le meurtre du sans-abri Gaston Roy de Sherbrooke, Gerry se présenta à L'ouvre-boîte pour y effectuer sa soirée de travail. La température avait chuté de quelques degrés comparativement à la veille et le mercure indiquait 13 degrés. C'est peut-être une des raisons pour lesquelles l'endroit se remplissait à vue d'œil.

Comme à l'habitude, Gerry se dirigea vers le bar immédiatement à son arrivée. Son prétexte était de saluer le personnel ; la vraie raison étant de vérifier si Nora était là. Il ne parvenait pas à s'expliquer pourquoi cette fille l'attirait autant. Bien sûr, elle était très jolie, mais elle semblait avoir un foutu caractère et justement, Gerry n'aimait pas se faire contrôler par qui que ce soit. De plus, elle sortait avec le patron. Sans doute qu'elle représentait pour Gerry le fruit défendu.

Le propriétaire de L'ouvre-boîte, Martin Boisvert, lui, était déjà sur place. Comme la plupart des jeunes patrons, il dormait presque dans son entreprise.

— Gerry, comment ça va ? J'espère que tu es en forme, car j'ai l'impression que ce sera plein ce soir.

— Pas de problème, patron. On va faire lever le toit de la bâtisse, répondit Gerry, sûr de lui.

— J'ai vu aux nouvelles qu'un « coucou » avait été arrêté dans le coin où tu habites ?

— Oui, répondit Gerry, je me suis fait sortir par la police au petit matin. Un fou, mais pas dangereux celui-là...

— Ouais, ajouta Martin, pas comme le malade qui a tué le clochard la nuit dernière.

Gerry ne répondit rien sur le coup, surpris par le jugement rapide de Martin sur la situation. Il venait de se faire traiter de malade et il en était soudainement troublé. Personne ne comprendrait, se répétait-il régulièrement pour se justifier face à lui-même.

— C'est sans doute l'œuvre d'une bande de jeunes, poursuivit Martin. Il existe une légende urbaine à propos de certains clochards. Il paraîtrait que plusieurs d'entre eux cachent des liasses d'argent dans leurs vieilles affaires puantes. Ça viendrait de la vente de bouteilles et de cannettes qu'ils ramassent partout. Mais on sait bien que ce n'est pas vrai. Ce sont des malades mentaux qui devraient être à l'hôpital, pas dans la rue.

— Au moins, il ne souffre plus, répondit Gerry en ajustant ses manches de chemises roulées sur les avant-bras sans regarder son patron dans les yeux.

Le patron éclata de rire soudainement et se rapprocha de Gerry.

— Une chance que tu es meilleur musicien que psychologue. Si c'était juste de toi, les clochards ne traîneraient pas longtemps dans les rues, hein ? dit Martin.

— C'est vrai que je suis allé un peu fort, répondit Gerry en riant à son tour. S'il fallait qu'on se débarrasse de tous ceux qui nous tapent sur les nerfs...

— Hey, changement de sujet, dit Martin, j'ai réussi à faire promettre au journal d'envoyer une journaliste culturelle ici ce soir pour voir une partie du spectacle. Ce n'est pas cool, ça, monsieur l'artiste ?

— Tu me mets de la pression, répondit Gerry, fier.

— Je te le dirai quand je la verrai. Bon, je continue la mise en place. À plus tard.

Martin traversa de l'autre côté du bar. Gerry alla ranger sa veste et son sac au vestiaire destiné aux employés et revint vers la scène à l'entrée du bar. Il regarda l'heure et constata qu'il avait encore près d'une heure avant le début de son premier tour. Les clients commençaient à arriver. Gerry s'installa au bar, demanda un cognac et observa ce qui se passait autour de lui.

Une heure plus tard, Anne entra dans le bar, accompagnée de son amie Sophie. Gerry se précipita vers elles.

— Bonsoir, Mesdames, bienvenue à L'ouvre-boîte, fit Gerry en surprenant Anne.

— Ah, bonsoir, fit-elle.

— Bonsoir, fit Sophie.

— Gardez-moi une place à votre table, j'irai vous voir après mon premier tour, c'est d'accord? demanda Gerry.

— OK, fit Anne, regardant ensuite si une table était libre près de la scène.

Gerry alla vers la scène pendant qu'Anne et Sophie s'installèrent à une table pour quatre personnes.

— Je te l'avais dit qu'il avait un peu d'intérêt pour moi, dit Anne à sa compagne.

— Je ne sais pas ce que tu lui trouves.

— Tu ne connais rien aux subtilités des gestes, ma pauvre Sophie. Ta formation d'avocate t'a enlevé le pouvoir de saisir les nuances, expliqua Anne.

— Quelles nuances? demanda Sophie, intriguée.

— Des petites choses, des regards, des effleurements, des sourires. Tu devrais être plus attentive à ces détails si tu veux te faire un copain.

— Je n'ai pas besoin de copain, je te jure. Je suis très bien comme cela, répondit Sophie.

— Bien moi, je prendrais bien ce musicien-là, répondit Anne en regardant Gerry s'installer pour commencer son premier tour de chant. Tu as vu ses épaules? On parle d'épaules ici! dit Anne en souriant.

— Tu es complètement folle! répondit Sophie en riant, avant de commander deux verres.

— Peut-être, mais dis-le donc que je te fais du bien et que cela fait changement de ta bande d'avocats coincés?

— Si tu le dis...

Gerry s'installa sur son banc. Les lumières de la pièce diminuèrent d'intensité, les projecteurs se braquèrent sur lui. Le spectacle pouvait commencer. Comme s'il s'agissait d'une routine ou d'une superstition, un peu comme un gardien de but au hockey qui frappe ses poteaux avant le début du match, Gerry leva la main à la hauteur de ses yeux pour se protéger de l'éclairage et voir le nombre de personnes assises dans la salle.

Puis, sans dire un mot, il entama une pièce instrumentale sur sa guitare. Ce premier morceau, toujours bien choisi, demandait une certaine dextérité et avait pour but d'attirer l'attention du public et de le surprendre. La manœuvre fonctionnait toujours. Ensuite, il pouvait s'adresser à eux et leur faire connaître sa voix chaude de bluesman.

Au cours des trente minutes qui suivirent, Gerry enchaîna plusieurs succès québécois et américains de l'heure. Le public l'aimait et Gerry savait s'adapter à lui. Ce vendredi soir, il avait noté que ce public était surtout composé d'adultes dans la trentaine et la quarantaine. Il fit quelques pièces tirées du répertoire d'Elvis Presley tel « *Suspicious minds* ».

Cela lui rappelait un voyage à Memphis dans le Tennessee, un des seuls qu'il avait faits à l'extérieur du Québec plus jeune. Dans un bar de Beale Street, il avait vu un spectacle de Jason James, un *entertainer* qui l'avait impressionné par sa présence sur scène et son répertoire de rockabilly. Au cours du même voyage, il avait pu visiter *Graceland*, la demeure du King. Les pièces de la maison contenant les nombreux disques d'or d'Elvis Presley lui avaient alors définitivement donné cette passion pour la musique.

Plus tard, en fin de soirée, la clientèle serait plus jeune et il varierait davantage son répertoire. Pour l'instant, selon lui, ces gens représentaient un public qui se montrerait peut-être ouvert à ses propres compositions. Car c'était bien là le but de l'opération. Bien sûr, il fallait être bon pour interpréter les chansons des autres, mais il fallait aussi se démarquer avec son propre matériel.

Avant de terminer son premier tour, Gerry présenta sa chanson.

— Tout le monde cherche l'amour. Tout le monde sait cela, mais personne ne veut le crier sur les toits de peur de paraître faible. La prochaine chanson parle d'une fille qui n'a pas peur de ce qu'elle ressent et d'un homme qui n'a pas peur d'écouter ce qu'elle a à dire. Ça s'intitule « *Je te veux* ».

La chanson de Gerry était, en fait, une lettre qu'une fille adressait à un amour impossible et où elle lui disait qu'elle ferait tout pour l'avoir auprès de lui, quitte «à faire du mal».

Bien interprétée, la chanson de Gerry fut également bien reçue par le public. Le chanteur remercia l'auditoire, déposa sa guitare et annonça qu'il serait de retour un peu plus tard. En descendant de scène, il fit signe à une serveuse de lui apporter un cognac. Il se dirigea ensuite vers la table occupée par Anne et Sophie.

— Belle chanson, la dernière, s'exclama Anne avec une étincelle dans les yeux.

— Merci, répondit Gerry, je peux m'asseoir?

— Bien sûr, répondit Anne, en déplaçant son sac à main sur la chaise voisine.

— Je me demandais bien quand j'allais vous revoir, dit Gerry. Nos dernières conversations ont été trop brèves.

— J'ai eu une semaine de fou avec l'inventaire à la bibliothèque, répondit Anne. De toute façon, tu ne travailles pas en début de semaine.

— Tu sais cela, toi? répondit-il en affichant son plus beau sourire.

Sophie comprenait ce qu'Anne voulait dire avec ses petits détails. Gerry était vraiment en mode séduction avec sa copine. Mais, comme une grande sœur, Sophie avait à cœur le bonheur de son amie et elle s'était donné comme mission de prêter un peu de son «rationnel» d'avocate à Anne pour lui éviter une autre peine d'amour trop douloureuse. Aussi, elle s'empressa de briser cette bulle qui voulait se former. Les tourtereaux auraient bien le temps de voir si la sauce prendrait ou pas.

— Je sais bien que c'est juste une chanson, mais la fille dont tu parlais tout à l'heure, c'est quelqu'un que tu connais? demanda Sophie.

— Non, j'invente. C'est comme un roman, répondit Gerry.

— Une chance parce que j'ai l'impression que je la verrais un jour au palais de justice, celle-là! Pas folle à peu près, être prête à tuer parce qu'on aime quelqu'un!

— Tu trouves? répliqua Gerry. Pourtant, l'Histoire est remplie de morts pour la cause de l'amour ou pour celle de la religion.

— Deux stupidités quant à moi, répondit Sophie.

— Moi, je suis plutôt d'accord avec Gerry, fit Anne. Quand on aime plus que tout, ça peut faire faire des folies. Je n'approuve pas, mais je comprends.

Sophie sentait bien qu'elle n'aurait jamais le dernier mot avec eux. Aussi, elle dévia le sujet de conversation.

— Cela me fait penser au meurtre du pauvre clochard la nuit dernière, c'est dommage. On n'est pas habitués à autant de violence à Sherbrooke.

— Je me demande s'il avait de la famille, dit Anne, avec empathie.

— J'ai parlé aux policiers qui se sont rendus sur les lieux ce matin, dit Sophie, ce qui attira l'attention immédiate de Gerry. Paraît que l'homme a eu la gorge tranchée d'un seul coup, comme dans les films.

— Est-ce qu'ils ont une petite idée de qui aurait pu faire cela ? demanda Gerry.

— Pas la moindre, on dirait un fantôme. Personne n'a rien vu, pas d'empreintes, pas de couteau sur place.

— Quand même, le meurtrier est habile, fit Gerry.

— Habile ? demanda Sophie.

— Ouais, j'avoue que ce n'est pas le bon mot, réagit Gerry immédiatement.

— Tu veux dire qu'il a fait attention à tout ? suggéra Anne.

— Oui, c'est ce que je voulais dire, ajouta Gerry. L'homme est mort sur le coup, sans doute ?

— Je ne sais pas, répondit Sophie, c'est une brigadière scolaire qui l'a trouvé. Elle a eu la peur de sa vie.

— Je n'en doute pas, ajouta Anne, juste à voir un peu de sang et je tourne de l'œil. Imaginez trouver un mort...

— La police n'a trouvé aucun indice ? insista-t-il auprès de Sophie.

— Paraît que non, mais je vais suivre cela de près, je pense.

— Pourquoi ça t'intéresse tant que ça ? demanda Gerry.

— Parce que j'aurais bien aimé être enquêteur sur un dossier comme celui-là, expliqua-t-elle.

— Je te trouve très bonne de penser de cette façon, moi je ne m'approcherais pas trop de ce genre de gars-là, répondit Gerry.

— Qui te dit que c'est un gars ? lui demanda Sophie.

— J'ai dit cela comme ça, répondit Gerry.

— Tiens, madame la détective a commencé son enquête, dit Anne à son tour en riant.

— Est-ce que ça fait de moi un suspect ? demanda Gerry à la blague.

— Bien oui, tu es le genre, d'abord, de te lever la nuit pour aller tuer un clochard, dit Anne en riant. Si c'était pour chanter une chanson au balcon d'une fille, je ne dis pas...

— Même cela, ce n'est plus de mon âge, répondit Gerry.

La conversation tourna lentement vers la quarantaine et ses remises en question, sur la vie en général, sur le travail des deux filles, sur la vie de tournée d'un musicien. Gerry remarqua toutefois l'espèce de mainmise qu'avait Sophie sur sa copine. Il ignorait qu'elle s'était donné comme mission de la protéger d'une éventuelle peine d'amour. Pour sa part, il la trouvait un peu envahissante et il devait chercher un moyen d'être seul avec Anne lors d'une prochaine rencontre.

Gerry retourna faire son deuxième tour de chant et comme toujours, adapta son répertoire à l'ambiance de la soirée.

Lorsqu'il eut terminé, le propriétaire de L'ouvre-boîte se dirigea vers lui pour lui présenter la journaliste du quotidien local.

S'excusant auprès d'Anne et de Sophie, Gerry suivit la journaliste dans un coin pour lui accorder une entrevue pendant qu'un photographe se déplaçait autour d'eux en les mitraillant de son appareil.

Anne les regardait de loin et aurait aimé entendre leurs propos. Elle admirait les artistes. Elle-même n'aurait pas pu être une artiste et le savait, mais elle aimait l'énergie qu'ils dégageaient. Les artistes, selon elle, étaient des gens qui prenaient toujours la vie du bon côté et ne s'en faisaient pas avec les détails du quotidien. Tellement de gens prenaient beaucoup trop au sérieux le paiement des factures, le confort du foyer, l'entretien du terrain et tout le reste. Les artistes, eux, vivaient de leur art et cela les nourrissait, et c'est ce qu'elle admirait le plus chez eux.

Après l'entrevue, Gerry remonta sur scène avec énergie. La journaliste l'avait fait parler de lui, de sa carrière et de la vie dans les bars, de ses chansons et de son inspiration. Elle avait été très gentille avec lui. Ce que Gerry ne savait pas, c'est que le propriétaire avait pris suffisamment de publicité dans le journal pour espérer un article sur son commerce et son artiste. Martin ne lui dirait jamais. Il savait bien à quel point les egos des artistes étaient immenses.

Vers minuit, Sophie commençait à bâiller et demanda à Anne si elle était prête à partir. Comme Gerry ne finissait pas avant 1 h 30, elle n'avait pas l'intention de l'attendre. Suivant les conseils prodigués par son amie, Anne fit un effort pour se montrer indépendante vis-à-vis de Gerry. Cela faisait quelques fois déjà qu'elle venait au bar. S'il souhaitait un rendez-vous, c'était maintenant à lui de faire les premiers pas, selon Sophie. Anne était plutôt d'accord avec le principe, mais elle ne voulait pas non plus qu'il se désintéresse complètement d'elle. Après tout, la compétition était forte. Juste à regarder dans la salle le nombre de filles seules.

— On va y aller, nous, dit Anne à Gerry, debout au bar en train de discuter avec deux ou trois clients.

— Déjà, la soirée est jeune, répondit Gerry en la présentant aussitôt aux clients devant lui.

— C'est probablement moi qui le suis un peu moins, répondit Anne.

Gerry laissa le groupe pour retourner avec Anne vers la table où l'attendait Sophie. En marchant seul avec elle, il lui proposa une randonnée autour du Lac des Nations ce dimanche alors qu'on annonçait du beau temps.

— Oui, c'est une bonne idée, répondit Anne, réjouie.

— On se rejoint au marché de la Gare vers 13 heures?

— Très bien, je serai là.

— Cool, fit Gerry.

Le plus naturellement possible, il approcha son visage de celui d'Anne pour l'embrasser sur les deux joues. Elle accepta le baiser et alla rejoindre Sophie.

— On se voit dimanche! fit-elle en sortant du bar.

— Où ça? demanda Sophie, un peu inquiète.

— On va faire le tour du lac, il y aura plein de chaperons, répondit Anne en riant.

— Je sais que je suis ridicule, tu auras bientôt trente-trois ans, répondit Sophie.

— Tu prends soin de moi et je t'en remercie.

Anne passa son bras sous celui de sa copine Sophie et elles se dirigèrent vers le stationnement où Anne avait laissé son véhicule en début de soirée.

***

Le lendemain matin, Gerry s'empressa d'aller chercher le journal du samedi pour lire l'article qui lui était consacré. C'est avec surprise qu'il vit son visage sur la première page du journal. Un petit carré invitait les lecteurs à se rendre dans la section Arts et Spectacles pour découvrir, disait-on, « un pro des bars ».

Gerry paya le journal avec l'envie de montrer au jeune commis qu'il figurait à la une du journal, mais il se retint. Bientôt, tout le monde le connaîtrait, il en était convaincu.

Dans les premières pages du journal, un article était consacré au meurtre du sans-abri Gaston Roy. La police lançait un appel à la population pour obtenir des renseignements de toute nature. Pour le reste, il était clair que l'enquête n'avançait pas.

— *On parle de moi deux fois dans le journal, pensa Gerry en souriant.*

Il trouva un banc pour lire l'article qui prenait une demi-page avec photo. La journaliste respectait la conversation qu'ils avaient eue. Il livrait ses états d'âme d'artiste avec franchise et se plaisait d'animer les fins de semaine à L'ouvre-boîte, devenu l'un des endroits branchés en ville, pouvait-on lire.

« *Entre ses interprétations des chansons à succès, Gerry Mercier propose ses compositions sur des ballades et des airs de blues. Malheureusement pour lui, après une chanson de Phil Collins ou des Beatles, les siennes paraissent parfois un peu ternes* », soulignait la journaliste.

Gerry ressentit un battement de cœur plus rapide et une espèce de vague qui l'envahissait. Cela dura juste un instant, mais fut intense. En quelques minutes, il fut choqué, gêné, déçu, frustré, enragé... puis plus calme, serein même.

— Un jour, je leur montrerai, pensa-t-il.

Le lendemain, comme prévu, Gerry se rendit au marché de la Gare pour y rencontrer Anne. La journée était splendide. Il la vit venir au loin. Elle portait un short pâle jusqu'au genou, un T-shirt rose à la mode et une paire d'espadrilles. Elle eut un sourire en le voyant. Gerry pensa soudainement qu'il aurait peut-être dû faire un effort pour s'habiller convenablement. Il portait son éternel jeans noir ainsi qu'une chemise mal ajustée qui tombait sur son pantalon. Il n'avait jamais eu vraiment de goût pour les vêtements. De plus, par manque d'occasions et manque d'argent, il ne lui venait pas à l'idée de visiter les boutiques.

— Bonjour, fit Anne, toujours souriante.

— Bonjour, répondit Gerry, en lui faisant la bise.

À partir du marché de la Gare, ils prirent le sentier asphalté pour se diriger vers l'autre extrémité du Lac des Nations où se trouve le parc Jacques-Cartier. Comme tous les dimanches, la foule était nombreuse et il fallait se faufiler entre les marcheurs, les patineurs et les cyclistes.

Bien sûr, Anne avait lu le journal du matin et ne savait pas trop comment aborder le sujet avec Gerry. L'article était, somme toute, très positif et invitait les gens à le découvrir, mais on y sentait une certaine retenue quant au talent de l'artiste. Anne savait bien que ce serait là un point sensible.

— Tu as eu une bonne publicité dans le journal de ce matin, dit-elle.

— Tu trouves ? demanda-t-il à son tour.

— La salle était pleine et elle le sera encore. Tout le monde est content. C'est suffisant. On se fiche de l'opinion d'une journaliste, dit-elle pour le réconforter.

— Tu as sans doute raison, fit-il.

— Et la photo était excellente. Si on part du principe que les gens ne lisent plus, et je sais de quoi je parle, la plupart vont regarder juste la photo et le bas de vignette. À ce compte-là, on va faire la queue devant L'ouvre-boîte, poursuivit Anne.

C'était une des rares fois dans sa vie que Gerry entendait quelqu'un prendre son parti. Depuis qu'il était jeune, il avait toujours été celui qui avait tort. Ses parents l'avaient blâmé pour toutes sortes de choses et ses professeurs également. Les propos d'Anne le touchaient.

— C'est gentil de me dire cela, dit-il.

— Bienvenue, c'est sincère.

Gerry et Anne poursuivirent leur marche autour du lac. La promenade d'un peu plus de trois kilomètres leur permit de se connaître davantage. Anne lui parla de sa jeunesse à Sherbrooke. Gerry s'inventa un passé tout à fait normal.

Après une heure de marche, ils s'arrêtèrent prendre une glace au marché de la Gare.

— Ton amie Sophie, tu la connais depuis longtemps? demanda Gerry.

— Depuis l'université.

— Elle a toujours eu cet ascendant sur toi?

— Qu'est-ce que tu veux dire? demanda-t-elle.

— Je ne sais pas. On dirait qu'elle essaye de te surprotéger, risqua Gerry prudemment.

— Elle tente de m'aider. J'ai eu des moments difficiles à cause d'un homme l'an dernier et elle me soutient.

— Je comprends. Moi, j'ai de la difficulté à me laisser diriger, avoua Gerry.

— Je n'ai jamais pensé qu'elle me dirigeait. Je vais être plus attentive. À l'âge que j'ai, je suis capable de prendre mes décisions, répondit Anne en repensant au fait que Sophie ne partageait pas son admiration envers Gerry.

Ce dernier n'aimait pas Sophie. S'il pouvait l'éloigner lentement d'Anne, il pourrait peut-être avoir une relation normale avec une femme pour une fois. Il savait bien que tant que Sophie veillait sur Anne, cela serait impossible.

De son côté, Anne était de plus en plus intéressée et attirée par l'artiste chanteur. Elle le trouvait drôle. Il avait voyagé et il avait de l'expérience. Il était attentionné et c'était ce dont elle avait besoin en ce moment.

Vers la fin de l'après-midi, ils se laissèrent en se promettant de se revoir prochainement. Anne aurait sans doute voulu partager son repas avec lui, mais elle savait qu'il travaillait en soirée.

En marchant vers la rue Wellington, Gerry se surprit à penser qu'il n'avait eu aucune pulsion mauvaise envers cette fille durant tout l'après-midi. Cela l'amena à se poser de multiples questions. Pouvait-elle le guérir de ses pensées meurtrières ? Il n'en savait trop rien. Ce qui importait pour l'instant, c'était qu'il avait passé un bel après-midi « normal ».

11

Dans l'esprit de Gilles Leblanc, la question maintenant n'était pas de savoir si un autre meurtre allait être commis, mais quand il allait l'être. La date du 7 juillet était plausible, mais quelle preuve en avait-il ? Comment pouvait-il en avoir la certitude ?

Personnellement, c'était la première fois que Leblanc avait possiblement affaire à un tueur en série. Au Québec, l'histoire des tueurs en série était plutôt limitée comparativement aux États-Unis, par exemple.

L'inspecteur Leblanc prit quelques heures pour relire les différents articles de journaux trouvés sur Internet traitant des tueurs en série dans le monde. Il se rappela que l'un des pires cas au Québec, pour l'instant, demeurait celui de William Fyfe, un Torontois qui a assassiné et mutilé neuf femmes entre 1979 et 1999 avant de se retrouver dans un hôpital psychiatrique.

En feuilletant les pages, Leblanc se rappela des noms et des surnoms tristement célèbres entendus tout au long de sa carrière. Albert Fish, le vampire de Brooklyn, qui castrait et tuait des jeunes garçons avant de les dévorer. Jeffrey Dahmer, qui avait tué 17 hommes à Milwaukee en leur faisant des trous dans la tête alors qu'ils étaient encore vivants. Le tueur fou leur injectait de l'acide chlorhydrique dans le cerveau pour qu'ils deviennent des zombies sexuels éternellement jeunes. Bunting, Garavito, Bundy... ils étaient tellement nombreux et plus effrayants les uns que les autres. À qui Leblanc avait-il affaire et jusqu'où le tueur pousserait-il sa folie ?

Au début de sa carrière, alors agent de police, il avait été proche d'une enquête portant sur une série de meurtres commis dans le même quartier à Montréal. À l'époque, les enquêteurs avaient cru pendant un bon moment que ces meurtres étaient l'œuvre d'un tueur en série.

Tout avait commencé au début du mois d'août. C'était dans les années 70 où les téléphones cellulaires, Internet, les courriels et les textos n'existaient pas. Il n'y avait pas non plus d'ordinateurs permettant de faire des recherches instantanées.

Après le troisième meurtre dans le même quartier, les enquêteurs avaient comparé les trois dossiers pour examiner de possibles similitudes ou, à tout le moins, des rapprochements entre les crimes. Leblanc, alors jeune policier, avait été chargé de cette recherche. Au début, il avait été presque insulté qu'on le désigne pour cette tâche qui relevait, de son point de vue, davantage d'une secrétaire ou d'un archiviste que d'un policier fraîchement diplômé.

Leblanc avait été confiné pendant une semaine dans le sous-sol du quartier général de la police, là où on entreposait tous les dossiers, les pièces à conviction et les différents renseignements recueillis lors des enquêtes.

Le capitaine de l'époque, qui n'avait aucune expérience non plus dans la recherche possible de tueurs en série, n'avait dicté aucune méthode de travail à son jeune policier. Tout était à faire.

— Faites ce que vous pouvez pour trouver quelque chose, lui avait dit le chef. Mais souvenez-vous que vous vous battez contre le temps. À tout moment, il peut y avoir une nouvelle victime et nous aurions tous le regret de ne pas avoir trouvé des pistes pour mettre la main sur le ou les meurtriers.

Leblanc commença donc par faire l'inventaire de ce qu'il avait pour travailler. D'abord, les trois rapports de police écrits à la main. Juste le décodage de l'écriture bâclée des policiers en devoir prendrait deux fois plus de temps que prévu.

Puis, il regarda les rapports d'autopsie, éparpillés un peu partout, indiquant les causes de la mort. Mais qui donc avait pu imaginer un tel classement? se demanda Leblanc, découragé.

Avant même de pouvoir entrer dans le vif du sujet, le jeune policier devait d'abord trouver les différents faits recueillis dans son propre milieu de travail. Il prit l'avant-midi pour saisir le rangement par ordre alphabétique des dossiers à partir des noms des victimes, et celui par date pour les pièces à conviction trouvées sur les lieux des crimes.

Comme on lui avait donné carte blanche et que l'endroit était maintenant sous sa responsabilité, il prit sur lui de déplacer des meubles et demanda de l'aide à des collègues pour les lourds classeurs. Au centre du sous-sol, il créa un grand espace de travail de trois mètres sur trois qu'il emménagea avec un ensemble de grandes tables carrées.

Il trouva des tableaux de liège sur lesquels il épingla les photos des trois victimes. Ainsi, se disait-il, il aurait une vue d'ensemble de la situation.

À la fin de la première journée, il regarda son lieu de travail tout à fait transformé et en fut satisfait. Des dizaines de boîtes contenant des rapports et des photos étaient empilées dans un coin. Il consacrerait du temps à en extraire les éléments les plus pertinents.

Le lendemain, une fois son tableau complété, il recula de quelques mètres pour réfléchir. Il avait beau fixer le tableau pendant de longues minutes, il n'y voyait rien qui puisse le faire avancer.

— Commençons par le début, se dit-il, philosophe.

À l'aide des rapports, il reconstitua la chronologie des événements en prenant soin de noter les jours, les heures, les endroits et la façon dont les meurtres avaient été commis. Il songea à appeler son supérieur pour lui montrer le résultat de son travail, mais il n'avait fait que remettre de l'ordre et n'avait rien de nouveau.

Pourtant, tout était là devant lui, tout ce qu'on savait du moins. S'il ne pouvait faire de liens, pouvait-il au moins trouver des différences? Leblanc poursuivit sa réflexion.

Les victimes étaient d'âges différents, exerçaient des métiers différents, l'un avait des enfants, l'autre non. Merde!

Il regarda à nouveau les photos des cadavres, puis il vit enfin quelque chose qui attira son attention. Sur deux photos, près du coude droit, on pouvait voir une sorte de point noir. Les photos de l'époque n'étaient pas assez précises pour voir s'il s'agissait d'un grain de beauté ou non, mais Leblanc trouva pour le moins bizarre que deux victimes puissent avoir un point noir de la même taille à peu près au même endroit sur le corps.

Il s'empressa de regarder les photos de la troisième victime. Malheureusement pour lui, la disposition du corps sur les photos ne permettait pas de voir clairement le coude droit de la victime. Leblanc réfléchit. Le troisième meurtre datait de quelques jours seulement, le corps était sûrement encore à la morgue. Il quitta son sous-sol, monta à bord d'une auto-patrouille et s'y rendit à toute vitesse, après avoir annoncé sa visite.

Une fois sur place, il demanda à voir le corps. Leblanc se donna un air de policier expérimenté dans ce genre d'enquête, mais, en fait, c'était la première fois qu'il se rendait à la morgue pour voir un cadavre. Le préposé n'y vit rien et lorsqu'il tira la porte du réfrigérateur contenant le cadavre, il ne s'aperçut pas du petit pas de recul que venait de faire Leblanc.

Le préposé retira doucement le drap blanc recouvrant le corps.

— Vous pouvez soulever son coude droit? demanda-t-il au préposé qui le fit avec respect et doigté.

Leblanc se pencha pour regarder et vit le même point noir que sur les deux autres cadavres. Enfin, un semblant de piste, se dit-il, encouragé. Il sortit un appareil photo de type polaroïd de son étui et prit quelques clichés de la victime, sous l'œil curieux de l'employé de la morgue. Il prit soin de prendre quelques photos exactement dans le même angle que pour les deux autres victimes. Il constata également que cette tache commune sur les trois cadavres n'était pas un grain de beauté naturel.

Fier de son travail, il invita le capitaine à se rendre dans le sous-sol du quartier général pour lui exposer le fruit de ses recherches. Leblanc s'était bien préparé. Il avait l'intention de commencer par expliquer dans quel bordel il était tombé en arrivant dans le sous-sol. Puis, comment il avait organisé son travail. Mais il fut bien déçu de ne pouvoir raconter son cheminement de A à Z.

Le supérieur, un homme dur et pressé, n'en avait rien à faire de tout ce bla-bla. Tout ce qu'il voulait savoir était si le jeune avait trouvé quelque chose d'intéressant ou non. Le reste était du travail de cuisine qui n'intéressait personne. Ce qui comptait était la qualité du plat que le serveur apportait au client sur la table du restaurant et non les difficultés qu'avait éprouvées le chef à le préparer.

Leblanc saisit rapidement et en vint aux faits en quelques minutes. Il lui montra les trois photos, lui raconta sa visite à la morgue et ajouta, s'il pouvait se permettre, que les experts pourraient sans doute déterminer qu'il ne s'agissait pas de points noirs naturels.

— C'est peut-être une signature, avait conclu le capitaine. Beau travail, Leblanc, ajouta-t-il en tournant les talons.

Leblanc fut ensuite relevé de ses fonctions et retourna à ses tâches habituelles. Il ressentit une certaine frustration durant les jours suivants. Personne n'était en mesure de lui raconter où en était l'enquête et il n'osa pas demander à ses supérieurs. Toutefois, c'est à ce moment qu'il sut qu'il voulait devenir enquêteur à la Division criminelle et éventuellement, si possible, monter en grade.

Une semaine plus tard environ, il apprit la nouvelle de l'arrestation de trois jeunes tatoueurs du quartier. Les meurtriers punissaient des gens qui n'acceptaient pas de contribuer au réseau de revente de drogue instauré par cette bande. Leblanc sut aussi que la marque sur les coudes des victimes était effectivement une signature des tatoueurs. Il jugea qu'il s'agissait d'une erreur de la part des meurtriers, trop sûrs d'eux. Si un jour il devenait enquêteur, il se souviendrait qu'il devrait aussi chercher dans la personnalité du tueur autant que dans celle des victimes. S'il y avait une cause de décès, il y avait aussi une cause pour passer à l'acte.

L'autre leçon à tirer de cette enquête venait de ce capitaine bourru.

— Vous vous battez contre le temps.

***

À Sherbrooke, le lundi matin suivant le meurtre du sans-abri, Leblanc se réveilla dans sa chambre d'hôtel. Il se leva de son lit avec difficulté en se disant pour une énième fois qu'il devait se mettre à l'exercice ou, à tout le moins, faire quelques exercices d'étirement sur une base régulière.

Il s'arrêta aux photographies des visages de Claude Beaudoin et de Gaston Roy qu'il avait collées dans le coin du grand miroir de son meuble de rangement.

Il enfila ensuite sa robe de chambre et se dirigea vers la porte qu'il ouvrit pour ramasser le journal déposé chaque matin. En retournant près de son lit, il se demanda si son enquête allait durer suffisamment longtemps pour qu'il loue un appartement au mois. Même si sa chambre était payée par le Service de police, il se sentirait plus à l'aise dans un petit appartement et, qui sait, Sophie viendrait-elle peut-être le visiter. Il écarta rapidement cette pensée. Ce qu'il souhaitait réellement était de mettre fin à ces meurtres, d'arrêter le ou les criminels, de rentrer dans sa maison de Montréal et de renouer avec sa fille. L'hôtel ferait très bien l'affaire pour ce programme.

Leblanc prit connaissance de la première page de *La Tribune* de ce lundi. «Le SPS a 135 ans.» Il lut l'article relatant l'histoire du Service de police local. On y rappelait notamment la présence dans les années 60 et 70 de ces policiers dédiés à la circulation sur la rue King Ouest, installés dans des espèces de barils jaunes et noirs, au milieu de la rue. Pour tous les gens de 50 ans et plus, il s'agissait d'une image forte du Sherbrooke du passé.

Aujourd'hui, le Service de police comptait 250 policiers et policières qui intervenaient dans plus de 65 000 actions chaque année. Leblanc parcourut l'article rapidement et le trouva fort intéressant. Il comprit la fierté qui habitait son ami le directeur et, du coup, l'angoisse qu'il devait ressentir en sachant qu'un potentiel tueur en série sévissait. Heureusement, l'ensemble de la population ainsi que les médias n'étaient pas encore au fait de la situation. C'était d'ailleurs l'un des dilemmes auxquels il devait faire face. À quel moment devait-il alerter tout le monde?

Si un troisième, puis un quatrième meurtre se produisaient, on lui reprocherait de ne pas avoir mis la population en garde de se méfier davantage, de ne pas sortir seul le soir et tout le reste. Par contre, si on alertait tout le monde et qu'on arrêtait ce meurtrier dans les heures suivant la mise en garde, on lui reprocherait d'avoir créé un mouvement de panique inutile. On n'en sortait pas, Leblanc et le SPS ne se retrouvaient pas dans une situation gagnante.

À l'autre bout de la ville, au même moment, un autre lecteur de *La Tribune* s'attardait sur le même article, mais en tirait d'autres conclusions. Gerry se sentait investi d'un certain pouvoir qui lui procurait de grandes sensations. Lui, seul contre 250 policiers et policières. Pas mal quand même pour un artiste chanteur! se dit-il.

Son œil fut ensuite attiré par un autre article, quelques pages plus loin. Il traitait du meurtre de ce sans-abri dans le parc. Gerry passa rapidement sur les informations traitant du passé de la victime, du fait qu'il était connu des gens du quartier et jugé inoffensif. Il chercha davantage le passage où il était question de l'enquête.

«L'enquête sur les deux meurtres commis à Sherbrooke au cours des deux derniers mois a été confiée au lieutenant-détective Gilles Leblanc de la Sûreté du Québec. Il travaillera de concert avec le sergent-détective Erik Farley du Service de police de Sherbrooke», pouvait-on lire.

Gerry s'arrêta un instant pour réfléchir. Leblanc... Leblanc... ce nom lui disait quelque chose. Puis, il se souvint.

— Le même détective qui était sur le cas de cette femme de Saint-Jean-sur-Richelieu, se souvint-il subitement.

Gerry Mercier fut pris d'un vertige soudain. Que signifiait l'arrivée de Leblanc à Sherbrooke? Était-il sur une piste? Gerry avait-il attiré les soupçons?

Se reprenant rapidement, Gerry choisit d'interpréter la venue de Leblanc à Sherbrooke d'une autre façon. Cela représenterait un défi supplémentaire.

— Eh bien maintenant, la partie devient de plus en plus intéressante, pensa-t-il. Toi, tu ne peux pas me surveiller, mais moi je le peux, dit-il à haute voix comme si le lieutenant pouvait l'entendre.

La journée s'annonçait ensoleillée et Gerry avait bien l'intention d'en profiter. Il ne travaillait que du jeudi au dimanche après tout. Il s'habilla, prit un petit déjeuner rapide et enfourcha une vieille bicyclette que le propriétaire de l'immeuble avait mise à la disposition de ses locataires à la condition de la garder propre et entretenue.

Gerry se dirigea vers la piste cyclable située au centre-ville et se donna comme défi de rejoindre la petite localité de North Hatley, située à une vingtaine de kilomètres. Gerry était loin d'être un athlète et son vélo n'avait pas servi lors du dernier tour de France non plus.

Il décida d'y aller lentement, mais sûrement, et de simplement profiter de la journée pour faire une randonnée. Tout au long du parcours, il s'amusait à imaginer divers scénarios pour liquider l'un ou l'autre des cyclistes qu'il croisait. Juste pour le plaisir.

La journée, et les premiers jours de la semaine, passèrent rapidement. Outre sa randonnée de vélo, Gerry s'efforça d'apprendre quelques nouvelles chansons qu'il avait l'intention de tester cette fin de semaine à L'ouvre-boîte. Musicien expérimenté, il savait qu'il devait constamment renouveler son matériel, tant francophone qu'anglophone, mais cela demandait des heures de travail.

Le jeudi soir, Gerry se présenta au bar vers 19 heures, comme à l'accoutumée. Selon les serveurs sur place, on s'attendait à une soirée tranquille. Les étudiants universitaires étaient rentrés chez eux, ceux du cégep avaient aussi terminé leur année scolaire et ceux du secondaire étaient en période d'examens. Les touristes n'avaient pas commencé à affluer et les festivals d'été sherbrookois n'étaient pas encore à l'affiche.

Heureusement, le beau temps du mois de juin attirait la population locale dans les restaurants du centre-ville et les gens s'arrêteraient peut-être à L'ouvre-boîte par la suite.

Vers 21 heures, Gerry prit place sur la petite scène et, comme à son habitude, mit la main au-dessus de ses yeux pour se protéger des projecteurs afin de mieux voir son auditoire. Cette petite manie faisait bien rire les clients. C'était comme si le chanteur s'adressait à une foule de plusieurs milliers de personnes alors que ce soir-là, une vingtaine de clients seulement étaient au bar. Visiblement, l'article portant sur lui dans le journal la semaine précédente n'avait pas créé l'engouement escompté.

Gerry entama sa première pièce musicale, celle qui habituellement mettait la table à ce qui pouvait devenir une soirée à saveur francophone, anglophone, rétro ou autre selon l'humeur du moment. Gerry avait le don de bien saisir cette humeur. Ce soir, par contre, on serait plutôt du genre « soirée mortuaire », tellement la salle n'était pas participative. Il devrait travailler fort pour les conquérir un à un.

Il tapa quelques touches sur son ordinateur et plusieurs reconnurent une chanson rythmée de la chanteuse Sheryl Crow, *Every day is a winding road*.

Du coin de l'œil, Gerry en voyait déjà taper du pied sous la table. Au fond, tel un véritable groupie, le propriétaire du bar répétait à qui voulait l'entendre que «son» chanteur était exceptionnel.

À la fin de son premier tour de chant, Gerry avait conquis son public une fois de plus, mais ce ne fut pas facile. Assise seule à une table, Anne observait Gerry. Lui, par contre, ne l'avait pas encore remarquée. Elle était arrivée tout juste au moment où l'éclairage avait diminué d'intensité. Lorsqu'il quitta la scène et que les projecteurs s'éteignirent, il salua le public en marchant entre les tables et la vit.

— Anne? Tu es ici depuis longtemps? demanda-t-il. Je ne t'ai pas vue arriver.

— Juste avant que tu commences, répondit-elle.

Gerry s'en voulut de ne pas l'avoir remarquée.

— Je suis vraiment désolé, comment vas-tu? Je peux m'asseoir avec toi? demanda-t-il, enthousiaste.

Anne crut vraiment qu'il avait plaisir à la revoir. La serveuse apporta deux verres à la demande de Gerry, un cognac pour lui, un vin blanc pour elle.

— Merci.

— Pour me faire pardonner, dit-il.

— Tu n'as rien à te faire pardonner, il y a tellement de gens à saluer... surtout des belles filles, ajouta-t-elle.

— J'aurais dû remarquer que la plus belle venait d'arriver, répondit-il habilement en levant son verre vers elle.

Elle lui répondit par un large sourire et frappa sa coupe contre le verre de Gerry en le regardant droit dans les yeux. Gerry reconnut le regard de la femme conquise.

— Je suis content que tu sois là, dit-il. Les soirées à L'ouvre-boîte ne sont pas les mêmes quand tu n'y es pas, dit-il.

— Espèce de menteur! lança-t-elle en riant, garde tes salades pour les autres clientes.

Gerry éclata de rire à son tour et vida son verre d'un seul trait.

— Tu aurais pu m'appeler cette semaine, dit Anne plus sérieusement.

— Je ne voulais pas te déranger, et puis tu travaillais. Moi aussi
d'ailleurs, dit-il, mais à la maison.

— J'ai entendu de nouvelles chansons, c'est vrai, admit-elle. En
as-tu composé aussi?

— Pas vraiment, quelques débuts de mélodie, mais c'est tout, répondit-il.

— Faudrait que tu me fasses écouter.

— Aussitôt que j'ai quelque chose de solide, je te promets,
répondit-il.

La conversation tourna ensuite vers la semaine de travail d'Anne
à la bibliothèque. Elle raconta son quotidien à Gerry, la jalousie des
filles au bureau, l'humeur des clients insatisfaits et les demandes exa-
gérées de sa patronne. Gerry écoutait d'une oreille attentive. Les pré-
occupations d'Anne lui faisaient penser que lui aussi aurait pu avoir
une vie normale s'il n'y avait pas eu cette enfance, si cet événement
n'était pas survenu...

Il chassa ces idées noires pour éviter que ne se déclenche cette envie irrémédiable de pouvoir, de force et de contrôle, cette envie de
tuer si forte qui l'envahissait parfois sans qu'il puisse la contrôler. Non,
ce soir, il voulait vivre la vie la plus normale possible, entouré d'Anne,
de sa musique et des clients de L'ouvre-boîte.

Sophie arriva au bar une vingtaine de minutes plus tard. En la
voyant, Gerry fut déçu. Elle prendrait probablement toute la place entre
lui et Anne. Cependant, il ne démontra pas sa déception et l'accueillit
avec un sourire.

— Ah, bonsoir Sophie, dit-il.

Sophie le salua d'un léger sourire et embrassa Anne sur les joues.

— Désolé du retard, dit-elle à Anne. J'ai eu une journée de fou au
palais aujourd'hui.

— Quelque chose de spécial? demanda Gerry, curieux.

— Les policiers ont mis la main sur un individu qui rôdait près des
écoles ce matin. Je devais vérifier le dossier pour une éventuelle comparution.

— Je ne sais pas comment tu fais pour passer la journée à traiter d'affaires comme celles-là, s'étonna Anne avec admiration et crainte en même temps.

— Ça me semble passionnant, dit Gerry.

— C'est quelqu'un de dangereux? demanda Anne.

— Je ne crois pas. Il n'a pas d'antécédents d'agresseur d'enfants, mais on ne sait jamais. Il ne faut pas courir de risques. Il y a des fous partout, dit Sophie.

— Le meurtrier... ou enfin, les meurtriers, se reprit Gerry, des deux hommes à Sherbrooke, ils courent toujours? demanda-t-il à Sophie.

— J'ai bien peur que oui. J'ai justement parlé de ces cas à mon père tout à l'heure, expliqua Sophie.

Gerry se mit à rire.

— Ce n'est pas le genre de conversation que j'aurais avec ma fille, il me semble, dit Gerry.

— C'est parce que tu ne connais pas son père, rétorqua Anne. Il est de la police.

— Ah bon?

— De la criminelle, en plus, ajouta Anne. Il vient juste d'arriver à Sherbrooke pour aider la police locale pour ces meurtres.

— *Le lieutenant Leblanc!* comprit soudainement Gerry.

Cachant sa surprise du mieux qu'il le pouvait, Gerry laissa quand même échapper quelques mots.

— Ce n'est pas son nom que j'ai vu dans le journal en début de semaine? Leblanc, je pense.

— C'est ça, dit Sophie, à mi-chemin entre la fierté et la surprise de voir que Gerry avait retenu ce nom.

— Et son enquête avance? demanda Gerry le plus innocemment du monde.

— Pas vraiment, je pense. Mais il n'est pas obligé de tout me dire non plus, ajouta-t-elle avec justesse.

Anne se leva pour aller aux toilettes. Sophie la regarda marcher et se tourna vers Gerry.

— Je peux te parler franchement? demanda-t-elle.

— Bien sûr.

— Je ne sais pas pourquoi, mais j'ai de la difficulté à te saisir et je n'aime pas cela, dit-elle.

— En tout cas, cela a le mérite d'être clair, fit-il.

— Mais ce n'est pas grave, je peux vivre avec cela. Ce qui m'inquiète davantage, c'est de voir mon amie qui, tu as dû le constater, a l'air complètement absente quand tu es là.

— Je n'avais pas remarqué, mentit Gerry pour se moquer de Sophie.

Gerry trouvait cette conversation particulièrement intéressante et il souhaitait qu'elle se poursuive encore un peu.

— Je connais ça, des artistes. J'en ai eu quelques-uns dans ma vie, reconnut Sophie. Un jour, ils sont là et le lendemain, ils n'y sont plus.

— Ce que tu souhaites, au fond, demanda Gerry toujours pour se moquer, c'est que je la demande en mariage ou que je la quitte maintenant?

— Tu sais ce que je veux dire, dit-elle.

— Non, je te jure que non, poursuivit-il. Allez, explique-moi.

— Je ne veux pas qu'elle ait de la peine à cause de toi, sinon je ne sais pas ce que je te fais...

— Tu me fais arrêter? C'est vrai, ton père est flic! dit Gerry.

Cette fois, le ton était différent. Banale jusque-là, cette conversation venait de prendre une autre tournure. Sophie venait, sans le savoir, de réveiller quelque chose chez Gerry et elle le vit dans ses yeux. Cela ne dura que quelques secondes, mais elle le ressentit... et elle eut peur.

Gerry sourit au moment où Anne revint.

— Bon, il est temps de retourner sur scène, dit-il. Une demande spéciale, mesdames? demanda Gerry redevenu sympathique et avenant.

— Je ne sais pas trop, dit Anne qui n'avait pas la moindre idée de ce qui venait de se passer.

— Je vais te faire une belle chanson d'amour, juste pour toi, dit-il en regardant Sophie, toujours intimidée.

Gerry leur tourna le dos pour retourner à la scène.

— Excuse-moi, Anne. Je ne sais pas pourquoi, mais cet homme ne me revient pas, dit-elle.

— Qu'est-ce que tu racontes? C'est la bonne humeur sur deux pattes. Il est toujours attentionné et il a une sensibilité d'artiste. Il me plaît, moi. C'est peut-être pour cela qu'il ne te revient pas?

— Qu'est-ce que tu dis là? demanda Sophie à son tour.

— À l'université, c'était pareil. Aussitôt qu'un gars avait le malheur de venir me parler, tu arrivais quelques minutes après.

— Tu dis n'importe quoi! De toute façon, ça ne m'intéressait pas. Tu attirais toujours les plus laids! lança Sophie en pensant faire une blague dont elles riraient toutes les deux.

Cependant, Anne reçut très mal le commentaire de Sophie. Les larmes lui montèrent aux yeux. Elle se leva et quitta le bar en catastrophe laissant Sophie, seule à la table.

— Anne, reviens! dit Sophie sans succès.

Gerry, même s'il avait commencé une chanson, avait vu toute la scène sans savoir ce qui avait bien pu faire partir Anne sans même le saluer. Il regarda en direction de Sophie qui l'évita. À son tour, elle se leva et sortit.

Une fois à l'extérieur, Sophie se demanda si elle devait courir vers son amie ou encore se rendre directement chez elle pour s'excuser. Cependant, elle y renonça. Elle jugea avoir dit le fond de sa pensée sur Gerry et elle espérait maintenant qu'Anne allait y réfléchir. Elle rentra chez elle.

Gerry, de son côté, se précipita sur le premier téléphone aussitôt son tour de chant terminé. Il composa le numéro d'Anne, regarda l'heure et se demanda s'il devait raccrocher.

— Allo?

— Anne?

— Oui.

— C'est moi, Gerry. Ça va?

— Oui...

— Je sais que ça ne va pas. Je ne sais pas ce qui s'est passé tout à l'heure et je ne veux pas le savoir. Tout ce qui m'importe, c'est que tout aille bien pour toi.

— C'est gentil, dit-elle.

— Si je ne finissais pas si tard, je passerais voir si tout va bien.

Anne hésita un moment.

— Si tu veux passer, je t'attendrai.

— Il sera presque deux heures du matin, dit-il.

— Je dormirais un peu d'ici là. Je te donne l'adresse ?

Gerry prit un bout de papier sur le comptoir et nota l'adresse située dans l'ouest de la ville. Finalement, cette querelle entre Anne et Sophie tournait à son avantage. Gerry retourna sur la scène plus tard, la tête remplie d'images.

Dans le taxi qui l'amena du centre-ville à la rue Saint-Esprit dans le secteur universitaire, Gerry se prépara à la façon d'aborder Anne. Il n'avait pas eu de relations sexuelles depuis plus d'un an maintenant et il était pleinement conscient de son problème érectile. Tout ce qu'il souhaitait, si on devait en arriver là, c'est qu'Anne ne se moque pas de lui, sinon il ne répondrait de rien.

La dernière femme avec qui il avait couché était sa logeuse, pendant une période où il avait habité Montréal. C'était une fausse blonde dans la cinquantaine, alcoolique et prête à donner de l'affection à quiconque le demandait pourvu qu'il lui apportât un verre.

Un soir, Gerry s'était fait prendre à partager une bouteille avec elle. Sans avertissement, elle lui avait mis la main directement sur les parties génitales et Gerry avait répondu tout aussi rapidement. La baise avait duré une quinzaine de minutes tout au plus et il avait eu, par la suite, toutes les difficultés du monde à éviter que cela ne se reproduise à l'avenir. La dame avait, en effet, apprécié à un point tel qu'elle s'arrangeait les cheveux en portant un ruban de couleur différente chaque fois qu'elle savait qu'elle allait croiser Gerry. Il s'était toujours demandé d'ailleurs si l'effet de surprise, cette fois-là, l'avait aidé à compléter l'acte sexuel.

Après une course d'environ dix minutes, le taxi s'arrêta devant l'immeuble où habitait Anne. C'était un duplex dans un secteur tranquille. Gerry regarda les numéros de portes éclairés, puis monta l'escalier menant au logement d'Anne sans faire de bruit.

Comme il l'avait prévu, il était presque deux heures du matin et Gerry eut un doute à savoir si Anne l'avait réellement attendu. Il eut envie de demander au chauffeur de l'attendre en bas quelques minutes, mais y renonça. Le cas échéant, il trouverait bien le moyen de retourner au centre-ville, quitte à faire le trajet à pied.

Devant la porte d'entrée, Gerry vit une faible lueur à l'intérieur. Il frappa délicatement quelques coups à la porte. En moins de dix secondes, Anne se présenta. Elle portait une camisole de coton mauve ou rose, selon ce que Gerry pouvait voir dans la pénombre. Elle portait également un short assorti.

— Entre, dit-elle à voix basse.

Gerry referma la porte derrière lui et Anne s'approcha pour l'embrasser sur les deux joues. Gerry sentit le parfum de la jeune femme et le contact de sa poitrine contre la sienne.

— Comment a été ta soirée? demanda-t-elle.

Gerry eut envie de répondre «mieux que la tienne à ce qu'il paraît», mais cela aurait eu pour effet de briser la magie.

— Bien, dit-il, comme d'habitude.

— Voilà, c'est chez moi, dit Anne. Il est un peu tard pour une visite guidée, mais quand même. Ici, c'est le salon, cuisine par là, corridor pour salle de bain et deux chambres, dont une me sert de bureau. C'est simple, mais j'aime bien.

— Il y a longtemps que tu vis ici? demanda Gerry.

— Presque cinq ans déjà, répondit-elle, réalisant du coup qu'elle était le genre de fille à ne pas trop bouger souvent. Rien de comparable à Gerry qui avait voyagé de ville en ville depuis des années pour son travail.

— Tu habitais ici avec ton ex? suggéra Gerry.

— Non, il avait son propre appartement. Nous n'avons pas eu le temps de nous rendre aux négociations pour habiter ensemble.

— Désolé, fit Gerry.

— Non, ce n'est pas grave. Tu te rends compte, je ne t'aurais pas connu sinon.

Gerry fut pris par surprise. C'était la première fois depuis longtemps que quelqu'un lui parlait d'une façon si gentille et surtout si sincère. L'instant d'un moment, il eut vraiment envie d'y croire.

— Tu veux boire quelque chose? Il devrait me rester quelques bières ou un peu de vin par là.

— Non, merci, répondit Gerry.

— Moi, je suis à la tisane à cette heure-ci, dit-elle.

— C'est vrai, tu travailles demain matin, réalisa-t-il.

— Ce n'est pas grave. Pour une fois que je fais un écart de conduite, ajouta-t-elle.

— Il t'en reste de la tisane ? demanda-t-il.

— Bien sûr, fit-elle, surprise et contente.

Anne se dirigea vers la petite cuisine. Gerry se leva et observa le décor qui l'entourait. Les meubles avaient de l'âge. Sur une table en coin, on pouvait apercevoir quelques photos, probablement des membres de la famille d'Anne, pensa-t-il.

Elle revint avec une grosse tasse fumante dans la main et la déposa sur la table devant le divan. Gerry vint la rejoindre et s'assied à côté d'elle.

— Tu veux en parler ?

— De quoi ?

Gerry sourit pour signifier à Anne qu'ils savaient exactement tous les deux de quoi il voulait parler.

— Ah, ça ! fit-elle. Des affaires de filles sans importance.

— Pourtant, tu avais l'air vraiment perturbée, ajouta-t-il.

— Sophie trouve toujours les mots pour me mettre hors de moi. Heureusement, ça ne dure jamais longtemps. Mais cette fois, précisa-t-elle, j'ai bien l'intention d'attendre un peu avant de l'appeler. Elle aura peut-être le temps de réaliser à quel point elle peut parfois être blessante.

— Je ne peux m'imaginer qu'on puisse être méchant avec toi, dit Gerry.

Anne fut touchée par ses paroles. Tout naturellement, elle passa sa main sur la joue de Gerry pour l'en remercier. Puis, elle s'attarda un moment dans ses cheveux tout en le fixant droit dans les yeux. Son cœur battait à tout rompre et quand Gerry leva le bras pour porter la main aux cheveux d'Anne, un grand frisson la parcourut sur les bras et tout le long de la colonne vertébrale.

Si Gerry avait eu une relation sexuelle peu satisfaisante avec sa logeuse, Anne n'était pas en reste. Les quelques mois pendant lesquels elle avait fréquenté ce garçon, qui l'avait finalement laissée pour une plus jeune, n'avaient pas été des plus agréables. Son ex était du genre très rapide et il n'avait visiblement jamais entendu parler de préliminaires ou de romantisme. Le seul fait que Gerry partage un tel moment avec elle était déjà une grande satisfaction par rapport à ses dernières relations.

Anne ferma les yeux pour savourer le moment. Instinctivement, elle approcha son visage de quelques centimètres pour réclamer ce baiser qu'elle attendait depuis longtemps. Gerry approcha ses lèvres de celles d'Anne. Le contact fut doux et délicat. Gerry savait s'y prendre, pensa Anne en ne souhaitant rien d'autre que de l'emmener dans son lit.

Ils basculèrent sur le sofa et se retrouvèrent allongés tout en prolongeant leur baiser. Gerry repensa soudainement aux «menaces» lancées par Sophie plus tôt dans la soirée. Évidemment, il ne craignait pas Sophie, mais il se demanda si le moment était bien choisi pour entreprendre une relation sérieuse avec Anne. S'il passait la nuit avec elle, elle s'attendrait probablement à ce qu'ils se voient plus régulièrement. Est-ce que c'était ce qu'il désirait vraiment?

Faire l'amour avec Anne jusqu'au matin semblait cependant un scénario tout à fait agréable dans l'esprit de Gerry, à la condition, bien sûr, que son corps réponde à son désir. Pendant qu'il continuait à l'embrasser, les pensées se bousculaient dans son esprit. S'il se laissait aller maintenant à poser ses mains sur les seins d'Anne, elle lui rendrait ses caresses, il le sentait. Voulait-il aller jusque-là? Son instinct le poussait, sa raison le retenait.

Gerry avait un plan à réaliser et rien ni personne ne devait le distraire de son objectif final, pas même Anne. D'autant plus que, malheureusement, le stress ou autre chose empêchait son sexe de durcir.

— Anne, Anne, s'il te plaît, implora-t-il, tout en pensant qu'il était complètement idiot.

— Qu'est-ce qu'il y a? Tu n'aimes pas cela? demanda-t-elle. Laisse-moi me dévêtir.

— Ce n'est pas l'envie qui me manque, souffla-t-il, mais j'aimerais mieux que cela se passe autrement.

Anne reprit ses esprits tout d'un coup. Elle le regarda dans la pénombre et comprit qu'il était sérieux.

— Il y a quelqu'un d'autre dans ta vie? demanda-t-elle.

— Non, je te jure, je suis libre comme l'air.

— Alors, je ne te plais pas? demanda-t-elle en se redressant.

— Bien sûr que oui, tu es très belle et ton corps est magnifique, répondit-il.

— Je ne comprends pas.

— Je sais, fit Gerry. Laisse-moi t'expliquer, tu veux?

Anne se releva et prit une gorgée de sa tisane qui refroidissait. Elle replaça ses cheveux. Gerry but également.

— J'ai eu plusieurs occasions de coucher avec des filles qui viennent voir des spectacles, commença-t-il.

Anne était curieuse de connaître la suite, mais elle était déjà furieuse de se faire comparer à une de ces groupies de bars.

— Chaque fois, cela s'est plutôt mal terminé. Soit que la fille avait déjà un copain et ne revenait pas, soit que je m'en désintéresse après le premier soir. J'aimerais que ce soit différent avec toi.

— Et tu voudrais que ce soit comment? demanda Anne.

— Je ne sais pas, répondit Gerry. Cela va te surprendre, mais pour moi, le sexe n'est pas si important que cela. Un peu, c'est certain, ajouta-t-il en riant, mais j'aurais le goût qu'on prenne notre temps.

— Cela veut dire que tu aimerais qu'on se voie un peu plus? proposa Anne, surprise de tomber sur un homme dont le seul but n'était pas d'abord de coucher avec elle.

— C'est pas mal cela que ça veut dire! dit Gerry. À la condition que cela te convienne également.

— Bien sûr que cela me convient, répondit-elle. Je suis prête à aller à ton rythme. Est-ce que c'est vraiment moi qui ai dit cela? ajouta-t-elle en souriant. Ce n'est pas supposé être une réplique de gars, ça?

Ils éclatèrent de rire tous les deux devant l'absurdité de la situation. Ce n'était pas très fréquent qu'un homme tente de convaincre une femme d'attendre avant de sauter au lit. Gerry regretta de s'être montré si compliqué. Pourquoi ne pas simplement avoir profité de l'occasion? Au fond, il n'en savait rien. Parmi toutes les images qui venaient de lui passer par la tête, il avait vu le visage du lieutenant Leblanc. Cet homme était le seul obstacle à la réalisation de son objectif. Cette seule pensée lui avait suffi pour reprendre ses esprits.

— Tu passes la nuit ici, si tu veux, dit Anne.

— Ton divan semble confortable.

— Tu devras te lever tôt si tu veux déjeuner avec moi, dit-elle.

— Ne t'en fais pas. Bonne nuit.

Elle s'approcha de lui et l'embrassa tendrement. Gerry partagea son baiser.

— Merci, dit-elle.

— Pourquoi ?

— Parce que ce n'est pas comme cela habituellement et ça me plaît bien.

Gerry sourit pendant qu'Anne marchait vers sa chambre. Elle se disait que son amie Sophie avait complètement tort au sujet de Gerry. Cet homme était non seulement doux et attentionné, il était un vrai gentleman. Elle avait bien l'intention de le garder auprès d'elle.

Avant de s'endormir, Gerry réfléchit et se dit qu'il était préférable pour lui que la relation entre Anne et Sophie redevienne au beau fixe s'il souhaitait obtenir des informations à jour sur l'enquête en cours.

12

Le lieutenant Leblanc et le sergent Farley se retrouvèrent au quartier général à 8 h 30, comme tous les matins, en espérant, chacun de leur côté, que l'un des deux aurait du nouveau à mettre sur la table.

Deux semaines s'étaient maintenant écoulées depuis le meurtre du sans-abri. Outre l'autopsie pratiquée sur le corps et l'analyse de la scène du crime, rien ne permettait de faire avancer l'enquête. Les résidents du quartier, voisins du parc, avaient été rencontrés. Personne n'avait vu quoi que ce soit d'anormal, ni le jour du meurtre ni les jours précédents.

Farley avait passé en révision les dossiers des jeunes délinquants connus des services policiers, sans résultat. Ou bien certains d'entre eux étaient déjà incarcérés pour d'autres larcins, ou bien ils avaient de solides alibis quant à leur emploi du temps.

Leblanc et Farley travaillaient simultanément sur le meurtre du sans-abri et celui du gardien de sécurité. Encore là, ils étaient retournés interroger les membres de sa famille, au cas où quelque chose leur aurait échappé. Rien. Tout le monde répétait que Claude Beaudoin était un employé modèle et qu'il n'avait pas d'ennemis. Le sergent Farley avait même délégué aux funérailles un policier muni d'une caméra au cas où le tueur aurait eu l'audace d'y assister.

Le plus troublant était qu'aucun indice ne laissait croire qu'un autre meurtre puisse être commis le 7 juillet, suivant la théorie de Leblanc. À ce stade-ci, le lieutenant y allait par instinct seulement. Le directeur du SPS était bien conscient des efforts des deux hommes afin de trouver de nouvelles pistes et il les défendait du mieux possible auprès des

164

élus et des médias en leur servant les mêmes salades. «De telles enquêtes sont toujours longues et il faut être patient pour que des langues se délient», répétait-il à qui voulait l'entendre.

En son for intérieur, le directeur demeurait conscient que quelqu'un quelque part savait quelque chose, mais il n'avait pas le temps d'attendre. Il se fiait plutôt à une erreur éventuelle commise par le tueur.

Il avait beaucoup lu sur le phénomène des tueurs en série et sur leur psychologie. Il savait que la plupart avaient eu une enfance difficile, perturbée, violente et malheureuse. Il savait aussi que plusieurs s'en étaient d'abord pris à des animaux au début de leur «carrière». Il avait également appris dans une étude que les tueurs en série pouvaient identifier leur prochaine victime seulement qu'en la regardant marcher. Ils arrivaient ainsi à déterminer si telle ou telle personne se débattrait longtemps ou serait plutôt résignée face à une mort prochaine.

— Peut-être qu'on pourrait convoquer une conférence de presse? suggéra le sergent Farley.

— Pour dire quoi? demanda Leblanc en jetant un regard vers le directeur du service.

— Pour faire bouger quelque chose. Je n'en peux plus de tourner en rond, répondit Farley.

— Est-ce que tu vas pêcher de temps en temps? demanda Leblanc.

— Je sais qu'il faut être patient, mais changer d'appât n'est pas mauvais non plus quand ça ne mord pas. Il reste trois jours avant la Fête nationale et il y aura des rassemblements partout. Comment ferons-nous pour assurer la sécurité de tout le monde? demanda Farley en regardant à son tour le directeur, toujours silencieux.

— On va ajouter des effectifs, décida le directeur du SPS. Attendons pour la conférence de presse, mais *ciboire*, trouvez-moi quelque chose de neuf! dit-il en sortant de la pièce.

Les deux hommes se regardèrent. Soudainement, le téléphone portable de Leblanc vibra dans la poche de son veston.

— Leblanc, répondit-il sèchement.

Le lieutenant écouta quelques secondes, puis changea radicalement de ton.

— Sophie, c'est toi ? Ça va ?

Leblanc écouta encore un peu.

— Ne bouge pas, j'arrive tout de suite.

— Rien de grave ? demanda Farley, voyant des signes d'inquiétude dans le comportement de son collègue.

— C'est ma fille, Sophie...

— Qu'est-ce qui se passe ?

— On a défoncé son appartement la nuit dernière, expliqua Leblanc.

— Elle va bien ?

— Oui, oui, elle n'était pas chez elle. Elle avait une rencontre à Drummondville pour son travail et elle y est restée pour la nuit. Je vais aller voir de plus près.

— Je vous accompagne, dit Farley.

— Ce n'est pas nécessaire.

— Ce n'était pas une question, répondit le sergent en empoignant son trousseau de clefs et son café sur le bureau.

Une dizaine de minutes plus tard, ils arrivèrent au condominium de Sophie dans le nord de la ville. Immédiatement, Leblanc examina les lieux et vit qu'on pouvait facilement accéder au condo en passant par un boisé à proximité. Une auto-patrouille et deux agents étaient déjà sur les lieux. L'un des deux agents prenait des notes en parlant avec Sophie dans le stationnement.

Leblanc et Farley sortirent de leur véhicule et s'approchèrent. Leblanc se retint de prendre sa fille dans ses bras.

— Ça va ? demanda-t-il.

— Oui, oui. C'est mon père, dit-elle au policier qui reconnut les deux détectives.

— La porte a été forcée, la méthode classique, dit l'autre policier qui vint les rejoindre après une première observation des lieux.

— Je peux aller voir à l'intérieur ? demanda Leblanc.

Sophie ne répondit pas immédiatement, laissant le soin aux policiers en devoir de répondre. Elle regardait également en direction de l'enquêteur Farley, debout derrière son père. Elle nota sa grandeur, il devait faire environ 1 m 80. Puis, elle jeta un regard discret sur son complet pâle de qualité, qui lui donnait de la classe. Leblanc s'aperçut que sa fille examinait son collègue.

— Désolé, sergent Farley, voici ma fille Sophie. Sophie, Erik Farley, dit-il machinalement. Je peux y aller? demanda-t-il à nouveau aux policiers.

— Bien sûr.

Les deux policiers, le sergent Farley et Sophie demeurèrent à l'extérieur. Leblanc, lui, se dirigea vers le condo comme s'il s'agissait d'une scène de crime.

Dans le salon, il observa d'abord le téléviseur à écran plat à son endroit habituel, une pile de disques compacts à proximité, ainsi qu'un lecteur. Habituellement, des jeunes voleurs se précipitent d'abord sur ces objets, pensa-t-il. Il continua de faire le tour de l'appartement avant de tirer des conclusions. Les cadres, illustrant des reproductions d'œuvres connues, étaient également à leur place.

Il se dirigea vers la chambre de Sophie. Le réveille-matin était sur la table de chevet. Il ouvrit le tiroir, il ne contenait que des papiers divers. En face du lit, une large commode prenait plus de la moitié du mur de la chambre. Leblanc ouvrit le premier tiroir, rempli de sous-vêtements.

Son attention fut ensuite attirée par une petite figurine dont la tête balançait d'un côté et de l'autre. Elle représentait un clown au visage souriant. Il trouva un peu étrange que Sophie possède un tel objet dans sa chambre à coucher, mais bon, il ne la connaissait pas tant que cela après tout. Ils s'étaient perdus de vue pendant des années et peut-être avait-elle développé un intérêt pour les clowns.

Leblanc retourna dans le salon et vit un chapeau sur le dessus d'une lampe sur pied. Autre élément étrange, une chemise était nouée autour de la poignée du réfrigérateur. Cette fois, Leblanc fut convaincu que quelque chose ne tournait pas rond.

Il sortit par la porte-fenêtre et fit signe à Sophie de venir le rejoindre.

— As-tu eu le temps de vérifier s'il te manquait quelque chose? demanda-t-il.

— J'ai fait le tour rapidement et je n'ai rien remarqué, répondit-elle. De toute façon, je ne garde pas beaucoup d'argent à la maison et je n'ai presque pas de bijoux.

— Tu veux bien refaire le tour avec moi, j'ai des choses à te montrer, dit son père.

Il lui fit remarquer le chapeau, puis la chemise et enfin le clown sur le bureau de la chambre.

— Ce n'est pas à moi, dit-elle, surprise.

— C'est bien ce que je pensais.

— Ça veut dire quoi?

— Je n'en sais rien encore, répondit son père. Faudra que tu fasses le tour pour voir s'il ne te manque rien. Je vais demander qu'on prenne des photos, si cela ne te dérange pas.

— Non, répondit-elle. Merde! Il est presque dix heures et je dois me présenter en cour. Tu peux t'occuper de tout cela ce matin, s'il te plaît? demanda-t-elle avec un air de petite fille que son père reconnaissait trop bien.

— Bien sûr, allez, va-t'en. Je vais aussi faire changer la serrure. Appelle-moi cet après-midi, dit-il.

Sophie prit son sac à main et quelques affaires, monta à bord de sa petite voiture pour prendre ensuite la direction du palais de justice. Farley la salua de la main au passage et Sophie lui retourna son salut, accompagné de son plus beau sourire.

Le sergent entra ensuite dans l'appartement et en fit le tour rapidement.

— Il ne semble pas manquer grand-chose à première vue, dit-il.

— C'est bien ce qui m'inquiète, répondit Leblanc.

— Comment cela?

— On dirait qu'on a affaire à un malade qui laisse des choses sur son passage au lieu d'en prendre, expliqua Leblanc en désignant le chapeau sur la lampe du salon.

Leblanc demanda aux deux policiers de faire le tour des immeubles environnants pour vérifier auprès des voisins si des vols avaient été commis récemment. Il fit prendre des photos du condo de Sophie et appela un serrurier.

Sur l'heure du midi, Sophie contacta son père qui lui résuma ses actions du matin.

— J'ai aussi fait installer un système d'alarme, dit son père.

— Papa, j'ai des voisins, je n'ai pas besoin de système d'alarme.

— Bien sûr, la preuve en est que quelqu'un est entré chez toi et personne n'a rien vu, ironisa Leblanc.

Sophie le remercia quoiqu'elle trouvât la mesure un peu exagérée. Puis, elle composa le numéro d'Anne.

— Allo, c'est moi !

Anne reconnut immédiatement la voix de son amie, mais hésita quelques secondes avant de répondre.

— Anne... c'est moi... je m'excuse. Tu veux bien me répondre ?

— Allo, répondit enfin Anne.

— Tu sais quoi ? enchaîna immédiatement Sophie. Je me suis fait défoncer mon condo la nuit dernière.

— Quoi ? Tu étais là ? Tu vas bien ? s'inquiéta aussitôt Anne pour son amie.

— Non, j'étais à l'extérieur. Tu as mangé ? Pourquoi on ne se retrouverait pas pour le lunch, je te raconterais tout.

Anne et Sophie travaillaient à proximité l'une de l'autre, Sophie, au palais de justice, et Anne, à la bibliothèque municipale, à un coin de rue de là.

— D'accord, dit-elle, dans dix minutes.

Sophie se présenta au petit resto comme si elle avait vu Anne la veille. Cette dernière admirait cette insouciance chez elle. Quoi qu'il arrive, Sophie demeurait toujours maîtresse de ses émotions. Avec elle, il ne semblait jamais avoir rien de dramatique, contrairement à elle qui avait une nature plutôt inquiète.

— Mon père a accouru chez moi ce matin aussitôt qu'il a su pour le cambriolage, dit Sophie.

— Il me semble qu'il est souvent avec toi, ces temps-ci. Tu es contente ? demanda Anne.

— Je sais qu'il fait des efforts pour se rapprocher.

— Et tu vas le laisser entrer dans ta vie ? demanda Anne sans détour.

— Je ne sais pas, répondit Sophie.

— Pourquoi ?

— C'est compliqué...

— Raconte.

Sophie hésita, puis entama son récit. Lors du décès accidentel de sa mère, son père avait fait la promesse solennelle devant toute la famille réunie que sa fille était la personne la plus importante de sa vie et que rien ne l'empêcherait de s'en occuper adéquatement.

Malheureusement, la peine de Leblanc de perdre son épouse ainsi que le sentiment de culpabilité qui l'accompagnait étaient devenus plus grands que la responsabilité qui lui incombait de s'occuper de sa fille unique.

Après quelques mois, Leblanc n'était presque plus jamais à la maison et Sophie n'avait de liens avec lui que par l'argent qu'il laissait régulièrement sur le coin de la table avant de partir. Son travail avait pris toute la place.

Le moment de choisir une université avait donc été salutaire pour Sophie qui n'avait pas hésité une seconde à s'inscrire à Sherbrooke. Son premier choix de carrière aurait été préférablement d'entrer dans les forces policières, mais l'image projetée par son père à ce moment l'avait fait changer d'idée sans compter que son père s'y objectait fermement. Elle avait donc plutôt opté pour le droit. Intelligente et déterminée, elle avait rapidement trouvé un emploi de procureure de la Couronne dans le district judiciaire de Saint-François.

— Tu lui en veux encore ? demanda Anne.

— Je n'en sais rien. Tout ce que je crains, c'est de m'attacher encore une fois et d'être déçue.

— Et risquer qu'il t'abandonne encore une fois, conclut Anne.

Sophie acquiesça d'un signe de la tête. Comme pour la rassurer, Anne indiqua que Sophie et son père avaient vieilli tous les deux et que la situation était bien différente cette fois, surtout que le policier était maintenant retraité, ou presque.

Trois jours plus tard, Sherbrooke, comme toutes les autres villes québécoises, célébrait la fête nationale du 24 juin. Partout, dans les parcs municipaux, des scènes avaient été aménagées pour y présenter des spectacles musicaux. L'ouvre-boîte avait emboîté le pas au centre-ville et le propriétaire avait demandé à Gerry de présenter son spectacle sur la terrasse extérieure donnant sur la rue Wellington. Il espérait ainsi attirer l'attention des passants qui entreraient peut-être ensuite dans son établissement.

Pour l'occasion, Fête nationale oblige, Gerry avait monté un programme composé uniquement de chansons québécoises et francophones. Le spectacle de Gerry se tenait en début de soirée, car le grand rassemblement sherbrookois aurait lieu plus tard dans le grand parc Jacques-Cartier, devant le Lac des Nations. On y présenterait des vedettes connues, pas Gerry Mercier.

Anne renonça à l'invitation de Sophie de se rendre au parc Jacques-Cartier. Elle préférait de loin écouter Gerry à L'ouvre-boîte et, qui sait, passer la fin de soirée avec lui. Sophie garda ses commentaires pour elle de façon à ne pas froisser son amie à nouveau. Elle n'en pensait pas moins.

Le soir venu, de nombreux policiers patrouillèrent les rues avec la consigne particulière de porter attention aux personnes seules qui pouvaient devenir autant de victimes potentielles sans défense que de potentiels tueurs solitaires prêts à bondir.

Leblanc et Farley étaient aussi de service. Assis dans leur véhicule, ils surveillaient les centaines, puis les milliers de personnes entrer et sortir du parc sans toutefois savoir exactement ce qu'ils cherchaient. Si au moins ils avaient une piste. Était-il jeune, vieux, homme ou femme ?

Leblanc savait pourtant que le tueur se rapprochait et il eut un frisson en pensant que sa fille pourrait être l'une des prochaines victimes. Il n'en avait pas parlé à Farley, mais il n'aimait pas trop que quelqu'un ait laissé des objets bizarres dans le condo de sa fille. Cela lui rappelait trop la carte d'identité de Kevin Chassé et les deux casquettes de baseball retrouvées sur des scènes de crime.

13

La soirée de la Fête nationale et celle de la Fête du Canada se déroulèrent dans un calme relatif. Il y eut bien sûr quelques bagarres et quelques arrestations en raison d'une surconsommation d'alcool. Toutefois, aucun signe de violence extrême sur le territoire.

Le directeur de police se montra satisfait de la surveillance exercée. Leblanc, lui, avait toujours en tête la date du 7 juillet. Il croyait encore au modus operandi du tueur.

— Je ne te demande pas grand-chose, dit Leblanc au directeur du SPS.

— Presque rien en effet, tu veux que j'annule les vacances de dizaines de policiers pour surveiller on ne sait pas quoi, répondit le directeur.

— Tu as le pouvoir de le faire.

— Le pouvoir, oui, le budget, non! rétorqua le directeur.

— C'est toujours la même chose, poursuivit Leblanc. La vie des citoyens passe toujours après vos maudits budgets.

— Ne joue pas cette carte-là avec moi, Leblanc. Tu sais comment cela fonctionne. Si tu n'es pas content, tu n'as qu'à demander à tes patrons à la SQ de libérer des policiers.

— Écoute, insista Leblanc, si je me trompe et que le 8 juillet, nous n'avons pas un nouveau meurtre sur les bras, je retourne à Montréal. En attendant, donne-moi des hommes.

— Non!

L'enquêteur Leblanc quitta le bureau du directeur en claquant la porte derrière lui. Erik Farley venait de voir la scène à travers les vitres du bureau.

— Il ne veut rien savoir?

Leblanc haussa les épaules en guise de réponse.

— Peut-être aussi que vous vous trompez. On n'est pas à New York, on est à Sherbrooke. Ce serait poussé un peu que quelqu'un soit assez malade pour planifier un meurtre le 7 de chaque mois. Avouez que c'est quand même difficile à admettre. Cela voudrait dire qu'en ce moment, quelqu'un est en train de planifier un meurtre pour dimanche prochain.

Même s'il était convaincu de son hypothèse, les propos de Farley ébranlèrent sa certitude. Après tout, peut-être avait-il raison. Sherbrooke était une ville si calme qu'un animateur de radio montréalais l'avait surnommée pendant des années «la ville de la tranquillité».

Leblanc retourna à son hôtel. Les choses n'allaient pas à son goût. L'enquête n'avançait pas. Il se sentait stressé au plus haut point. Il ouvrit le mini-bar et s'empara de quelques petites bouteilles d'alcool. Il ouvrit la première, hésita un instant, puis la cala d'un seul coup. Assis sur le bord de son lit, il se voyait dans le miroir. Il leva la seconde petite bouteille devant lui pour se porter un toast à lui-même. Il ne voulait qu'oublier pendant un moment, incapable de contrôler sa soif. C'était sa première rechute depuis la mort de sa femme. Il s'en voudrait certainement le lendemain matin, mais pour l'instant, il en avait besoin. Il voulait sentir ce feu dans sa gorge.

Puis, l'inimaginable survint en début de nuit.

Vers une heure du matin le 6 juillet, la petite ville de Lac-Mégantic vécut l'enfer. Un train meurtrier transportant des centaines de tonnes de pétrole roula seul dans une pente, prit de la vitesse en entrant dans la ville pour ensuite dérailler dans une courbe à plus de 80 km/heure.

Ce n'est que le samedi matin que le monde entier prit connaissance de l'ampleur de la catastrophe.

Gerry se leva vers neuf heures et alluma son téléviseur. Partout, il était question de cet accident survenu près de Sherbrooke. Au total, 73 wagons, empilés les uns sur les autres, s'étaient enflammés dans un quadrilatère de deux kilomètres carrés dans le centre-ville de la petite municipalité.

Gerry regardait les images de l'explosion, tournées par des vidéastes amateurs au cours de la nuit, et n'en revenait pas. Il était encore tôt pour déterminer un nombre de victimes, mais plusieurs édifices avaient été soufflés, dont un café. Les morts se compteraient sans doute par dizaines.

Déjà, les témoignages fusaient de partout. Ici, un homme qui avait quitté le café une demi-heure avant l'explosion en y laissant tous ses amis. Là, une dame en pleurs qui venait de perdre des êtres chers.

Toute la journée, partout, on ne parlait que de cette tragédie. Le soir à L'ouvre-boîte, Gerry dédia une chanson à la mémoire des victimes de Lac-Mégantic.

Ce n'est que le lendemain qu'on commença à chiffrer le nombre potentiel de disparus. Les médias parlaient alors de cinq morts et d'une quarantaine de personnes manquantes. L'attention était aussi dirigée vers les causes de la catastrophe. On voulait savoir qui était responsable de ce déraillement tragique.

Figé devant son téléviseur aussi, le sergent Farley décrocha le combiné et appela Leblanc.

— Vous avez vu cela? Les wagons brûlent encore à Lac-Mégantic.

— C'est pour cela que vous m'appelez? demanda Leblanc dont la tête voulait éclater en raison de son abus d'alcool de la veille.

— Oui et non. En fait, je voulais vous dire qu'il ne faudrait pas trop compter sur des effectifs supplémentaires aujourd'hui. Plusieurs pompiers et autres employés municipaux sont déjà partis là-bas. J'imagine aussi que des policiers seront réquisitionnés sous peu, expliqua Farley.

— Je comprends, fit Leblanc.

— De toute façon, je crois bien que cette catastrophe doit avoir chamboulé les plans de notre gars, ajouta Farley.

— Je l'espère bien, répondit Leblanc, avant de raccrocher.

Ce que les policiers enquêteurs ne savaient pas, c'est que c'était tout le contraire qui était en train de se produire.

Dans un secteur tranquille et résidentiel de l'arrondissement de Rock Forest–Saint-Élie–Deauville, une femme était déjà séquestrée.

Le jeudi précédent, Gerry avait passé une bonne partie de la journée à arpenter les rues du secteur, repérant les types de bungalows, les passages piétonniers, les parcs, les écoles primaires et les services de garde. C'est là qu'il l'avait vue.

Il voulait s'assurer de deux choses : qu'elle était en contact quotidien avec des enfants et qu'elle habitait à proximité de son lieu de travail. C'est ainsi qu'il voulait sa prochaine victime.

La dame sortit du centre de la petite enfance, entourée de quelques enfants de 3 ou 4 ans environ. Assez corpulente, elle devait avoir une quarantaine d'années. Malgré la chaleur, elle portait un tailleur gris pâle, et un chemisier blanc en dessous. Ses cheveux foncés tombaient sur ses épaules et, de loin, Gerry pouvait voir qu'elle avait les traits du visage assez durs.

Quelques secondes plus tard, une jeune femme vint la rejoindre et rassembla les enfants autour d'elle. Gerry comprit alors que la dame plus âgée était sans doute la patronne. Cela répondait à la première exigence.

Discrètement, Gerry la suivit sur le trottoir en marchant quelques centaines de mètres derrière elle. À une intersection, elle bifurqua sur sa droite dans une petite rue sans issue, en fer à cheval. Chacune des maisons donnait sur un grand parc à l'arrière, qui donnait lui-même sur un boisé. Gerry remercia Sherbrooke d'être une ville aussi verte. Les lieux étaient parfaits. Si un imprévu survenait, il pourrait quitter l'endroit rapidement.

Gerry s'arrêta au coin de la rue et observa la dame. Elle entra dans la dernière maison, au fond du fer à cheval. Il accéda au parc à partir d'une rue voisine et identifia ensuite la maison par l'arrière. Il n'y avait aucune clôture. Le terrain, peu aménagé, se terminait sur le parc comme s'il en était la continuité.

Derrière la maison se trouvait un petit patio de bois sur lequel reposait une balançoire, tout à côté d'une petite table vitrée et de deux chaises. Gerry ne vit aucun jeu d'enfants derrière la maison. Il en conclut que la dame n'avait pas une grosse famille. À la limite, elle avait un conjoint, pensa Gerry.

Vers 12 h 45 ce jeudi, Gerry avait repris son chemin en direction du centre de la petite enfance. Son évaluation était la bonne. Il revit la dame sur le trottoir. Elle allait sûrement reprendre le travail à 13 heures.

Gerry revint au même endroit sur l'heure du souper. Il retourna aussi au parc. Il ne vit aucune trace d'un éventuel conjoint. Pas de deuxième voiture dans la cour, personne sur le patio arrière non plus.

Grâce à cette transparence que l'on réclamait tant dans la population que dans les médias, il lui fut très facile de faire des recherches sur Internet à partir de l'adresse de la dame.

D'abord, en consultant le site de la municipalité et de son service d'évaluation, il put l'identifier à partir de son adresse. Elle s'appelait Isabelle Lévesque. Elle était la seule propriétaire de son immeuble. Cela ne voulait pas dire qu'elle n'habitait pas avec son conjoint, mais tout de même. Puis, Gerry se rendit sur Facebook et trouva Isabelle Lévesque. Il la reconnut aussitôt.

Bien qu'il ne fasse pas partie de ses amis, il pouvait quand même voir une bonne partie de son profil. Isabelle Lévesque, comme bien d'autres, ne se méfiait pas des réseaux sociaux. Gerry vit qu'elle était célibataire, qu'elle aimait le ski, les Canadiens de Montréal, le bon vin et Madonna. Elle avait étudié en éducation spécialisée à Montréal. Gerry aurait pu poursuivre sa recherche sur le site de l'université, trouver des infos et des photos sur Google. Comme il savait qu'elle travaillait dans un CPE, peut-être faisait-elle partie d'un conseil d'administration? Peut-être avait-elle déjà donné une entrevue pour un bulletin d'information en livrant toutes sortes de renseignements sur sa vie personnelle? Aujourd'hui, avec un peu de patience et de doigté, on pouvait trouver facilement des informations sur tout le monde. Mais Gerry en savait amplement. Elle lui rappelait quelqu'un et c'était suffisant.

Toute la journée du samedi, malgré l'horrible accident de Lac-Mégantic, il peaufina son plan. Le lendemain, le dimanche 7 juillet, le moment était venu de passer à l'action.

14

Du parc, Gerry vit Isabelle entrer et sortir de sa maison par la porte-fenêtre arrière. Elle s'assied à la table du patio, un verre et un magazine devant elle. Le plus discrètement possible, il revint par la rue, déserte à cette heure. Les voisins étaient sans doute sur leur patio arrière ou tout simplement partis pour la journée.

En marchant sur le trottoir, Gerry eut soudainement une envie de vomir. Il s'arrêta un instant pour reprendre ses esprits. *Qu'est-ce qui m'arrive? Qu'est-ce que je suis en train de faire?* se demanda-t-il. Puis, il se rappela toutes les fois où il s'était retrouvé dans sa petite chambre après avoir reçu une raclée. Il ressentait aussi cette nausée soudaine dans ces moments. Cette fois cependant, c'est lui qui dirigeait. Il devait avoir le courage de ses actes.

Déterminé, Gerry longea le trottoir et s'arrêta devant le numéro 16. Il jeta un coup d'œil autour de lui, personne. Il s'avança vers la porte, songea à sonner ou à frapper, mais sachant que la propriétaire était derrière la maison, il prit la chance de vérifier si la porte d'entrée principale était verrouillée. Il tourna lentement la poignée et poussa délicatement la porte... qui s'ouvrit.

«Les gens sont tellement imprudents», pensa-t-il en pénétrant dans la maison tout en enfilant des gants chirurgicaux. Un bref coup d'œil à l'intérieur confirma ce qu'il pensait. Isabelle Lévesque habitait seule. Il n'y avait rien de masculin dans cet intérieur. Tout était impeccable et de bon goût.

Gerry traversa le salon prudemment et, debout près du mur de la cuisine, étira le cou pour voir la dame assise sur son patio. Il fit quelques pas dans le corridor menant aux chambres et à la salle de bain.

Soudain, il entendit la porte-fenêtre s'ouvrir et il reprit rapidement son poste près du mur. Isabelle s'approcha de l'évier pour se servir un verre d'eau. Gerry se demanda s'il devait la prendre de vitesse par-derrière ou bien attendre le moment propice. Il n'eut pas le temps de réfléchir bien longtemps.

La femme déposa son verre et marcha dans la direction de Gerry pour se rendre à la salle de bain. Couteau à la main, Gerry la frappa d'un coup de poing à l'estomac aussitôt qu'elle tourna le coin.

— Ahhhhh! gémit la femme, pliée en deux.

Gerry se plaça derrière elle et la releva d'un coup en lui tirant les cheveux vers l'arrière. Il apposa son couteau sur sa gorge.

— Tu fais ce que je te dis, ma grosse, sinon je te saigne! C'est compris?

Les larmes aux yeux et pouvant enfin reprendre une bouffée d'air, la femme émit un son que Gerry prit pour un oui. Il l'obligea à se rendre dans sa chambre à coucher. Il la fit asseoir devant sa table de maquillage devant un ordinateur portable. C'est alors qu'elle put le voir dans le miroir.

Toutes les questions possibles se bousculaient dans la tête d'Isabelle. Que voulait cet homme? Allait-il la violer? Allait-il la tuer?

Elle avait l'impression d'être prisonnière d'un cauchemar. Comme tout le monde, il lui arrivait de se sentir menacée dans un rêve, mais il lui suffisait de se réveiller. Cette fois, tout était réel. Son esprit était incapable d'évaluer la situation. Elle voulait des réponses. Qu'était-il en train de se passer?

Isabelle devait tenter de reprendre son calme. Pour l'instant, tout allait bien. Quelle était la chose à faire? Essayer de se sauver? Impossible. Se battre avec lui? Impossible aussi. Faire ce qu'il voulait? Assurément. Il ne restait qu'à espérer que quelqu'un arrive chez elle à l'improviste. Cela semblait la seule option pour l'instant.

Pendant qu'elle réfléchissait, Gerry l'avait solidement ligotée à la chaise, mais en lui laissant suffisamment d'espace pour bouger les avant-bras.

— Isabelle, c'est ça ?

— Comment savez-vous mon nom ? Qu'est-ce que vous voulez ?

— Tu m'attends et tu ne bouges pas, c'est compris ? demanda Gerry, en lui mettant un morceau de tissu sur la bouche pour l'empêcher de crier.

Gerry retourna au salon et verrouilla la porte d'entrée. Il se dirigea ensuite vers la porte-fenêtre, tourna le verrou et ferma les rideaux. La maison était tranquille et sombre. Gerry retourna à la chambre. Isabelle n'avait pas bougé. De toute façon, elle en était incapable.

— À partir de maintenant, tu t'appelles Françoise. C'est d'accord ? demanda Gerry en lui retirant son bâillon.

— Qu'est-ce que vous voulez ? répéta-t-elle.

— C'est une bonne question ça, Françoise, répondit-il.

— Qui est Françoise ? risqua-t-elle avec la crainte soudaine de déclencher une plus grande violence chez son agresseur.

— Deuxième excellente question ! répondit Gerry en ouvrant l'ordinateur portable devant eux.

— Vous pouvez prendre ce que vous voulez et partir, dit-elle, je ne dirai rien à personne.

— Au contraire, je ne te volerai rien, je vais même laisser des choses chez toi, Françoise.

Gerry sortit un livre de son sac en bandoulière. C'était un roman d'un auteur américain connu, traduit en français. Il déposa le livre sur la table devant eux. Isabelle reconnut *Da Vinci Code* de Dan Brown en édition de poche.

Gerry sortit ensuite une petite culotte féminine. Cette fois, Isabelle fut prise d'une peur incontrôlable. Elle se mit à trembler en imaginant les pires scénarios. Gerry voulut presque la rassurer.

— Hé, je ne vais pas te violer. T'inquiète, tu n'es vraiment pas mon genre, expliqua-t-il en tâtant les seins d'Isabelle. Tu vois, aucune érection ! ajouta-t-il en poussant vulgairement son bassin vers la femme ligotée qui détournait le regard.

Il fouilla une nouvelle fois dans son sac pour en sortir un petit pendentif. C'était une croix minuscule, montée d'une imitation de diamant en son centre. La croix était soutenue par une chaîne argentée. Il ouvrit le fermoir et passa la chaîne autour du cou d'Isabelle.

— Qu'est-ce que vous faites ? Qu'est-ce que vous voulez à la fin ? cria-t-elle, désespérée.

— On y arrive, on y arrive. Patience, Françoise, répéta Gerry calmement.

Il poussa la chaise contre la table de maquillage pour qu'Isabelle soit à la portée de son ordinateur.

— Ton mot de passe, vite.

Isabelle s'exécuta en tremblant. Elle était tellement énervée qu'elle dut se reprendre à deux fois avant de réussir.

— Branche-toi sur le Net.

— Quel site ?

— Ton Facebook.

— Je n'ai pas de Facebook, répondit-elle.

— Tut... tut... tut... tout le monde est sur Facebook. Je fais un marché avec toi, d'accord ? On va sur Facebook et si tu m'as menti, je te coupe une oreille. Si tu n'es pas inscrite... heu... tu gardes ton oreille. Deal ?

Isabelle réalisa qu'elle n'avait aucun moyen de défense. Bien sûr qu'elle était sur Facebook. Elle tapa son mot de passe et sa page s'ouvrit. Gerry se montra satisfait.

— J'ai triché un peu, car je savais que tu étais inscrite.

Isabelle avait toujours voulu vivre seule, sans conjoint, sans enfant, sans histoire. Aujourd'hui, elle le regrettait. Tout ce qu'elle avait, c'était des amis sur Facebook.

— Vous voulez retrouver une Françoise, c'est ça ? demanda-t-elle.

— Non, tu n'y es pas du tout. Écris ce que je vais te dicter.

Isabelle ouvrit une fenêtre et attendit les directives. Gerry dicta.

— Bonjour mes amis Facebook. Il ne sert à rien d'avoir des regrets. Isabelle le regarda.

— Allez, allez, écris, Françoise. Il poursuivit. Il faut réfléchir avant d'agir et c'est ce que j'aurais dû faire.

— Ça n'a aucun sens, dit Isabelle.

— D'accord, je t'explique, Françoise.

Dans le miroir, Isabelle pouvait constater l'absence dans les yeux de Gerry. Il confondait la réalité.

— Tu te souviens, poursuivit-il, de ce garçon que tu as puni à l'école parce qu'il avait uriné dans son pantalon ? C'était moi.

— Je n'ai jamais fait cela, dit Isabelle.

— Aujourd'hui, il faut t'excuser publiquement et payer pour ta faute, dit Gerry en la piquant légèrement de la pointe de son couteau pour lui ordonner de reprendre le travail.

Isabelle ne comprenait rien à son histoire et elle se résigna à reprendre la dictée, la peur au ventre.

— Pour tous les garçons comme lui à l'école, pardon.

D'un geste rapide, Isabelle appuya sur *Enter* et le texte rédigé jusqu'ici apparut immédiatement sur son mur. Gerry ne vit rien de la manœuvre. Isabelle espérait ainsi qu'un de ses amis en ligne à ce moment sur Facebook s'aperçoive de l'incohérence de ce message.

— On continue, dit Gerry.

— Vous allez me tuer ? demanda Isabelle.

— J'en ai bien l'impression, répondit Gerry en levant les bras devant le miroir en signe de dépit.

— Alors, laissez-moi écrire un message à mes amis. Vous pourrez le lire avant que je l'envoie. Vous me devez bien cela.

Gerry réfléchit un moment.

— Fais vite.

Isabelle prit quelques secondes pour se concentrer. Ses yeux embués l'empêchaient de voir l'écran correctement. Elle commença à taper sous l'œil attentif de Gerry.

— *Mes amis, merci pour ces soirées ingmoubliables au centr0-ville !*

— C'est tout ? dit Gerry.

Isabelle appuya sur la touche pour envoyer son message. Soudain, le bruit d'un message entrant se fit entendre. Paul, un ami d'Isabelle, lui répondait.

— *Isa, c'est quoi ce message de cons ? Appelle-moi.*

— Dieu va vous punir un jour pour tout ce que vous faites, dit Isabelle en regardant Gerry droit dans les yeux.

— Ne me parle pas de Dieu! Il était où ton Dieu quand j'étais jeune et qu'on me frappait, hein? répondit-il en piquant Isabelle de la pointe de son couteau.

Gerry était maintenant très en colère. Quelques secondes plus tard, Serge répondit, puis Chloé. Paniquant devant le nombre de sons provenant soudainement du portable, Gerry appuya le couteau fermement sous l'oreille gauche d'Isabelle et d'un coup sec traça une ligne sur sa gorge. Le sang gicla sur l'écran de l'ordinateur. Gerry leva le poing vers le ciel.

— Encore quelques-unes et je serai libre! dit-il.

Gerry regarda dans le miroir. Isabelle avait la tête penchée vers l'arrière. La trace laissée par la lame sur son cou était clairement visible. Du sang frais coulait sur sa poitrine. Gerry porta la main sur le devant de son pantalon. Il constata avec surprise qu'il était en pleine érection.

15

Le téléphone sonna chez Isabelle dans les minutes qui suivirent. Cela eut pour effet de ramener rapidement Gerry à la réalité. Il remit son sac en bandoulière, s'approcha de la porte-fenêtre, l'ouvrit, jeta un regard autour et se glissa dans le parc, puis dans le boisé.

— Trop facile, pensa-t-il avec un sentiment d'invulnérabilité.

— Ici le répartiteur, le 911 vient de recevoir un appel étrange, dit l'officier responsable à un agent de police à bord de son véhicule.

— Qu'est-ce que c'est?

— Je ne sais pas trop, l'homme qui a appelé parle d'un message bizarre d'une de ses amies sur Facebook et il s'inquiète. C'est peut-être une lettre de suicide. Je vous donne l'adresse, allez faire un tour.

Le conducteur de l'auto-patrouille actionna les gyrophares en prenant la direction de l'arrondissement Rock Forest–Saint-Élie–Deauville.

Quelques minutes plus tard, les deux policiers du SPS se présentèrent à la porte du domicile d'Isabelle Lévesque. Après avoir frappé quelques coups à la porte, l'un des policiers fit le tour de la maison et nota les rideaux de la porte-fenêtre, fermés en plein jour. Il vit aussi un verre et un magazine sur la table extérieure.

— Je vérifie la porte-fenêtre, dit-il sur les ondes. Elle est ouverte... J'entre. Surveille le devant, indiqua-t-il à son partenaire. Police! Il y a quelqu'un? demanda l'agent d'une voix forte et autoritaire.

Tendant l'oreille un moment et toujours aux aguets, l'agent conclut rapidement qu'il n'y avait personne dans le salon et la cuisine à aire ouverte. Il répéta.

— Police! Il y a quelqu'un?

Le policier s'adressa ensuite à son collègue.

— Je t'ouvre la porte d'en avant, dit-il.

Quelques instants plus tard, ils se dirigèrent dans le corridor en se couvrant l'un et l'autre. Première chambre, rien à signaler. Salle de bain, *RAS*. Puis, en tournant le coin de la porte menant à la chambre à coucher, ils virent le corps d'Isabelle, ligoté, avec du sang dégoulinant par terre. Le premier agent lança l'appel sur sa radio. Calmement, le second fit marche arrière pour aller vérifier le sous-sol. Il remonta quelques secondes plus tard.

— La pauvre femme a été égorgée. L'officier parlait d'une possibilité de suicide, on est loin de là, dit l'un.

— Ne touche à rien, la *Crim* s'en vient, répondit l'autre en évoquant l'arrivée prochaine de la division des enquêtes criminelles.

— Je le sais, mais on peut toujours regarder un peu. C'est la première fois que je me retrouve sur une scène de meurtre.

— T'es malade.

— Quoi? Elle est morte, on ne peut plus rien faire.

— Viens, on sort d'ici.

Les deux agents sortirent de la chambre en prenant toutes les précautions requises pour ne rien déplacer.

— Farley? C'est Leblanc.

Le sergent Farley avait assez d'expérience pour comprendre pourquoi Leblanc le dérangeait un dimanche après-midi.

— Pas sérieux?

— Le corps d'une femme, arrondissement Rock Forest... dit Leblanc.

— Vous pensez que c'est lui?

— Je n'en sais rien encore. On verra sur place.

— J'arrive, dit Farley.

Lorsqu'ils arrivèrent sur les lieux du crime, une vingtaine de minutes plus tard, les ambulanciers étaient déjà sur place. Des renforts policiers ainsi que des spécialistes de la SQ étaient également arrivés pour boucler le périmètre. Étrangement, les voisins n'étaient pas nombreux autour, à croire que tout le monde était parti en vacances.

Farley pénétra le premier dans le bungalow. Leblanc demeura quelques minutes à l'extérieur pour prendre le pouls. Un ruban jaune avait été apposé pour déterminer le périmètre de sécurité. Le quartier, si tranquille, allait devenir sous peu le point de mire de tous les médias. Même si c'était dimanche, et malgré les événements de la veille à Lac-Mégantic, la découverte d'un cadavre à Sherbrooke était une nouvelle importante.

Un premier journaliste stationna sa voiture et se dirigea vers le lieutenant.

— M. Leblanc? Ça a l'air de quoi en dedans?

— Laissez-moi le temps de rentrer, répondit sèchement Leblanc avant de se diriger vers le bungalow. Au passage, il fit signe à un policier de tenir le journaliste à l'œil.

Le lieutenant entra à son tour. Farley vint vers lui avec les premiers détails.

— L'agression a eu lieu au cours des deux dernières heures selon les ambulanciers. Une femme, 42 ans, Isabelle Lévesque, directrice d'un CPE pas très loin d'ici. Pas de trace d'entrée par effraction. Est-ce qu'elle connaissait son agresseur? Est-ce qu'elle l'a laissé entrer? Aucune idée. Les policiers font déjà le tour du quartier pour vérifier si quelqu'un a vu un ou des suspects, mais ça semble très tranquille ici. Il n'y a pas un chat dans le parc non plus.

— Je vais aller voir, dit Leblanc.

— Un instant, dit le sergent, en lui touchant le bras.

— Quoi?

— Je dois vous dire quelque chose.

— J'ai déjà vu du sang, ajouta Leblanc.

— On a trouvé un roman pas très loin du corps.

— Et puis après? s'impatienta Leblanc.

— Il appartient à votre fille. Son nom est écrit à l'intérieur de la couverture. À moins, bien sûr, que la victime ne connaissait une autre Sophie Leblanc.

— Tu veux dire que ma fille et la victime se connaissent assez bien pour se prêter des livres?

— C'est la seule explication que j'ai pour l'instant, répondit Farley.

À son tour, Gilles Leblanc pénétra dans la chambre à coucher d'Isabelle Lévesque. Décorée avec goût, les meubles en rotin blanc et les coussins roses sur le lit contrastaient avec la violence de la scène de crime. Leblanc s'approcha et constata l'entaille sur le cou de la victime lui rappelant le meurtre du sans-abri dans le parc du centre-ville.

— Tuée par l'arrière elle aussi, dit Leblanc.

— Et d'un coup sec, sans hésitation, compléta un technicien de scènes de crime s'attardant sur les blessures.

Muni de gants, Leblanc vérifia le roman sur la table. Il tourna la première page et reconnut immédiatement la signature de sa fille. Il referma le livre et regarda l'ordinateur, maintenant en état de veille. Il posa le doigt sur une touche et l'appareil s'alluma sur la page Facebook de la victime. Malgré les nombreuses gouttes de sang sur l'écran, Leblanc fut en mesure de lire les derniers messages reçus.

— *Isa, c'est quoi ces messages de cons!*

— *Isa, ma belle, ça ne va pas?*

— *Qu'est-ce que tu racontes, tu as pris trop de vin ou quoi?*

— Elle a été ligotée et contrainte d'écrire ce qu'on lui a dicté, conclut Leblanc en mesurant la distance séparant le clavier des mains de la victime.

L'inspecteur s'approcha davantage du corps. Isabelle portait un chemisier à manches courtes et un short assorti. Il n'y avait aucune trace d'agression sexuelle. Soudain, Leblanc sursauta et recula d'un pas.

— Qu'est-ce qu'il y a? demanda Farley.

— Rien de précis encore, une impression, répondit vaguement Leblanc.

Le sergent Farley tenait, sur la pointe d'un stylo, une paire de petite culotte féminine ramassée par terre.

— Vous ne trouvez pas cela bizarre? dit-il à Leblanc.

— Quoi?

— Bien, je ne suis pas un spécialiste, mais il me semble qu'à voir la taille de la victime, cette petite culotte ne correspond pas du tout, surtout qu'elle traîne par terre alors que la maison est impeccable.

Leblanc voulut en avoir le cœur net. Il se dirigea vers les tiroirs de la commode située près du lit, et en ouvrit quelques-uns jusqu'à ce qu'il trouve les sous-vêtements d'Isabelle Lévesque. Il sortit une culotte beige.

— Large, et vous?

Farley regarda l'étiquette à l'intérieur du vêtement.

— Petit, je me disais aussi...

Le lieutenant Leblanc sortit son téléphone portable de sa poche et composa le numéro de Sophie.

— Papa? dit-elle à l'autre bout.

— Oui, allo Sophie, tu fais quoi cet après-midi?

— Rien de spécial. Je suis sur le patio et je complète quelques dossiers pour demain. Et toi?

— À peu près la même chose, mentit-il. Dis-moi, je repassais le dossier du vol commis chez toi. Est-ce que tu as découvert qu'on t'avait pris quelque chose finalement?

— Rien de très évident, sauf peut-être...

— Quoi donc? demanda-t-il.

— On dirait bien que j'ai perdu une chaîne en argent avec une croix. Ce n'est pas tant la valeur en argent, mais je me souviens que toi et maman me l'aviez achetée lors d'un voyage à Québec. Tu t'en souviens?

— Hum... hum, répondit Leblanc.

— Je ne pense pas que le voleur soit venu ici pour cela. Je l'ai sans doute perdue, conclut-elle.

— Ça ne valait pas très cher, ne t'en fais pas, dit son père.

— Oh, je sais. Ce n'est pas grave. Es-tu seul pour souper? Tu veux venir à la maison?

— C'est gentil de ta part. J'ai encore un peu de boulot, mais je ne dis pas non. Je te rappelle plus tard, d'accord?

— OK, à tantôt, fit-elle avant de raccrocher.

Leblanc fixa à nouveau la chaîne argentée, tachée de sang, pendante au cou d'Isabelle Lévesque. Il avait reconnu le bijou. Ou bien la victime était réellement une amie très proche de sa fille, ou bien...

Dans les deux cas, Gilles Leblanc avait raison de s'inquiéter.

De son côté, le sergent Farley avait déjà donné toutes les directives aux policiers qui les accompagnaient. Certains devaient tenter d'interroger les voisins, d'autres, les usagers du parc. Selon l'heure des messages inscrits sur Facebook, le meurtre remontait à un peu plus de deux heures au maximum, confirmant ainsi l'hypothèse des ambulanciers.

— Trouvez-moi les noms et adresses de tous les amis Facebook de la victime, exigea Leblanc.

— Elle en a 143, dit un policier.

— Elle en aurait 2 000 que ce serait la même chose, répliqua Leblanc. Et trouvez un moyen d'enlever les dernières conversations sur son compte Facebook après les avoir sauvegardées, bien sûr. Et laissez le compte ouvert, ordonna Leblanc.

— Pourquoi? demanda Farley.

— Si le tueur l'a forcée à écrire des messages, il reviendra peut-être voir les résultats sur Facebook. Assurez-vous que le compte soit sous surveillance constante. On doit savoir qui vient visiter la page de la victime. Et quand vous aurez fini avec les photos, emballez-moi tout cela. Les experts vont analyser le disque dur! ajouta-t-il à l'intention des techniciens sur place.

Le sergent Farley se retourna vers son collègue. Il avait remarqué que ce dernier avait durci le ton avec ses subordonnés, ce qui n'était pas dans ses habitudes.

— Quelque chose vous tracasse? demanda-t-il.

Leblanc hésita un instant, puis il concéda que Farley et lui faisaient équipe. Il n'aurait pas aimé que ce dernier lui cache quelque chose. Il le tira à l'écart pour l'amener à la cuisine.

— La chaîne en argent que la victime porte au cou... elle est à ma fille!

— Quoi?

— Je viens de lui parler. Elle confirme qu'elle a peut-être été volée chez elle, mais elle pense aussi qu'elle aurait pu la perdre, explique Leblanc.

— D'abord le livre, ensuite la chaîne, réfléchit Farley.

— C'est sans compter la culotte...

— Quoi, vous pensez qu'elle pourrait être à votre fille aussi?

— Je n'en sais trop rien, mais je n'écarte pas l'idée.

— Excusez-moi, mais on doit absolument interroger Sophie pour connaître les liens entre elle et la victime.

— Je sais, répondit Leblanc.

— Vous voulez que je m'en occupe? suggéra le sergent.

— Non, ça va. Qu'elle connaisse Mme Lévesque intimement ou pas, ça ne me dérange pas. Tu as pensé un instant que si c'est le tueur qui a laissé ici des choses appartenant à Sophie, ça veut dire qu'il est aussi celui qui a commis le vol chez elle?

— Cela voudrait dire aussi qu'il sait que Sophie est votre fille, songea Farley.

— L'enfant de chienne est en train de jouer avec nous! s'exclama Leblanc.

— Il faut parler à Sophie et la mettre sous surveillance, suggéra Farley.

— Je la connais, elle n'acceptera jamais.

— Allons d'abord lui parler, répondit le sergent.

— Et les médias? demanda Leblanc, soudainement plus nerveux.

— Notre relationniste s'en occupe. Il sait tout dire, sans rien dire. Allons-y.

16

Les détectives Leblanc et Farley montèrent à bord du même véhicule après avoir demandé à un policier de ramener celui de Farley au QG. Il était presque 17 heures et le sergent se sentait plutôt mal à l'aise d'arriver chez Sophie sans avertir. Pour Leblanc cependant, c'était là le moindre de ses soucis. Il cherchait plutôt le moyen de dire à sa fille qu'elle était peut-être impliquée, sans le savoir, dans une histoire de meurtres en série.

— Bonjour, papa, dit-elle, en répondant à la porte.

— Bonjour, tu connais le sergent Farley ?

— Oui, on s'est croisés une fois. Ça va ?

— Oui, merci. Désolé d'arriver ainsi.

— Ce n'est pas grave, quand il y en a pour deux, il y en a pour trois, répondit-elle en les invitant à entrer.

Erik Farley se souvenait de l'appartement de Sophie pour y être venu le jour du vol. L'endroit était grand et éclairé. Les meubles, de couleur pâle, rappelaient le bord de mer. Un peu partout étaient disposés des cadres dans lesquels figuraient des photos de voyage. Sophie y était souvent photographiée seule ou avec des amies de filles. C'est un détail que Farley, célibataire lui-même, remarqua.

Sophie était une femme de goût. Elle avait un peu d'argent, sans être riche, et elle savait en profiter.

Elle les invita à passer au salon pour se rendre sur la terrasse extérieure. De là, on pouvait voir des champs et du bois à perte de vue. D'ici quelques années, tout le secteur serait développé. Mais en attendant, il n'était pas rare de voir des chevreuils tout près de la maison en fin d'après-midi ou en début de soirée.

— Vous voulez quelque chose à boire? Une bière? Un verre de vin? leur demanda-t-elle, en espérant que son père le refuserait.

Farley était sur le point d'accepter sa proposition, mais le lieutenant Leblanc fut plus rapide que lui.

— J'aimerais bien, ma belle Sophie, mais on devra se reprendre une autre fois.

Cela faisait des années que Gilles Leblanc n'avait pas appelé sa fille «ma belle Sophie». Il se passait quelque chose d'anormal, elle le pressentait.

— En service un dimanche après-midi? demanda-t-elle. Vous partez pour Lac-Mégantic?

— Non, on a assez à faire ici à Sherbrooke, répondit le père, cherchant une manière de commencer à entrer dans le vif du sujet.

— On a découvert un autre cadavre cet après-midi à Rock Forest, trancha Farley.

Leblanc le regarda et haussa les épaules dans un mouvement signifiant «tu ne peux pas être plus direct?». Pour toute réponse, Farley souleva les sourcils pour dire «allez maintenant, la porte est ouverte!».

— Sophie, je dois te poser une question délicate, dit-il.

— Vas-y, je t'écoute, répondit Sophie soudainement transformée en avocate logique et méthodique.

— Est-ce que tu connais une femme dans la quarantaine qui s'appelle Isabelle Lévesque?

— C'est notre cadavre, ajouta Farley.

— Farley, ta gueule s'il vous plaît! répondit Leblanc avec un grand sourire qui faisait tellement contraste avec son air bourru habituel.

— Désolé.

— Ça ne me dit absolument rien, répondit Sophie sans hésiter une seconde. Pourquoi devrais-je la connaître?

— On a retrouvé des objets qui vous appartiennent dans la résidence de la victime, répondit Farley, toujours aussi direct.

Sophie garda son calme, du moins de l'extérieur. Au dedans, son cœur battait plus vite.

— Comme quoi ? demanda-t-elle.

— Un roman de Dan Brown avec ta signature, répondit son père.

— Autre chose ? demanda-t-elle le plus sérieusement du monde.

— Il y a ta croix également, celle que tu croyais avoir perdue, poursuivit Leblanc délicatement.

— Et une petite culotte aussi ! ajouta Farley, fusillé du regard par le père de Sophie.

— Donc, vous pensez que le meurtrier de cet après-midi est le même qui est venu voler ici ? demanda calmement Sophie.

— C'est une hypothèse pour l'instant, répondit son père. Tu sais comment ça fonctionne, il faut envisager toutes les possibilités.

— Et pourquoi il aurait fait cela ?

— Je n'en sais rien encore, mentit rapidement Leblanc avant que Farley puisse répondre. Il préférait que Sophie assimile d'elle-même chaque pièce du puzzle.

— Et pour ce qui est des objets trouvés ici ? Le chapeau, le clown et la chemise ? demanda Sophie.

— On n'en sait rien encore.

Sophie s'adossa profondément sur sa chaise pour réfléchir un instant. Gilles Leblanc connaissait sa fille et il savait que le volcan en elle était sur le point d'éclater.

— Bon, parlons sérieusement, s'énerva Sophie. Dites-moi tout maintenant que je fais partie de l'équation. C'est le troisième meurtre à Sherbrooke en trois mois quand même.

— Sans compter celui de Saint-Jean-sur-Richelieu, ajouta Farley qui essuya le regard furieux de Leblanc encore une fois.

— Saint-Jean ? demanda-t-elle en regardant son père.

Leblanc lui raconta ce qu'il savait du meurtre de Claire Legendre quelques mois plus tôt et Sophie comprit pourquoi cette série de meurtres tenait tant à cœur à son père. Il était à Sherbrooke pour traquer le tueur et ce dernier devait le savoir.

— Le tueur me connaît ! s'exclama-t-elle.

Leblanc et Farley gardèrent le silence pendant quelques secondes pour permettre à la jeune femme d'encaisser cette réalité soudaine.

Elle aurait pu se mettre à pleurer ou à démontrer une peur incontrôlable, mais elle poursuivit sa réflexion.

— Peut-être que je le connais aussi? suggéra-t-elle.

— Peut-être, mais peut-être que non. Mon nom a été mentionné dans le journal à plusieurs reprises et il a été dit que j'étais le père d'une procureure de la Couronne. C'était facile pour lui de te trouver pour m'atteindre.

— Qu'est-ce qu'il veut, tu crois?

— Il joue avec moi. Il veut voir jusqu'à quel point il peut accomplir son œuvre sans se faire prendre. C'est souvent le cas avec les tueurs en série. Leur ego prend le dessus à un certain moment. Ils sont prêts à prendre de grands risques et ils tirent aussi une grande satisfaction à ne pas se faire prendre.

— Qu'est-ce qu'on fait maintenant? demanda-t-elle.

— Nous, on poursuit l'enquête. Toi, tu ne fais rien d'inhabituel. Tu continues d'aller travailler et nous assurons ta sécurité, expliqua Leblanc.

— Tu veux rire? dit Sophie en se redressant. Un tueur en série vient me voler et laisse mes affaires chez sa victime. Tu voudrais que j'oublie tout cela et que j'aille tranquillement travailler demain?

— Tu veux faire quoi? Tu n'es ni policière ni enquêteuse à ce que je sache, s'impatienta son père.

— Parce que tu as tout fait pour ne pas que je le devienne, lui répondit Sophie du tac au tac.

Le sergent Farley sentit un malaise s'installer. Ces deux-là auraient sans doute besoin d'une bonne conversation un jour, pensa-t-il.

— Il faut demeurer aux aguets, Sophie, mais ton père a raison. Nous devons prendre le temps d'analyser tous les éléments que nous avons en main. Le moment venu, tu pourras sûrement nous aider, dit Farley en se voulant le plus convaincant possible.

Sophie remarqua que le sergent venait de la tutoyer pour la première fois. Ce n'était peut-être qu'une technique comme une autre pour mieux la rassurer, mais elle devait admettre que cela avait fonctionné. Du coup, elle comprenait davantage le long processus d'enquête auquel son père et lui devaient se soumettre.

— C'est entendu, dit-elle. Je ne ferai rien, mais vous me tenez au courant.

— Promis, répondit Farley, satisfait.

— Dans les limites de ce qu'on pourra dire, ajouta son père.

— Rabat-joie, répondit-elle en souriant.

Sophie invita les deux hommes à manger avec elle. Farley aurait bien accepté l'invitation, mais il n'insista pas lorsqu'il vit Leblanc se lever pour partir. De son côté, Sophie se promettait bien de revoir tous les dossiers qu'elle traitait au palais de justice pour vérifier si quelqu'un pouvait la détester à ce point.

***

Assis dans son petit appartement, une bière à la main, Gerry Mercier attendait impatiemment le bulletin de nouvelles télévisé. L'animatrice énonça les principales manchettes du jour qui se résumaient en deux phrases.

— *Ce soir au Téléjournal, le point sur la tragédie de Lac-Mégantic, mais d'abord, un troisième meurtre en trois mois à Sherbrooke!*

Gerry leva sa bouteille en signe de victoire. Malgré l'ampleur de la catastrophe ferroviaire, il avait réussi pendant un court moment à attirer l'attention sur ce qu'il avait fait, mais il était quand même un peu déçu. Il aimait bien ce jeu de chat et de souris avec les forces policières, mais il aurait aimé aussi que tout le monde sache qu'il était l'auteur de ce meurtre et des autres également. Il se sentait comme le *ghost writer* qui voit son œuvre littéraire en vente à la librairie, mais qui n'a pas l'autorisation de s'en proclamer l'auteur.

L'animatrice donna les quelques détails disponibles relativement au meurtre, puis passa l'antenne à un jeune reporter posté devant la maison de la victime.

— Très peu de détails pour l'instant, dit-il. La police refuse de divulguer l'identité de la victime ainsi que les circonstances entourant la découverte du corps plus tôt cet après-midi. Ce que l'on sait par contre, c'est que la victime est une femme dans la quarantaine. Nous avons aussi parlé à des voisins et à des gens venus sur les lieux et certains nous ont dit, mais ça reste à confirmer, que la victime aurait écrit sur son Facebook dans les instants précédant sa mort. La police refuse de confirmer ces informations. Nous avons vérifié la page Facebook de la présumée victime selon un nom qui nous a été fourni par les voisins, mais tout semble normal sur cette page. Il s'agit du troisième meurtre en trois mois à survenir à Sherbrooke, du jamais vu dans l'histoire de la ville. Voilà !

L'animatrice poursuivit son bulletin de nouvelles en faisant le point sur la tragédie de Lac-Mégantic où, là aussi, on était en plein délire. Gerry ferma son téléviseur, imaginant maintenant la tête que devait faire Gilles Leblanc.

Gerry téléphona ensuite à Anne pour lui demander si elle serait à L'ouvre-boîte en soirée. Elle lui répondit qu'elle se sentait un peu fatiguée et qu'elle préférait, si cela ne le dérangeait pas trop, demeurer tranquille à la maison. Il lui demanda également si elle avait regardé le bulletin de nouvelles à la télévision.

— Les nouvelles sont tellement déprimantes ces temps-ci. Je préfère ne pas les regarder, répondit-elle, touchée elle aussi par les événements de Lac-Mégantic.

Gerry, déçu, lui promit de la rappeler dans le courant de la semaine et raccrocha. Une heure plus tard, il était à L'ouvre-boîte. En se promenant parmi les quelques tables occupées par des clients, il se rendait bien compte qu'on parlait davantage du train fou que de la femme assassinée quelques heures plus tôt dans l'arrondissement Rock Forest–Saint-Élie–Deauville et cela le décevait.

Ce soir-là, Gerry se coucha néanmoins satisfait de sa journée. Il n'éprouvait aucun remords et n'avait aucune image négative en tête. Il était très loin de l'état de nervosité dans lequel il se trouvait lors de son premier meurtre à Saint-Jean-sur-Richelieu. Il repensa à cet instant, grelottant sur le chemin de retour vers le bistrot chez Vic. Il avait si peur de se faire prendre, peur d'avoir oublié quelque chose sur les lieux du crime, peur de tout.

Aujourd'hui à Sherbrooke, il était sorti de la maison calmement, sûr de lui. Il avait traversé le parc et le boisé sans croiser personne. Tout avait été si facile et si grisant. Dans son délire, Gerry eut soudainement cette pensée. Si lui avait le pouvoir de tuer, d'autres aussi l'avaient.

Il devait donc demeurer calme et attentif à tout ce qui se passait autour de lui.

Gerry se releva et découpa quelques images de femmes, de couteaux de cuisine et de sous-vêtements féminins dans son épais catalogue. Il les épingla sur le mur, à côté des autres illustrations.

Dans sa chambre d'hôtel, au même moment, Gilles Leblanc s'efforçait de mettre en place le peu d'éléments en sa possession pour travailler. Il apposa une photo d'Isabelle Lévesque à côté de celles de Claire Legendre, Claude Beaudoin et Gaston Roy. Les visages des quatre victimes du tueur inconnu étaient maintenant épinglés sur le mur de sa chambre.

Une question lui revenait sans cesse. Quel était le lien entre les victimes et, s'il n'y en avait pas, que cherchait le tueur en prenant des cibles si différentes? On avait déjà vu des meurtriers s'en prendre à des personnes au hasard. On n'avait qu'à penser à ces tireurs fous qui entrent dans une école ou un centre commercial pour tirer sur tout ce qui bouge. Mais Leblanc était convaincu qu'il avait affaire à un meurtrier organisé et intelligent. La présence d'objets laissés par le tueur ainsi que des traces d'ADN appartenant à quelqu'un d'autre dans le meurtre de Claire Legendre le démontraient.

L'enquêteur savait que s'il parvenait à trouver le mobile, il pourrait ensuite trouver le meurtrier. Incapable de s'endormir, il pensa à sa fille. Il eut envie de lui téléphoner pour se rassurer. Au moins, une voiture de police était garée devant sa porte. Il regarda vers le minibar. Il lutta de toutes ses forces pendant quelques minutes, mais finit par vider quelques petites bouteilles de *Beefeater*.

Leblanc fut tiré de son sommeil vers 6 h 30. On était lundi matin et les émissions matinales régulières à la radio reprenaient après la fin de semaine. Le meurtre de la veille représentait, bien entendu, la nouvelle du jour à Sherbrooke.

— Salut, c'est moi.

Le directeur du SPS avait cette vilaine manie de penser que tout le monde reconnaissait sa voix au téléphone, surtout que son numéro de téléphone était masqué sur les afficheurs.

— Qu'est-ce qui se passe? demanda Leblanc.

— Les radios sont après moi ce matin et je ne peux pas me défiler. Je viens de lire ton rapport. C'est quoi cette affaire-là? Qu'est-ce que ta fille vient faire dans ces meurtres? demanda-t-il.

— Je te rejoins au bureau et on discutera de tout cela.

— J'ai les journalistes aux trousses, expliqua le directeur.

— Ne me parle pas des journalistes. Ils font leur travail et on fait le nôtre. Ils veulent des informations, soit. On les donnera quand on voudra. Ça, ça nous appartient.

— Tu as lu le journal?

— Non, pas encore.

Dans une chronique percutante, un journaliste reprochait l'incompétence du Service de police qui ne parvenait pas à trouver l'assassin. En rappelant les faits connus, le journaliste en arrivait lui-même à une conclusion. Le meurtre de l'agent de sécurité avait eu lieu le 7 mai, celui du sans-abri, le 7 juin. Le meurtre d'hier? Le 7 juillet. Le chroniqueur demandait: «Est-ce qu'au moins les enquêteurs ont fait cette déduction, ou va-t-on leur apprendre dans le journal?»

Le titre de la chronique était tout aussi percutant.

Un tueur en série parmi nous?

— Il faut qu'on parle aux journalistes, Gilles, insista le directeur. J'ai convoqué la presse pour 11 heures ce matin au quartier général. On se voit avec Farley et les relations publiques à 10 heures à mon bureau. Ne soyez pas en retard. Je veux un rapport détaillé de ce que vous avez entre les mains.

Le ton utilisé par le directeur était sans équivoque et ressemblait davantage à un ordre qu'à une suggestion. Leblanc comprit qu'il ne pouvait plus gagner de temps. Il devrait changer sa stratégie et l'adapter aux impératifs de ses supérieurs. Il appela le sergent Farley et le convoqua à son bureau à 8 h 30 afin de préparer la rencontre de 10 heures.

Quelques minutes avant le début de la conférence de presse, le relationniste reçut les nombreux journalistes dans la petite salle aménagée à cet effet. L'ambiance était plutôt lourde. Les médias réclamaient des réponses alors que la stratégie était plutôt de rassurer la population.

Le directeur entra, accompagné du responsable des enquêtes criminelles. Ils saluèrent les journalistes et s'installèrent à la table aménagée pour eux. Leblanc et Farley, discrets, se tenaient au fond de la salle, prêts à intervenir au besoin.

D'entrée de jeu, le directeur du SPS confirma l'hypothèse que les trois récents meurtres puissent être l'œuvre d'un tueur en série. Il omit de parler du meurtre de Claire Legendre afin d'éviter que le tueur réalise que l'enquête progressait. À cette annonce inattendue et unique dans l'histoire de la ville, tous les flashs des caméras s'illuminèrent en même temps. Leblanc se tourna vers son partenaire :

— Maintenant, on est dans la merde !

Le directeur poursuivit son exposé en tentant de rassurer les citoyens et en répétant à maintes reprises qu'une excellente équipe d'enquêteurs travaillait sur ce cas 24 heures par jour.

Il lança aussi un appel à toute la population pour qu'elle ouvre bien l'œil et qu'elle avertisse la police de tout soupçon, information, ouï-dire et autres éléments suspects. Il annonça la mise sur pied d'une ligne spéciale du genre *Échec au crime*.

Lorsqu'il eut terminé, les questions fusèrent de partout. Le directeur répondait du mieux qu'il le pouvait, mais ses réponses se limitaient souvent à dire qu'il ne pouvait rien dévoiler pour ne pas nuire à l'enquête. Au bout d'une demi-heure, les journalistes lâchèrent prise et quittèrent la salle après avoir réalisé des entrevues individuelles au cas où ils pourraient en apprendre un peu plus en discutant seuls à seuls avec le directeur.

Après le point de presse, le directeur se dirigea vers Leblanc et Farley.

— Les gars, je viens de gagner un peu de temps, mais vous allez devoir me livrer quelque chose de solide avant qu'on ait un autre meurtre sur les bras. Compris ?

— Oui, chef, répondit Farley alors que Gilles Leblanc fulminait et se promettait de mettre la main sur l'auteur des crimes.

— Et n'allez pas penser que le prochain meurtre va nécessairement se produire le 7 août. On n'a pas affaire à une machine, mais à un malade, avertit le directeur.

En lançant un tel rappel à ses deux détectives, le directeur pensait à la Fête du Lac qui débutait dans un peu plus d'une semaine. Cet événement populaire, créé au début des années 80, réunissait chaque année des dizaines de milliers de personnes lors de grands rassemblements. Cette année, les vedettes populaires Garou et Paul Daraîche allaient attirer les visiteurs de partout. La prochaine victime serait-elle parmi eux ? Si les médias commençaient à créer une psychose dans la population, c'était toute l'industrie touristique locale qui allait en souffrir.

Leblanc, de son côté, était convaincu que l'admission faite par le directeur au sujet d'un potentiel tueur en série allait faire la manchette au niveau national. Cela ajoutait de la pression sur lui et Farley.

Gerry regarda les nouvelles et fut surpris du ton utilisé par le directeur. Il n'avait pas réalisé qu'il était devenu un « tueur en série ». Pour lui, les tueurs en série étaient des personnages de séries américaines. La conférence de presse du directeur le força à réfléchir sur ce qu'il était en train de faire.

Il se voyait couronné d'un surnom propre aux tueurs en série. Il en imagina quelques-uns tels L'égorgeur de Sherbrooke ou encore L'ange assassin en pensant à cette sculpture d'un ange entouré de soldats qui surplombe Sherbrooke sur la rue King Ouest.

Il lui restait encore quelques personnes à éliminer. Ensuite, il pourrait espérer vivre plus librement. Malgré le fait que des gens mouraient, Gerry se devait de continuer. C'était plus fort que lui et il ne devait pas se laisser distraire par rien, ni personne.

La seule personne qui le rattachait encore à une certaine réalité était Anne. Elle était empathique, bonne. Il décida de l'appeler.

— Anne, c'est Gerry, ça va ?

— Oui, toi ?

— Bien. Tu fais quoi samedi ?

— Rien, pourquoi ?

— J'avais envie d'aller faire un tour à Lac-Mégantic pour voir les lieux. Tu viens avec moi ?

Anne hésita un instant. La perspective de se rendre sur les lieux de la catastrophe ne l'enchantait guère, mais elle aimait bien Gerry et elle semblait convaincue que les choses pouvaient aller plus loin entre eux. Elle accepta donc sa proposition en feignant un certain enthousiasme.

— Ah oui, je serais curieuse de voir cela, mentit-elle.

— Parfait, je te prends vers 10 heures. On dîne sur place et on revient.

— OK, répondit-elle avant de raccrocher.

Gerry avait quand même senti une certaine réserve dans le ton d'Anne, mais cette visite à Lac-Mégantic l'excitait. Pour lui, deux semaines après l'accident, la plupart des citoyens devaient avoir encaissé le coup. D'ailleurs, tous les angles possibles avaient été couverts par la presse et tous les témoignages avaient été vus et entendus. Ce sont même les journalistes qui invitaient les citoyens de l'ensemble du Québec à partager la douleur de la population locale. En y pensant bien, Gerry regrettait de ne pas s'y être présenté le jour même de l'accident.

Le samedi suivant, la voiture louée par Gerry était stationnée devant l'appartement d'Anne à 10 h précises. Elle sortit portant une robe noire et légère qui mettait sa taille en valeur.

Tout au long du trajet d'environ une heure, ils discutèrent de la catastrophe en échangeant sur les différents témoignages entendus depuis le 6 juillet.

En arrivant au carrefour giratoire qui sert de porte d'entrée de la municipalité, Gerry sentit un léger frisson. Cette aventure d'un jour l'excitait. Regardant le paysage défiler, Anne demeurait perplexe. N'eût été de Gerry, elle aurait fait demi-tour immédiatement.

Ils passèrent ensuite devant la polyvalente Montignac, qu'ils avaient vue si souvent à la télévision, puis devant le marché d'alimentation. Lentement, ils se rapprochaient de la fameuse zone rouge, considérée par les policiers de la Sûreté du Québec comme étant une scène de crime.

Gerry stationna le véhicule près d'un commerce et fit signe à Anne de le suivre. Ils marchèrent jusqu'à l'église dont la statue plantée devant la façade regardait la zone dévastée avec tristesse.

Devant l'église, des rangées de chaises blanches avaient été aménagées. Visiblement, une cérémonie commémorative se déroulerait dans les prochaines minutes. Les gens commençaient à arriver. Anne se sentait de plus en plus mal à l'aise.

— Tu ne m'avais pas dit qu'il y avait une cérémonie, dit-elle à Gerry.

— Ah non ? J'ai oublié. Viens, on va faire comme si on était de la place, dit-il en lui prenant la main pour l'attirer dans une rangée de chaises.

— On se pousse ! dit-elle aussitôt assise.

— T'es folle, on vient d'arriver.

— Reste si tu veux, moi je pars. Je n'ai pas d'affaire ici, je vais t'attendre à l'auto.

— Anne, c'est comme une messe pour les victimes, c'est rien que ça.

Anne s'excusa de déranger cinq ou six personnes afin de quitter l'allée. Serrant les lèvres, Gerry se résigna et se leva de sa chaise à son tour, obligeant les gens à se déplacer encore une fois. Il accéléra le pas pour la rejoindre.

— Anne, qu'est-ce qu'il y a ? dit-il en lui agrippant le bras légèrement.

— Je te l'ai dit, je n'ai pas d'affaire ici. Faut laisser ces gens-là faire leur deuil ensemble, dans l'intimité.

— Ils sont habitués de voir des touristes ici depuis deux semaines. Ils ne s'en font plus avec ça, répondit-il.

— Ça ne veut pas dire qu'ils aiment cela, rétorqua-t-elle.

Arrivée près du véhicule, Anne s'arrêta net et jeta un regard vers Gerry afin de savoir si elle devait poursuivre sa marche ou s'il acceptait de monter à bord et de repartir vers Sherbrooke. Gerry déverrouilla les portières, prit place et démarra le moteur. Frustré, il garda le silence jusqu'à la sortie de la ville. Il se sentait comme quelqu'un obligé de quitter un spectacle avant la fin. Anne regardait les montagnes environnantes et s'en voulait d'avoir accepté cette invitation. Gerry sentait la colère monter en lui, il détestait se faire dire quoi faire. Il luttait très fort pour empêcher ses pensées noires de faire surface. Même s'il n'avait pas son couteau sur lui pour faire le travail, il lui serait tellement facile de passer ses mains autour du cou d'Anne et de la laisser dans un boisé en bordure de la route.

201

Gerry tenta plutôt un rapprochement avec sa copine.

— Tu as raison, ce n'était pas une bonne idée d'aller là-bas, dit-il.

— C'est peut-être moi qui suis trop sensible, répondit-elle.

— Tu me rappelles une fille que j'ai connue, dit Gerry.

— Une de tes nombreuses conquêtes? demanda-t-elle.

— Une fille avec qui je suis sorti quelque temps, mais il y a long-temps.

— Ah oui? répondit Anne, intéressée. Comment était-elle?

— Jolie, comme toi. Et têtue... comme toi, répondit-il en souriant.

— Moi têtue? Je suis trop docile, plutôt.

— Tu sais montrer les crocs quand c'est nécessaire, j'aime ça.

Anne accepta le compliment, mais voulut en savoir davantage sur les anciennes copines de Gerry.

— Elle s'appelait comment?

— Julie.

— Vous êtes sortis ensemble longtemps?

— Presque un an. Nous avions vingt ans, expliqua Gerry en regar-dant la route. J'étais certain que j'allais passer ma vie avec elle. On par-lait d'ouvrir un bar ensemble.

— Qu'est-ce qui s'est passé? demanda Anne.

— Mon goût d'ouvrir un bar est toujours présent. La fille, elle, est partie avec le batteur du groupe, exactement comme dans la chanson de Cabrel.

— Heureusement, tu n'avais que vingt ans. C'est plus facile de s'en remettre à cet âge.

Gerry ne répondit pas. Il ne s'en était jamais remis.

17

Gerry et Anne se revirent quelques jours plus tard à l'occasion de la Fête du Lac des Nations à Sherbrooke, un événement annuel très populaire dans la région. Ce mercredi soir était d'autant plus intéressant pour Gerry le musicien, puisque le chanteur country Paul Daraîche donnait son spectacle sur la grande scène. Anne avait accepté avec plaisir de l'accompagner sur le site du festival. Plus elle écoutait les chansons de Gerry à L'ouvre-boîte et plus elle découvrait l'univers country, la musique préférée de Gerry.

Ils se donnèrent rendez-vous tôt, à l'entrée du site, afin de ne pas manquer la prestation des artistes précédant le spectacle country. Faisant partie des mille premiers spectateurs sur le site, ils eurent droit à un chapeau de cowboy.

— Ça te va à ravir, dit Gerry.

— Toi, tu as plutôt l'air d'un bandit du Far West, lui répondit Anne en riant.

Le couple entra sur le site et Anne ne put s'empêcher de prendre la main de Gerry. Après avoir ressenti un léger inconfort, il jeta un regard du côté d'Anne et serra sa main davantage sur la sienne. La jeune femme était heureuse. Venait-elle enfin de trouver quelqu'un, elle qui cherchait un partenaire stable depuis des années afin, qui sait, de fonder une famille ?

Sous un ciel menaçant, ils marchèrent vers la grande scène. Plusieurs spectateurs y étaient déjà, en attente d'un groupe local, *Orange O'clock*, dont on disait le plus grand bien. Ils s'amusèrent à regarder aller et venir les gens en commentant leurs tenues western. Ils prirent un verre, puis un autre. Lorsque le spectacle principal débuta, la pluie se mit de la partie. Anne voulut aller se mettre à l'abri, mais Gerry l'en empêcha.

— Nous avons des chapeaux, quoi demander de plus ? dit-il en riant.

Anne, un peu étourdie par l'alcool, leva son verre en direction de Gerry pour l'approuver. Elle se dandinait sur la musique, ses hanches se balançant d'un côté à l'autre. Gerry la découvrait soudainement sous une autre facette. Il la trouva belle et désirable. Il se rapprocha d'Anne et lui passa la main autour de la taille. Elle continuait de bouger sur la musique en entraînant Gerry dans son mouvement. Puis, elle passa son bras derrière le dos de Gerry. Nerveux, il l'attira vers lui pour l'embrasser. Anne se tourna sur sa gauche, leva la tête, et lui offrit ses lèvres.

Le baiser fut doux. Élevée sur le bout des pieds, Anne se pressa contre lui. Elle voulait sentir sa poitrine contre la sienne. Leurs vestes de jeans, spécialement portées pour l'occasion, étaient déjà trempées. Le cœur de Gerry battait à tout rompre. Il sentait les petits seins d'Anne sur son corps et cela l'excitait.

Anne en voulait davantage et elle ouvrit sa bouche légèrement. Gerry partagea son baiser et passa sa main sur la taille de sa partenaire, sous son T-shirt détrempé. Anne arqua le dos et s'offrit davantage. Gerry l'entoura de ses deux bras et devint un peu plus fougueux. Anne perdit son chapeau lors d'un coup de vent. Leur baiser cessa. La jeune femme regarda Gerry droit dans les yeux.

Derrière eux, debout sur le gazon, deux personnes plus âgées s'impatientèrent en toussotant. Gerry et Anne leur cachaient la vue du spectacle en se collant ainsi. Gerry s'en rendit compte et se retourna vers eux en souriant.

— Ça vous rappelle du bon temps ? demanda-t-il.

Anne lui colla un coup de coude dans les côtes et se mit à rire à son tour. Elle lui prit la main et l'entraîna un peu à l'écart pour libérer le passage, mais surtout pour reprendre là où ils avaient laissé.

Cette courte marche de quelques secondes seulement fut suffisante pour que Gerry reprenne ses esprits. Qu'était-il en train de se passer ?

Il n'avait jamais connu de moments semblables avec une fille. La tendresse et la douceur n'avaient jamais fait partie de ses relations avec des filles. En fait, il n'avait jamais su s'y prendre. On ne lui avait jamais appris. Il ne venait pas de ce monde. Chez lui, la violence avait le dessus sur la tendresse. Cela avait toujours été ainsi et il avait appris à vivre avec.

Pourtant, ce soir, en cet instant, il aimait ce qu'il éprouvait et il était prêt à se laisser guider dans cette voie. C'était probablement aussi la première fois qu'il faisait confiance à ce point.

— Ça va? demanda Anne voyant bien que Gerry semblait perturbé.

— Oui, oui. C'est... la surprise.

— Je sais, je ne pensais pas que la soirée se passerait de cette façon, dit-elle.

— Elle n'est pas terminée, répondit-il en s'approchant d'elle.

Anne ne demandait pas mieux et fut ravie de constater qu'un rapprochement était en train de se produire. Elle posa sa main sur le torse de Gerry.

— Tu es tout trempé, dit-elle.

Délicatement, Gerry posa à son tour sa main sur le haut de la poitrine d'Anne, juste au-dessus de ses seins.

— Toi aussi, dit-il, en la regardant.

Elle ne le repoussa pas. Gerry s'avança davantage vers elle et l'embrassa à nouveau. Cette fois, le baiser fut beaucoup plus fougueux de leur part. La main de Gerry se balada sur le sein d'Anne qui frémit. Il l'entoura, le pressa doucement et sentit sa pointe se durcir sous ses doigts pendant qu'Anne caressait les muscles dorsaux de Gerry.

— Tu veux qu'on reste jusqu'à la fin, demanda Anne.

— Daraîche est aussi bon sur disque, tu sais, répondit-il.

— En plus, il pleut, ajouta-t-elle.

— Des fois qu'on attraperait un rhume, poursuivit-il.

— Je ne voudrais pas être responsable d'une extinction de voix, tu dois chanter demain soir, dit Anne.

— Je pense qu'on devrait partir, conclut-il.

Ils se faufilèrent jusqu'à la sortie du parc où Gerry vit une voiture taxi, en attente de clients. Ils montèrent à bord et Anne donna son adresse dans l'ouest de la ville, une course de moins de dix minutes. Gerry fut heureux de constater qu'Anne ne semblait pas souhaiter aller chez lui. Son petit appartement était mal organisé et pas du tout adapté pour recevoir quelqu'un. C'était davantage un pied-à-terre qu'un véritable chez-soi. Et puis, il y avait ces illustrations sur le mur.

Arrivés chez Anne, ils montèrent l'escalier en vitesse, sous la pluie fine. Aussitôt à l'intérieur, Anne retira ses sandales et sa veste détrempée. Gerry fit de même, puis l'empêcha d'aller plus loin. Il étira le bras et diminua l'intensité de la lumière en faisant tourner le bouton rond de l'interrupteur. Il l'attira vers lui. Elle s'approcha et il l'embrassa.

— Viens, dit-elle à voix basse.

— Tu vas mouiller le plancher, laisse-moi faire, répondit-il.

Gerry recula de quelques centimètres et retira son T-shirt mouillé qu'il laissa tomber sur le tapis. Dans la pénombre, Anne put voir son corps, toujours musclé pour un homme de son âge. Gerry s'approcha d'elle et lui retira son T-shirt. Elle portait un soutien-gorge blanc, très simple. À son tour, elle défit la boucle de la ceinture du jeans de Gerry et descendit son pantalon lourd et détrempé. Elle le fit glisser. Gerry portait un short de couleur vive. Anne ne put faire autrement que de remarquer l'excitation de Gerry, surpris lui-même de ce qui était en train de se produire. Elle retira son jeans à son tour et tourna le dos à son partenaire pour l'attirer vers la salle de bain où elle souhaitait simplement sécher ses cheveux à l'aide d'une serviette de bain.

Gerry la regarda marcher. Elle était petite, les cheveux courts et un corps superbe. Il la suivit jusqu'à la salle de bain. Il regarda sur la table de la cuisine et vit un plat de fruits en céramique, vide. Pendant un instant, il eut une vision. Il se vit en train de l'assommer par-derrière avec ce bol. Étendue par terre, Anne saignait un peu. Puis, il s'approchait d'elle et lui retirait ses sous-vêtements violemment pour la prendre sauvagement par-derrière afin de l'étrangler avec rage. À imaginer cette image, il sentait une érection encore plus forte.

Cette pensée le quitta lorsqu'Anne passa sa tête dans l'embrasure de la porte de la salle de bain.

206

— Tu viens te sécher ? demanda-t-elle, en passant la serviette dans ses cheveux ébouriffés.

Gerry alla la rejoindre et la prit dans ses bras pendant qu'elle passait la serviette sur son torse. Les caresses se multipliaient, les baisers aussi.

Anne prit la main de Gerry et l'entraîna dans sa chambre à coucher. Elle commençait à avoir froid. Elle retira la douillette. Gerry vint derrière elle et constata qu'un frisson la parcourait. Habilement, il défit l'agrafe de son soutien-gorge. Elle se retourna vers lui. Il la contempla un instant et ne fut pas déçu. Elle avait un corps magnifique.

Anne s'étendit sur le lit. Gerry retira son sous-vêtement à son tour et se glissa sous la couverture. Anne se blottit contre lui, sa tête sur son épaule pendant que sa main parcourait le corps de Gerry, dans un éclairage discret qui leur permettait de voir le corps de l'autre.

Lorsqu'ils furent un peu réchauffés, ils s'embrassèrent jusqu'à ce qu'elle réclame sa présence en elle. Au moment de l'extase, Gerry fit un effort surhumain pour retenir toute la rage qu'il portait en lui.

Étendu à côté d'Anne, Gerry s'en voulait déjà d'avoir succombé à la tentation. Souriante et satisfaite, Anne le regardait.

— À quoi tu penses ? demanda-t-elle.

— Rien du tout, mentit-il, juste que c'était bien agréable.

— Moi aussi, j'ai aimé, dit-elle en se blottissant contre lui.

Anne passa sa main sur le torse de Gerry, puis sur son cou. Brusquement, Gerry se raidit et empoigna fortement le poignet d'Anne.

— Aïe, tu me fais mal ! dit-elle.

Gerry lâcha prise et la regarda, perdu.

— Qu'est-ce qu'il y a ? Qu'est-ce que j'ai fait ? demanda-t-elle.

— Rien, rien, je te jure.

— Gerry...

Il hésita un moment. Il se tourna sur le côté, appuyé sur son coude et regarda sa partenaire.

— J'aurais dû te le dire avant, commença-t-il.

— Quoi ?

— Il ne faut pas me toucher le cou.

Anne se mit à rire.

— Tu es chatouilleux? demanda-t-elle tout en tentant de le toucher au cou à nouveau.

— Ne fais pas ça! dit-il en lui prenant le bras fermement.

— Oh, ça va. Tu as l'air sérieux.

— Je le suis.

— Alors, tu vas m'expliquer, dit-elle en se couvrant la poitrine avec le drap.

— C'est difficile, dit-il.

— Tu peux me faire confiance.

— Quand j'étais jeune...

Gerry hésita à entreprendre son récit. Il ignorait où cela le mènerait, mais plus encore, il savait qu'en évoquant des souvenirs douloureux, il réveillerait des démons en lui et il ne voulait pas faire souffrir Anne.

— Allez, parle-moi, insista-t-elle.

— Quand j'étais jeune, reprit-il, mon père avait l'habitude de me frapper régulièrement.

— Pauvre toi, dit-elle.

— Ce n'est pas grave, tous les enfants de mon quartier subissaient le même traitement. Pour nous, c'était normal. Je me souviens même que parfois, des jeunes étaient en retard pour venir jouer dans la rue et on savait tous qu'ils étaient en train de manger une raclée par les parents.

— Je n'en reviens pas, dit Anne qui avait vécu dans une famille plus «normale».

— Puis mon père a pris l'habitude de faire semblant de m'étrangler pour me faire peur. Il me prenait par le cou et parfois, il me soulevait de terre en me disant d'imaginer quelle sensation éprouvait quelqu'un qui subit la pendaison.

— Maudit malade, lança Anne spontanément en s'excusant immédiatement auprès de Gerry.

— Et ça marchait, poursuivit-il. Il n'avait qu'à placer ses mains ensemble comme s'il prenait mon cou et je me mettais à pleurer. Je devais avoir six ou sept ans. Quand cela arrivait, il se mettait à rire très fort avec fierté. Il lui arrivait même, quand il était ivre, de le faire devant ses amis pour les épater. J'étais devenu le petit chien qui fait des tours devant eux.

— Et ta mère ?

— Pas mieux, répondit-il en montrant une cicatrice sur le dessus de sa main.

— C'est quoi ?

— Une fourchette qu'elle a plantée là parce que je refusais de manger.

— Pauvre toi, c'est surprenant que tu ne sois pas plus traumatisé que cela. Tu es fait fort, dit-elle.

— C'est pour cela que j'ai réagi ainsi quand tu m'as touché le cou, je suis désolé.

— Je comprends et je m'excuse. Je vais essayer d'y penser la prochaine fois. On va y aller tranquillement tous les deux, tu es d'accord ?

Gerry posa sa tête sur l'épaule d'Anne, les yeux grands ouverts. Il sentait la rage monter en lui. Pour éviter le pire, il fixa son attention sur le corps d'Anne sans dire un mot. Il posa sa main sur la cuisse de la jeune femme et la sentit réagir aussitôt. Il monta jusqu'à son ventre. Anne l'amena vers lui et ils firent l'amour une seconde fois.

Il était environ une heure du matin. Anne s'était endormie. Gerry se leva doucement sans faire de bruit, ramassa son sous-vêtement, quitta la chambre en refermant la porte délicatement. Près de la porte d'entrée, il remit ses vêtements encore humides en grimaçant. Il s'assura que la porte soit bien verrouillée en la refermant. Il fut tout aussi discret en descendant l'escalier. Une fois sur le trottoir, il prit une bonne respiration et marcha en direction du Lac des Nations et du centre-ville de Sherbrooke.

Tout au long de sa marche, il pensa à la soirée qu'il venait de passer. Cependant, malgré la douceur de ce qu'il venait de vivre avec Anne, ce sont surtout les images de son enfance qui prenaient le dessus. Il revit toutes les scènes horribles auxquelles il avait assisté, plus jeune.

Ensuite, il pensa à l'enquête policière en cours. Il avait presque oublié qu'il était sans doute l'homme le plus recherché à Sherbrooke et, peut-être, dans tout le Québec.

Comme tout le monde, il avait lu les journaux. Maintenant, les policiers et les médias savaient que le tueur se manifestait toujours le 7 du mois. Cette façon de procéder provoquait une certaine psychose dans la population qui redoutait maintenant l'arrivée du 7 août. Chez les policiers aussi, cela devait créer une certaine panique. Ils ne pouvaient surveiller tous les coins de la ville en même temps.

Au lendemain du premier meurtre à Saint-Jean-sur-Richelieu, Gerry avait réalisé qu'il s'était produit le 7 du mois. Son père était mort aussi le 7 du mois. Il avait ensuite attendu le 7 mai, puis le 7 juin et le 7 juillet.

Mais maintenant, pourquoi attendre le 7 août? Le jeu serait bien plus amusant de briser la séquence et de lire ensuite les différents reportages. Peut-être parlerait-on d'un imitateur? À tout le moins, Leblanc ferait toute une tête en rentrant au bureau ce matin avec un nouveau cas sur les bras.

Gerry parcourut la rue Galt Ouest à pied en direction du centre-ville. Une fois sur la rue Belvédère, il entra sur le site du Lac des Nations par l'entrée du marché de la Gare. Il y avait encore un peu de monde à cette heure-ci, la plupart des gens avaient assisté au spectacle de la Fête du Lac. La pluie avait cessé et la température de juillet était, somme toute, agréable.

Gerry emprunta le chemin asphalté du côté gauche du lac, là où il n'y a pas de résidences à proximité. L'endroit, parsemé de petits boisés, était pourvu de sentiers permettant de quitter l'allée asphaltée quelques minutes en se rapprochant du lac.

Adolescent, Gerry était incapable de se trouver une copine régulière. Son physique n'était guère attrayant, il avait beaucoup souffert d'acné. En plus, avec le climat familial qui régnait chez lui, il n'était pas question d'y amener une petite amie pour la présenter à ses parents. Gerry avait alors développé un jeu dans sa tête. Souvent, il s'assoyait sur une table à pique-nique au parc et il regardait passer les gens en se disant: «Si j'étais obligé de marier la première fille qui passe, sur qui je tomberais?»

Parfois, cette «première fille qui passe» était une dame âgée et Gerry en riait en se disant qu'il l'avait échappé belle. Parfois, cependant, il s'agissait d'une belle jeune fille que Gerry aurait peut-être épousée sur le coup.

En marchant autour du lac, il se souvint de ce jeu bizarre.

— *Ce sera la prochaine femme que je rencontre parce que je l'ai décidé, parce que j'ai le pouvoir sur la vie et parce que j'en ai vraiment envie !*

Gerry poursuivit sa marche jusqu'à ce qu'il aperçoive, une centaine de mètres devant lui, le pont noir, un ancien pont ferroviaire qu'on appelait anciennement le pont rouge.

Il faisait noir, mais le ciel était dégagé. La lune permettait d'avoir un éclairage partiel. Elle venait vers lui. À sa démarche, c'était une femme, grande, mince, environ 1 m 75. Gerry ne portait pas son sac à dos, dans lequel il traînait toujours son couteau. Il était cependant déterminé. Il passa dans un des sentiers du petit boisé. S'il avait été chanceux, la femme ne l'avait pas vu et avait poursuivi son chemin. Dans le cas contraire, elle aurait rebroussé chemin tout simplement et il n'aurait qu'à patienter.

Une minute passa, toujours rien. Pourtant, elle ne semblait pas si loin devant lui. Sans doute avait-elle tourné les talons.

Puis, Gerry entendit des pas dans la nuit. La démarche était lente. Était-ce la même personne qu'il avait vue ?

Caché derrière un arbre, il attendit encore un peu. Puis, soudain, l'ombre passa devant lui. Il bondit aussitôt sur sa proie en lui passant le bras autour du cou pour la faire basculer par-derrière. Cependant, la jeune femme semblait savoir se défendre. Elle asséna un coup de coude dans les côtes de Gerry qui perdit l'avantage pendant un moment, desserrant son étreinte.

Elle lui donna ensuite un coup de pied par-derrière, directement sur le tibia. Il en fallut de peu pour que Gerry libère sa victime complètement. Mais c'était un dur. Il avait pris des coups toute sa vie et il le pouvait encore.

Avant que la femme n'eût le temps de lui donner un autre coup de coude pour le faire lâcher prise, Gerry réussit à lui asséner un coup de pierre sur la tête, pierre qu'il tenait dans sa main libre. Il aurait préféré qu'elle ne se débatte pas et qu'il puisse simplement l'étouffer par derrière. C'eût été du travail vite fait, bien fait.

Le coup sur la tête eut l'effet escompté. La jeune femme, étourdie, sentit ses jambes s'alourdir soudainement. Elle tomba à genoux, Gerry derrière elle l'entourant toujours de son bras autour du cou.

— Ça va aller, dit-il.

Pendant qu'il resserrait sa prise, la jeune femme tentait de se débattre. À présent, un filet de sang s'échappait de son cuir chevelu et lui descendait dans le visage. Bientôt, elle pourrait goûter son propre sang avant de mourir.

Il fallut tout de même une bonne minute avant que Gerry fût convaincu que sa victime ne respirait plus. Il pouvait sentir son parfum. Repensant à la soirée de sexe qu'il venait d'avoir, Gerry se permit même de tâter la poitrine de la femme avant de la laisser choir dans le sentier.

Le tueur releva la tête et se montra attentif à tout bruit suspect. Il regarda sa montre indiquant 1 h 45. Tout était calme et silencieux, pas le moindre son venant de la piste cyclable ou du boisé. Il tira sa victime par les jambes. Il la regarda pendant un instant, inerte. Nul doute possible, elle était morte. Il lui vint soudain l'envie folle de la baiser. Il posa sa main sur le sexe de la victime et frotta vigoureusement en espérant que ce geste fou déclencherait une érection chez lui. Voyant que cela n'avait aucun effet, Gerry sourit et se trouva drôle d'avoir eu une idée aussi folle.

— Ce sera pour la prochaine fois, ma belle! souffla-t-il à l'oreille de sa victime.

Il dissimula le corps dans les broussailles après avoir vérifié et essuyé tout objet sur lequel il aurait pu laisser des empreintes visibles. Il avait travaillé sans gants.

Avec toutes les précautions requises, il se glissa hors du boisé et se dirigea à l'autre bout du parc. Sa tâche n'était pas encore terminée. Une fois revenu dans le parc, il se mit à la recherche d'un objet significatif pour lui. Après cinq minutes de marche à travers toutes sortes de détritus laissés à la suite du spectacle, il trouva enfin ce qu'il cherchait. Par terre, devant lui, il vit une petite veste blanche, légère, faite d'un petit lainage. Elle était détrempée et avait probablement été échappée par une femme lors du spectacle. Cela ferait l'affaire.

Avec la manche de sa veste de jeans, il ramassa la veste et la dissimula. Gerry retourna sur les lieux du crime pour retrouver le corps de sa victime. Le parc était maintenant complètement vide et il n'eut aucune difficulté à y retourner sans se faire voir. Il vit les broussailles. Du pied, il toucha la jambe de sa victime inerte. Il saisit la veste blanche trouvée et la plaça volontairement sur le dessus des broussailles.

Gerry reprit ensuite la route vers le centre-ville et regagna son appartement. Chemin faisant, il croisa deux véhicules de patrouille circulant sur la rue King Ouest. Il marcha normalement pour ne pas attirer l'attention, mais son cœur battait plus fort. Il serait beaucoup plus en sécurité une fois chez lui.

Rendu à destination, il ouvrit le réfrigérateur et s'empara d'une cannette de bière. Il avait déjà hâte de voir les nouvelles le lendemain.

Vers 7 heures, Anne se réveilla subitement. Elle avait complètement oublié de mettre le réveille-matin en marche avant de se coucher. Il lui fallut quelques secondes pour mettre de l'ordre dans ses idées. Quelle heure était-il? Était-elle en retard pour le travail? Gerry? Gerry!

Elle se retourna dans son lit pour s'apercevoir que Gerry était parti. Elle ne l'avait pas entendu et n'avait aucune idée de l'heure à laquelle il était parti. Au fait, pourquoi était-il parti? Il lui semblait qu'ils avaient passé un bon moment ensemble. Pourquoi était-ce si compliqué? Elle était très déçue, c'était clair. Quel message envoyait son départ précipité? Merci, j'ai passé une agréable soirée dans ton lit, mais je ne veux rien savoir de la suite?

Anne regarda l'heure et réalisa qu'elle était en retard sur son horaire habituel. Elle avait sa routine du matin et il était rare qu'elle en sorte. Ce matin, elle devrait accélérer le pas si elle souhaitait être à la bibliothèque à l'heure. Gerry devrait attendre.

Sortie de la douche, elle alluma la radio pour avoir les nouvelles de 7 h 30.

— La police de Sherbrooke est actuellement au Lac des Nations pour une opération dont on ignore la nature pour l'instant. Selon nos informations, un coureur aurait aperçu ce qui semble être un corps dans un boisé autour du lac, dit l'annonceur.

— Mon Dieu, pas encore, laissa tomber Anne en mettant du beurre sur ses rôties.

— Un reporter est actuellement en route vers le Lac des Nations, nous aurons plus de détails au cours des prochaines minutes.

L'animateur de l'émission interrompit le lecteur de nouvelles pour partager ses états d'âme en ondes avec lui.

— Il ne faut pas tirer de conclusions hâtives, mais s'il s'avérait qu'il s'agisse d'un corps humain qu'on vient de découvrir, ce serait le quatrième meurtre en quelques mois. Voulez-vous me dire ce que fait la police ? C'est qui l'inspecteur chargé de l'enquête ? Leblanc de Montréal ? Qu'on le retourne à Montréal au plus vite ! dit l'animateur en s'emportant.

Leblanc et Farley étaient déjà sur les lieux du crime depuis une trentaine de minutes. Ils avaient déjà en main le rapport des patrouilleurs. Le coureur qui avait trouvé le corps avait été attiré par la veste blanche sur le buisson. Il était allé pour la ramasser et la laisser à l'entrée du parc au cas où la propriétaire aurait voulu la récupérer. En s'en emparant, il avait vu un pied humain dépasser des broussailles. Il avait tout de suite compris que la personne qui était en dessous n'y dormait pas. L'homme d'une cinquantaine d'années avait appelé le 911 pour faire part de sa triste découverte.

— On n'a pas pris de chance et on vous a appelés, dit le policier aux deux détectives. On n'a pas d'idée si c'est le même gars que pour les autres meurtres, mais on aimait mieux vous avertir.

— Vous avez bien fait, répondit Farley pendant que Leblanc examinait toujours le corps qu'on pouvait maintenant mieux voir, le feuillage et les branches ayant été dégagés.

L'équipe complète de la SQ arriverait sous peu, encore une fois. Leblanc en profita pour examiner de plus près la scène de crime.

— Puis, à première vue, c'est notre malade ? demanda Farley.

— Je ne comprends pas. Si c'est lui, il a changé son mode opératoire. À première vue, aucune trace de couteau. Elle a apparemment reçu un coup sur la tête.

— Et puis, on n'est pas le 7 du mois.

— En effet, dit Leblanc.

— Nous allons devoir attendre les résultats de l'analyse du médecin légiste pour connaître les causes de la mort avant de conclure quoi que ce soit. Il faut aussi vérifier si la veste blanche appartient à la victime. Vous avez son identité ?

— Pas encore, elle n'avait aucun papier sur elle. Ce ne sera pas facile. C'était le spectacle country ici hier soir, il y avait beaucoup de monde.

— Je sais, j'habite à l'hôtel au bout du parc, j'ai entendu les maudits cowboys jusqu'à 11 heures ! marmonna Leblanc, mécontent.

— Lieutenant, interrompit l'un des policiers en s'adressant aux deux en même temps, les médias commencent à arriver. Notre relationniste aurait besoin de vous voir.

— Dites-lui qu'on arrive, merci, dit Farley. Puis s'adressant à son collègue : On leur dit quoi ?

— Que tout semble indiquer que c'est un meurtre, que rien ne laisse présumer que ce soit l'œuvre de notre tueur en série et que l'enquête commence. Pas un mot sur rien d'autre, c'est compris ? Maudits journalistes, est-ce qu'ils vont nous laisser travailler un jour ?

— Ils font leur travail eux aussi, répondit le sergent.

— Des vautours, répliqua Leblanc avant de se pencher sur le corps de la victime.

— Je vais aller briefer notre relationniste. Les photos sont prises, les hommes vont faire d'autres recherches dans les cent mètres environnants et on partagera les informations lors du briefing plus tard ce matin.

— Lieutenant ! dit un policier en montrant un sac de plastique dans lequel se trouvait une pierre d'un diamètre d'environ dix centimètres, je pense qu'on a retrouvé avec quoi elle a été frappée. La pierre est tachée de sang.

Leblanc se releva pour observer la pierre et se fit montrer l'endroit où elle avait été retrouvée. Il constata les lieux et vit une traînée dans le sentier. Il put en conclure que le corps avait été transporté de là vers les buissons. Il comprit aussi que la femme avait dû se débattre et lutter pour sa vie. Il restait tellement d'éléments à déterminer comme l'heure du crime, l'identité de la victime, la cause du décès, l'analyse complète de la scène de crime. Le périmètre serait bouclé pour la journée et il faudrait faire vite. Le ciel menaçant allait peut-être effacer des preuves au sol.

18

Au moment où le corps de la jeune femme fut transporté par les ambulanciers, un journaliste interpella les détectives au passage.

— Lieutenant Leblanc? S'il vous plaît?

Farley jeta un regard du côté du journaliste alors que Leblanc l'ignora complètement. Le reporter se montra plus insistant et monta le ton.

— C'est quoi l'histoire de la veste blanche retrouvée près du corps? demanda-t-il.

— Comment sait-il qu'il y avait une veste blanche? J'avais demandé qu'on ne parle de rien, demanda Leblanc à son collègue.

— Il a dû interroger le témoin qui a retrouvé le corps, répondit Farley.

En disant cela, ils virent le coureur, entouré de caméras de télévision, en train de raconter son histoire dans les moindres détails.

— Qu'est-ce qu'on ne ferait pas pour passer à la télé? dit le sergent.

— Si c'était sa fille ou sa sœur qu'on venait de retrouver dans les buissons, je me demande s'il serait si pressé d'aller devant les caméras. Connard.

— Venez, laissez-les faire. On rentre au bureau, on a du pain sur la planche, répondit Farley en touchant Leblanc au bras.

Le téléphone portable de Leblanc vibra. Le lieutenant répondit rapidement.

— Leblanc...

— Gilles, c'est moi, dit le directeur du SPS. Il faudra qu'on se parle à ton retour au bureau. Tu as une idée de ce qui s'est passé?

— Un homme probablement embusqué et une femme qui marchait seule autour du lac. Il l'a frappée à la tête avec une pierre et dissimulée derrière des buissons. C'est un coureur qui l'a découverte ce matin, expliqua Leblanc.

— C'est tout?

— Qu'est-ce que tu veux? L'assassin dans ton bureau dans 15 minutes? s'impatienta Leblanc sous les yeux ahuris de Farley. Je n'ai même pas le nom de la victime, ni l'heure du crime.

— Viens me voir au bureau, c'est un ordre! trancha le directeur avant de raccrocher.

— Il m'a raccroché au nez! s'étonna Leblanc en regardant son téléphone.

— C'était le directeur? demanda Farley.

— Ouais.

— Il n'avait pas l'air de très bonne humeur.

— Ça tombe bien, moi non plus, répondit Leblanc.

Les deux détectives mirent quelques minutes seulement à se rendre au bureau. Ils devaient maintenant attendre quelques heures avant d'avoir les résultats d'analyse sur la cause de la mort et toutes les informations pertinentes qui seraient découvertes par le médecin légiste. Leblanc enleva sa veste et la déposa sur la chaise derrière son bureau. Il emprunta le long corridor qui menait au bureau du directeur.

— Ferme la porte, ordonna ce dernier.

Leblanc ferma la porte derrière lui et prit un siège.

— Tu crois que c'est notre tueur? demanda-t-il.

— Trop tôt pour le dire, répondit Leblanc. Il me manque un détail qui va me le confirmer ou non.

— C'est trop long, Gilles. Je pense que je vais être obligé de demander à la SQ qu'on te retire de l'enquête.

— Quoi? dit Leblanc.

— Il faut faire quelque chose pour montrer qu'on avance.

— À qui? Aux journalistes?

— Entre autres, répondit le directeur. Sérieusement, vous n'avez aucune piste depuis deux mois. Je comprends que toi et Farley y mettez tout votre cœur, mais les gens s'impatientent avec raison. Ce n'est plus le Service qui est visé, c'est toi personnellement.

— Presque quarante ans de carrière pour en arriver là, soupira Leblanc.

— C'est peut-être le moment de penser à te retirer pour vrai, suggéra le directeur. Je te le dis en ami, Gilles. Nous avons juste à évoquer un petit problème de santé. Tout le monde va comprendre. Ensuite, la Sûreté confie l'enquête à un nouveau gradé qui devra prendre connaissance du dossier et tout et tout... On va gagner quelques semaines et on va faire taire tout le monde, expliqua le directeur avec toute la douceur possible.

— Ton plan a l'air d'être bien préparé, répondit Leblanc. Tu y penses depuis longtemps?

Le directeur sentait bien la frustration chez son ami. Ce genre de choses était difficile à dire et à encaisser, surtout pour un policier qui avait une longue carrière derrière lui. Dans ce travail, la recherche d'un meurtrier devenait souvent une obsession. Il n'était pas rare de voir un enquêteur en faire une affaire personnelle. C'était un match entre le tueur et le policier, et les deux étaient déterminés à le remporter.

Leblanc était conscient de toute la pression qui devait s'exercer sur le directeur et il le comprenait. Il aurait tellement aimé lui donner des résultats plus rapidement, mais son ami avait raison. L'enquête ne progressait pas du tout, lui et son collègue tournaient en rond. Ils possédaient bien quelques éléments, mais impossible de faire des liens intéressants.

— Je te comprends, admit Leblanc.

Le directeur lui sourit, satisfait de voir que les choses ne s'étaient pas si mal passées. Il se voyait déjà devant la presse dans quelques heures pour leur raconter les changements apportés dans l'équipe. Il ajouterait également que ces meurtres étaient prioritaires et que plus d'effectifs encore travailleraient avec les membres de la Sûreté du Québec.

Soudain, le téléphone de Leblanc vibra. Il regarda le directeur pour obtenir la permission de répondre. Ce dernier acquiesça.

— Leblanc...

— C'est Erik, j'ai du nouveau. Vous en avez pour longtemps?

— Vas-y, je t'écoute.

— La veste blanche n'appartient pas à la victime. Ce n'est pas la bonne taille et son parfum ne correspond pas du tout à celui du corps de la victime. C'est clair qu'elle a été déposée là après le meurtre.

— Le salaud, dit Leblanc.

— J'ai autre chose. Un groupe de jeunes dit avoir vu un homme seul se promener dans le parc vers 2 h 15 du matin et ils l'auraient vu ramasser un objet qui ressemblait à un chandail. On a une description sommaire. Rien de bien précis, mais suffisant pour alimenter les médias.

— C'est bon, répondit Leblanc qui retrouvait l'espoir.

— Et puis, on a eu un appel d'un homme dont la femme n'est pas rentrée après le spectacle d'hier soir. Ils s'étaient querellés en début de soirée et elle avait décidé d'aller au spectacle en solitaire. Le mari a cru qu'elle avait décidé de passer la nuit à l'hôtel pour le faire réfléchir, mais en écoutant les nouvelles ce matin, il s'est inquiété... Avec raison, je dirais... La description de sa femme coïncide avec notre cadavre. Évidemment, on ne lui a rien dit encore. Des policiers sont en route pour prendre sa déposition et tenter d'identifier la victime. C'est peut-être un suspect potentiel, il ne faut pas l'oublier.

— Bon travail, Farley, j'arrive, dit Leblanc en raccrochant.

— Qu'est-ce qu'il a dit ? demanda le directeur.

— Il a dit que je n'étais pas encore prêt à prendre ma retraite, répondit Leblanc en se levant énergiquement.

— Pas si vite, nous n'avons pas encore fini notre conversation. Je peux demander qu'on te retire l'enquête si je le juge nécessaire.

— C'est vrai, mais on approche du but. Si tu me fais retirer de l'enquête, on va perdre un temps précieux et tu seras peut-être responsable du prochain meurtre, lui lança Leblanc.

Le directeur réfléchit.

— Vous me tenez au courant de chaque détail au fur et à mesure. Tant qu'on avance, tu restes en poste. Aussitôt que ça bloque, je te fais virer. C'est clair ?

— Si je ne te connaissais pas, je penserais que tu me menaces. Tu veux que j'en parle à mon syndicat ?

— Débarrasse !

D'un pas rapide, Leblanc alla retrouver Farley pour regarder en détail les derniers éléments connus. Toutefois, en compagnie du portraitiste, ils ne purent établir un portrait-robot suffisamment clair pour le diffuser. Les jeunes avaient vu le suspect d'assez loin, sans voir son visage avec précision. Cependant, ils avaient décrit sa taille, sa démarche, la longueur de ses cheveux, les vêtements qu'il portait. Rien de précis, mais Leblanc pouvait imaginer l'homme de près de 1 m 80, les épaules fortes, mais descendantes. Il savait qu'il finirait par le coincer.

Une heure plus tard, la SQ fut en mesure d'identifier la victime du dernier meurtre. Il s'agissait de Mélissa Gagnon, une caissière dans un supermarché. La jeune femme dans la trentaine était connue dans les milieux communautaires, où elle faisait du bénévolat. Elle était aussi très sportive et une habituée du tour du Lac des Nations. Le mois précédent, elle avait participé au demi-marathon de Sherbrooke où elle s'était bien classée.

Mélissa et son mari n'avaient pas d'enfants. C'était justement le sujet de la dispute du couple, la veille en début de soirée. Elle en voulait, lui pas tout de suite. Avoir su...

Leblanc et Farley étaient maintenant convaincus que le tueur en série avait frappé une fois de plus. Le légiste venait de leur confirmer que Mélissa Gagnon était morte par asphyxie, étranglée par-derrière, si on se fiait aux bleus observés sur son cou. Quant au coup sur la tête, il n'était pas relié directement à la cause de la mort.

— D'abord la veste blanche laissée sur les lieux, puis la mort qui vient par le cou de la victime. Ça ressemble à notre homme, dit Leblanc.

— Pourquoi il ne s'est pas servi d'un couteau comme les dernières fois ? demanda Farley.

— Il ne le portait pas avec lui à ce moment ? réfléchit Leblanc.

— Vous voulez dire que ce meurtre a été décidé sur un coup de tête ?

— Ça expliquerait pourquoi le meurtre n'a pas eu lieu le 7 du mois, répondit Leblanc.

— C'est une autre bonne question, pourquoi maintenant, pourquoi Mélissa Gagnon ?

— Pauvre elle, au mauvais endroit, au mauvais moment, dit Leblanc. Quant au moment, je pense qu'il nous envoie un message.

— Lequel?

— Qu'il n'est pas si fou qu'on veut bien le faire croire. Il nous dit qu'il contrôle la situation et qu'il sait parfaitement ce qu'il fait. Sa série de meurtres n'a rien à voir avec celle d'un Pickton, par exemple, qui assassinait des prostituées les unes après les autres et seulement des prostituées.

— Continuez, demanda Farley, impressionné.

— Notre homme tue au hasard. Les victimes sont totalement différentes les unes des autres par leur âge, leur sexe, leur condition sociale et les lieux où se sont produits les crimes. Tout est différent d'un cas à l'autre. Qu'est-ce qu'il y a en commun finalement?

— Le couteau, sauf pour hier, et les objets laissés en guise de signature à chaque endroit.

— Exact, dit Leblanc. Il ne connaît pas le nom de ses victimes et il s'en fout.

— Il est encore plus dangereux, ajouta Farley. Tout le monde devient une victime potentielle.

— Raison de plus pour se dépêcher à le coincer, répondit Leblanc. Au travail.

— Qu'est-ce qu'il voulait, le directeur?

— Rien, me faire remplir des papiers de retraite, mais je lui ai dit que je n'avais pas le temps, répondit Leblanc, un sourire en coin.

**

Les médias sherbrookois et québécois firent grand état de ce quatrième meurtre à survenir à Sherbrooke en quelques mois. Un peu partout en ville, on pouvait voir des camions de reportage des grands réseaux francophones et anglophones. Le département des relations publiques de la SQ était débordé d'appels. Même chose du côté du SPS où les journalistes réclamaient des entrevues avec le directeur du service et le lieutenant-détective Gilles Leblanc.

À l'hôtel de ville aussi, le maire était grandement sollicité. Tout le monde se voulait rassurant, mais le message ne passait pas. Un tueur en série faisait rage à Sherbrooke depuis le mois de mai et personne n'avait la moindre idée de qui il était.

Les organisateurs d'événements étaient inquiets, les gens n'osaient plus sortir de chez eux, le tourisme était en baisse, les restaurateurs et les hôteliers se plaignaient, bref, la ville était sens dessus dessous.

Partout, dans les commerces et les lieux de travail, on parlait de ces meurtres, Sherbrooke étant une petite communauté. Il y avait toujours à proximité quelqu'un qui avait connu Mélissa Gagnon, Isabelle Lévesque, Gaston Roy ou Claude Beaudoin, les quatre victimes.

Un peu partout également, on commençait à voir des affiches ou des graffitis portant la mention **Trouvez le tueur!** Les conférences de presse se multipliaient. Les différents groupes sociaux ainsi que les familles des victimes voulaient se faire entendre.

En se réveillant vers 11 heures, Gerry prit connaissance des bulletins de nouvelles. Il constata alors à quel point la police avait agi rapidement. Le corps de la victime avait été découvert, la jeune femme avait été identifiée, l'énigme de la veste blanche résolue et la conclusion tirée : le tueur en série avait encore frappé !

— *T'opères, mon Leblanc !* pensa Gerry en prenant une bouchée de céréales en guise de petit déjeuner.

Gerry fut satisfait de constater que les renseignements recueillis auprès du public étaient insuffisants pour que la police ait la moindre piste pouvant le relier à ces meurtres. Il avait bien travaillé encore une fois, tout en laissant une signature sur les lieux. Cela faisait partie du jeu.

Pendant un instant, il eut une pensée pour Mélissa Gagnon dont le meurtre ne servait pas l'objectif final de Gerry. Elle avait simplement servi à brouiller les pistes. Il se rappela qu'en temps de guerre, les gouvernements justifient les morts inutiles en les qualifiant de « dommages collatéraux ». C'est ce qu'était Mélissa Gagnon pour lui, un dommage collatéral.

Gerry ferma le téléviseur et prit sa guitare, comme il le faisait chaque jour. Il gratta quelques accords, prit des notes et répéta quelques chansons, comme si de rien n'était.

À la bibliothèque municipale, Anne terminait un avant-midi de travail qu'elle avait trouvé particulièrement difficile. Tous les employés parlaient, bien sûr, du meurtre de Mélissa Gagnon car plusieurs la connaissaient. Les femmes se montraient craintives de se promener désormais autour du Lac des Nations. Plus jamais elles ne le feraient seules, tant que le tueur n'aurait pas été arrêté.

En plus de cet événement tragique, Anne avait en tête le départ précipité de Gerry. Elle tentait bien de se convaincre qu'ils ne s'étaient rien promis. Cependant, elle s'en voulait de s'être donnée ainsi en pensant que la relation deviendrait sérieuse. Ce n'était pas la première fois qu'elle agissait de la sorte et elle se promettait, encore une fois, de ne plus recommencer. Anne n'était pas le genre de filles à profiter du moment présent tout simplement, à avoir une relation sexuelle avec un homme juste pour avoir du sexe. Elle était à la recherche de quelqu'un de sérieux qui voudrait faire un bout de chemin avec elle et fonder une famille. Pourquoi avait-elle toujours le don de tomber sur des bohèmes? se disait-elle. Gerry était sans doute comme tous les autres. Il était presque midi et il ne l'avait pas rappelée.

— *Ce que tu peux être idiote*, se répétait-elle.

— Anne, téléphone! lui dit la préposée qui travaillait à côté d'elle.

Surprise, Anne appuya sur le bouton de la ligne clignotante.

— Oui, allo?

— Anne?

Elle reconnut la voix de Sophie.

— Ah, c'est toi...

— Moi aussi, ça me fait plaisir de te parler, répondit Sophie.

— Excuse-moi, j'attendais un autre appel, désolée. Ça va?

— Oui, oui. Je me demandais si tu étais libre pour dîner. Il fait beau, on pourrait aller sur une terrasse.

— Euh... non, je suis désolée, j'ai autre chose de prévu ce midi. On se reprendra une autre fois, d'accord? On pourrait se voir à L'ouvre-boîte ce soir?

— Bon, d'accord. Tu as entendu parler du meurtre de la nuit dernière? demanda Sophie.

— Pauvre femme, tout le monde ne parle que de ça, répondit Anne.

— Pas question de laisser nos voitures dans les stationnements à étages du centre-ville ce soir, compris? Tu prends un taxi et il te laisse à la porte, je ferai la même chose, dit Sophie.

— Tu exagères un peu.

— Non, pas du tout. On ne doit pas badiner avec un malade comme cela. J'en sais quelque chose, j'en vois tous les jours au palais de justice, crois-moi.

— Tu as sans doute raison. On fait comme cela. À ce soir.

— À ce soir.

Déçue que son amie n'ait pas accepté son invitation, Sophie réfléchit un instant, puis reprit son téléphone.

— Le sergent détective Farley, s'il vous plaît.

— Un instant, répondit l'officier de police au bout du fil.

Sophie patienta quelques secondes en griffonnant une forme quelconque sur un bout de papier devant elle.

— Sergent Farley...

— Erik? C'est Sophie.

— Sophie? Qu'est-ce qui se passe? Tout va bien?

La jeune avocate se mit à rire au bout du fil.

— Oh... je sens un peu de stress de votre côté, sergent. Besoin de vacances? dit-elle. Puis, réalisant dans quel état Farley devait se trouver, elle reprit son sérieux. Désolée de te déranger au travail, tu dois être débordé.

— Non... enfin oui, pas mal. Je suis juste surpris de ton appel, je ne m'y attendais pas.

— Ne t'inquiète pas pour moi, tout est correct. J'appelais simplement pour te demander si tu étais libre pour le lunch. Juste pour discuter.

— J'en serais ravi, répondit Erik.

— D'accord, dans 30 minutes, terrasse en face du palais de justice?

— Oui, OK.

Farley raccrocha, surpris de l'appel, mais heureux de cette invitation inattendue. Tel qu'entendu, il se présenta au restaurant une trentaine de minutes plus tard. Sophie était déjà arrivée. Quand elle le vit, elle se leva pour l'accueillir et l'embrassa sur les joues. Il en fut très surpris, encore une fois.

Sophie avait choisi une table un peu à l'écart. Les clients étaient nombreux le midi dans ce petit restaurant.

— Sympathique comme endroit, dit-il. Tu viens souvent?

— Trop, répondit Sophie, et ce n'est pas très sympathique, c'est rempli d'avocats.

Farley sourit pendant que la serveuse leur apportait une carafe d'eau et des menus. Il n'avait pas vraiment faim et sa tête était totalement ailleurs. Il se demanda même pourquoi il avait accepté l'invitation de Sophie car il ne serait probablement pas de très bonne compagnie. Sophie remarqua l'angoisse du détective et prit les choses en main.

— Laisse-moi commander, je connais le menu par cœur, dit-elle en le lui retirant des mains.

Elle fit signe à la serveuse et commanda rapidement deux numéros trois composés d'une soupe du jour et d'un sandwich poulet pesto sur pain baguette.

— Dure journée? demanda-t-elle.

— Plutôt oui, tu as entendu pour cette femme qu'on a retrouvée?

— Tout le monde en parle, dit Sophie. C'est épouvantable. Je sais que tu ne peux rien me dire de l'enquête, mais étant donné que je suis un peu impliquée maintenant, peux-tu juste me dire si c'est encore le tueur en série?

Farley hésita une seconde avant de répondre. Il se demanda s'il devait rassurer Sophie en lui mentant ou être très transparent à son égard. Il choisit la deuxième option. Tôt ou tard, elle apprendrait dans les journaux que le meurtre de Mélissa Gagnon était l'œuvre du tueur en série et elle lui en voudrait de ne pas avoir dit la vérité.

— J'ai bien peur que oui. Il a changé sa méthode de travail, mais il a encore laissé une signature sur les lieux.

— Vous allez finir par le coincer, il faut être patient, dit Sophie pour le rassurer à son tour.

— C'est un vrai fantôme, répondit-il. Il réussit à ne pas se faire voir, il ne laisse que les indices qu'il veut bien laisser. Il n'y a aucun lien entre lui et les victimes...

Sophie se rendit compte que le sergent était en train de réfléchir à haute voix plutôt que de converser avec elle. Si cela pouvait l'aider à se recentrer, elle était bien prête à l'écouter. D'autant plus que le sujet l'intéressait particulièrement.

— Qu'est-ce qu'il a laissé cette fois-ci ? demanda-t-elle.

— Une veste de laine blanche trouvée sur le terrain du spectacle. Elle n'a aucun rapport avec la victime ou des victimes précédentes. C'est incompréhensible.

— En effet, dit Sophie. Puis, pour le meurtre de Rock Forest, rien de neuf ? Avez-vous étudié les messages laissés sur l'ordinateur ?

— Il n'y avait pas grand-chose là non plus, la pauvre femme a eu le temps d'écrire quelques mots avant qu'il lui tranche la gorge d'un bord à l'autre. Euh... désolé, Sophie, dit-il en réalisant que ces détails étaient peut-être superflus du fait qu'ils se trouvaient au restaurant.

— Ce n'est rien, j'en entends des pires au tribunal.

Farley sortit le calepin de notes qu'il avait toujours sur lui. Il feuilleta les pages sous le regard de Sophie qui reconnaissait là l'image parfaite du détective tel qu'elle avait toujours imaginé ce métier.

— Ah, voilà, dit-il.

Il passa le calepin à Sophie. Sur la page blanche, une seule ligne écrite.

— *Mes amis, merci pour ces soirées ingmoubliables au centr0-ville !*

— C'est quoi ? demanda Sophie.

— Les derniers mots d'Isabelle Lévesque sur son ordinateur, dit-il.

— C'est atroce.

— Je sais.

Sophie relut la phrase et imagina la pauvre femme paniquée devant son ordinateur avec une seule chance de laisser un message à ses proches. Qu'aurait-elle écrit si cela avait été elle ?

— Ça vous dit quoi ? demanda-t-elle.

— Aucune idée, répondit Farley. Au premier degré, des souvenirs vagues avec tous ses amis ? Elle aurait pu parler de Paris, de New York, d'une fête d'anniversaire. Pourquoi au centre-ville ? Quel centre-ville ? s'impatienta le détective.

La serveuse arriva avec le premier plat.

— Bon, assez parlé de cela, raconte-moi comment ça se passe pour toi. Tu réussis à passer par-dessus les dernières semaines ? demanda Farley.

— C'est certain que je suis un peu plus nerveuse et méfiante que d'habitude. On dirait que les petits criminels du palais de justice ont l'air plus méchant tout à coup. Je ne prends aucune chance, mais je ne suis pas à l'étape de regarder s'il y a une bombe sous mon auto, dit-elle en riant.

— Ce n'est pas sa façon de faire, répondit Farley en souriant.

— Es-tu marié ? demanda Sophie spontanément.

— Pardon ?

— Excuse-moi, dit-elle, ça m'est sorti tout seul.

— Non, non, c'est correct. Tu as une façon plutôt directe de changer de sujet de conversation, mais c'est correct. Non, je ne suis pas marié. Je ne l'ai jamais été et je ne pense pas l'être non plus. Je n'ai pas de petite amie non plus. J'ai une maîtresse qui s'appelle le travail et qui prend tout mon temps.

— Ça doit être la cousine de mon amant, ils ont le même nom de famille... travail.

Sophie et Erik éclatèrent de rire. La conversation se poursuivit sur le sport, la ville de New York qu'ils adoraient tous les deux et sur une foule de sujets. Le contact était facile et ce dîner leur fit le plus grand bien. Au moment de payer, Farley s'empara de l'addition.

— Pas question, dit Sophie, c'est moi qui ai invité ce midi.

— S'il y a une prochaine fois, j'inviterai alors, répondit Erik.

— Je l'espère bien, dit Sophie en retirant sa carte de l'appareil de paiement mobile de la serveuse.

Ils sortirent sur le trottoir, rue King Ouest. Sophie le salua en l'embrassant sur la joue. Erik remarqua qu'elle ne l'avait embrassé que sur une joue. Il lui sourit.

— Je peux te demander quelque chose ? dit Farley.

— Bien sûr.

— En fait, deux choses. La première, ne dis pas à ton père que nous avons parlé de l'enquête. Ça commence à bien aller entre nous deux et je ne voudrais pas qu'il s'en offusque.

— Pas de problème, dit Sophie, et la seconde?

— Ne dis pas à ton père qu'on a dîné ensemble. Ça commence à bien aller entre nous deux et je ne voudrais pas qu'il s'en offusque.

— T'es drôle, répondit Sophie.

Elle tourna les talons et s'éloigna vers le palais de justice. Le sergent la regarda un bon moment. Le pas pressé, les cheveux au vent. Belle image, pensa-t-il.

19

Ce jeudi soir à L'ouvre-boîte, la salle se remplit très tôt en soirée. La température était douce, le ciel étoilé ; une belle soirée de juillet. Les gens flânaient sur les trottoirs, toutes les terrasses étaient bondées.

Le spectacle *Traces*, présenté par la troupe *Les 7 doigts de la main*, attirait de nombreux touristes de l'extérieur qui venaient, après le spectacle, se divertir sur la rue Wellington.

Martin, le propriétaire de L'ouvre-boîte, était ravi. C'est ce genre de soirée magique qui l'avait incité à puiser dans ses économies et à acheter le bar quelques années plus tôt avec sa conjointe Nora. Ils avaient travaillé tellement fort pour en faire un endroit chaleureux.

L'offre de bars était grande et il fallait se démarquer pour fidéliser la clientèle. Nora, travaillante et organisée, s'affairait à ce que le personnel soit attentif à la clientèle et que le service soit rapide. Martin, un spécialiste des relations publiques, pouvait passer des heures à serrer des mains et rendre l'endroit accueillant. Il avait aussi une très bonne mémoire. Cela lui permettait de se rappeler un client et son histoire, même s'il n'était venu qu'à quelques occasions dans son commerce. À un client, il pouvait demander si son jeune fils jouait toujours au soccer. À un autre, s'il avait finalement vendu son auto. Quand on était client de L'ouvre-boîte, on se sentait comme faisant partie d'un petit cercle, d'une petite famille.

Les derniers mois avaient été un peu plus éprouvants financièrement, mais l'arrivée de Gerry avec son répertoire de chansons country avait ramené de nouveaux clients.

— Prêt pour ce soir ? demanda Martin à Gerry.

— Oui, boss, répondit Gerry.

— Tu as l'air soucieux, pas de problème ?

— Non, ça va, répondit Gerry, se demandant ce qu'il pouvait bien dégager pour que Martin lui pose cette question.

— Certain ? insista Martin. Je commence à te connaître, dit-il.

Gerry savait qu'il devait trouver quelque chose rapidement.

— Il y a une fille, une cliente, je me demande si elle viendra ce soir, dit Gerry.

— Ah, je le savais que quelque chose te tracassait. Nora ? Nora ?

La jeune femme, en train d'essuyer des verres, leva la tête.

— Notre ami Gerry a le béguin pour une cliente.

— Tu peux l'annoncer au micro si tu veux ! intervint Gerry, gêné.

— Voyons, on est entre nous, dit Martin en lui donnant une tape sur l'épaule. C'est qui ? Pas la grosse brune d'avant-hier ? Je pensais qu'elle était pour t'envoyer son soutien-gorge par la tête à la fin de ton spectacle !

— Non, pas vraiment, répondit Gerry en riant et en se souvenant de cette cliente, ivre et emportée.

— Alors, j'opterais pour la bibliothécaire, réfléchit Martin. Anne, c'est ça ?

— Je ne veux rien dire, tu vas le crier dans toute la salle, répondit Gerry.

— OK, je serai discret, dit-il. C'est une belle fille. C'est fait ou ça va se faire ? demanda-t-il avec un air coquin.

— Toi qui es si bon pour détecter les gens, tu devineras si elle vient ce soir, dit Gerry en le défiant.

— Parce que tu ne sais pas si elle sera là, c'est ce qui t'angoisse ?

— Peut-être un peu, docteur, répondit Gerry pour se moquer.

— Tu n'auras pas à attendre longtemps, elle vient d'arriver, dit Martin.

Anne était entrée dans le bar, seule. Elle avait regardé en direction de l'endroit où elle s'assoyait habituellement. Heureusement, il y avait encore une table libre. Elle s'y dirigea discrètement.

— Belle fille, fit Martin. Choisis les bonnes chansons et tu gagneras le gros lot.

231

Gerry regarda l'heure. Il disposait encore de quinze minutes avant son premier tour. Il avait le temps d'aller parler à Anne et de trouver les bons mots afin de lui expliquer pourquoi il était parti sans avertir la nuit précédente. Il s'approcha de sa table.

— Bonsoir, dit-il.

— Salut, répondit-elle un peu sèchement.

— Je peux m'asseoir ?

Elle lui fit signe de la tête. Nora, derrière son comptoir, regardait Gerry et tentait de décoder ce qui se passait à cette table. En quelques secondes, elle avait déjà saisi le malaise entre les deux. Fille de bar, elle en avait tellement vu de ces histoires entre un serveur et une cliente, un homme marié et une maîtresse, et quoi d'autre encore. Discrètement, elle observa la scène.

— Je suis désolé, dit Gerry.

— Pas besoin de t'excuser, répondit Anne. Tu ne me dois rien. Deux adultes consentants, dit-on.

Gerry posa sa main sur celle d'Anne, qui ne la retira pas.

— Regarde-moi, demanda-t-il. Les choses sont allées vite ces dernières semaines. J'avais besoin de réfléchir un peu.

Anne le regarda. Il était sincère, pensa-t-elle. Elle l'écouta davantage.

— Je n'ai eu personne dans ma vie depuis très longtemps dit-il. J'ai l'impression que ça pourrait devenir plus sérieux avec toi et je pense que tu le sais aussi. Je crois que j'ai un peu peur.

Nora se retourna vers une serveuse à côté d'elle.

— Ça y est, une autre qui vient de se faire avoir, dit-elle.

— De quoi tu parles ? demanda la serveuse.

— De rien, je me comprends, dit Nora en passant un linge humide sur le comptoir. Je t'ai à l'œil, mon espèce !

— Tu le sais que je suis d'accord pour ne pas aller trop vite, il faut apprendre à se connaître, admit Anne. Mais partir comme cela en pleine nuit, ce n'était pas la meilleure idée.

— Je sais, je suis désolé, répondit Gerry. Tout est nouveau pour moi, j'ai besoin d'un peu de temps. Mais je peux te dire tout de suite que je tiens suffisamment à toi pour faire attention à ce qu'on vit. C'est bien quand même, non ?

— C'est un début, dit Anne en souriant.

Il s'approcha pour l'embrasser. Timide, Anne s'approcha également et ils échangèrent un baiser léger.

— On a fait la paix ? demanda Gerry.

— Quand tu me regardes avec ces yeux-là, je ne peux pas rester fâchée bien longtemps, répondit-elle.

Satisfait, Gerry se leva et alla vers le bar pour prendre une bouteille d'eau. Il croisa le regard de Nora et s'aperçut qu'elle avait vu toute la scène. De toutes les réactions possibles, il choisit celle du gars qui espère que la fille qu'il convoite acceptera sa proposition. Il regarda Nora, sourit, et croisa les doigts devant lui. Elle se questionna sur la sincérité de Gerry. Et s'il était vraiment amoureux de cette fille ? Peut-être l'avait-elle jugé trop sévèrement après tout. Elle voyait tellement d'histoires d'amour finir en pleurs qu'elle avait peut-être de la difficulté à admettre que de belles histoires pouvaient aussi se produire.

Pourtant, elle-même avait vécu une histoire d'amour assez inhabituelle. Originaire de la Côte-Nord, Nora avait grandi dans une famille modeste. Son père, un ouvrier, était travaillant... et alcoolique. Quand elle eut 18 ans, il la fit rentrer au bar qu'il fréquentait quotidiennement. Elle apprit rapidement le métier et s'était faite à l'idée qu'elle y passerait probablement le reste de ses jours.

Au début de la vingtaine, le frère de Nora fut victime d'un grave accident de la route. Il fut hospitalisé pendant plusieurs mois. Elle lui rendait visite tous les deux jours et passait la plupart de ses temps libres à l'hôpital. C'est là qu'elle fit la connaissance de Martin, qui occupait un poste d'infirmier. Le jeune homme n'était pas originaire de la Côte-Nord. Il s'y était rendu parce qu'il y avait des emplois disponibles. Cependant, il n'aimait pas vraiment le métier d'infirmier. Il préférait les bars. Nora l'avait aperçu à quelques reprises au bar où elle travaillait, mais n'en avait pas fait de cas. Il y avait tellement de garçons qui ne cherchaient qu'à avoir une aventure avec les serveuses qu'elle avait, en quelques années, développé un sixième sens pour les détecter.

Elle apprit à connaître Martin pendant les longs mois de convalescence de son frère. Il était attentionné envers son patient. Elle sut, beaucoup plus tard, que tous les efforts de Martin étaient dirigés vers elle. Il voulait attirer son attention.

Petit à petit, Martin et Nora eurent des conversations plus régulières, plus sérieuses et ils se fréquentèrent plus assidûment. Un an plus tard, Martin avait réussi à convaincre Nora de quitter la Côte-Nord pour travailler dans des bars de la région de Québec, là où il y avait plus de monde, plus d'opportunités.

Après quelques années à Québec, grâce à des contacts, l'occasion s'était présentée de se lancer en affaires à Sherbrooke. Martin et Nora devinrent propriétaires de L'ouvre-boîte. Depuis ce temps, ils travaillaient comme des fous, mais ils adoraient ce qu'ils faisaient et l'environnement dans lequel ils évoluaient.

Gerry prit sa bouteille d'eau et se dirigea vers la petite scène. Les lumières de la salle diminuèrent d'intensité. Les habitués de L'ouvre-boîte applaudirent l'arrivée de Gerry qui montait sur scène. Il s'assied sur le petit banc, ouvrit l'ordinateur portable à sa droite, mit la main devant ses yeux pour regarder la «foule», puis entama une pièce instrumentale à la guitare.

Dix minutes plus tard, Sophie fit son entrée au bar. Debout près de la porte, elle observait la salle remplie à pleine capacité. Anne la vit et lui envoya la main pour lui signifier sa présence. Sophie s'excusa en passant devant les gens et prit place à côté d'Anne.

— Une chance que tu n'es pas venue dîner avec moi, dit Sophie à voix basse.

— Pourquoi? demanda Anne, intriguée.

— Je suis allé dîner avec un gars.

— Un... gars... ou un collègue? demanda Anne.

— Un homme! Un vrai, en chair et en os, sourit Sophie.

Anne ouvrit les yeux et la bouche très grands pour caricaturer sa surprise. Elle voulut tout savoir.

— Attends, dit Sophie, écoute ton chanteur.

Sur scène, Gerry enchaîna plusieurs succès de Neil Diamond, Lionel Richie ainsi que plusieurs succès commerciaux des années 90 et 2000.

Il avait un répertoire très varié et savait s'adapter au public devant lui. Ce soir, les spectateurs avaient visiblement envie de s'amuser et lui aussi. Entre les chansons, il racontait des histoires totalement inventées qui le plaçaient dans des situations invraisemblables et le public adorait. Il était toujours la pauvre victime de tout un chacun dans ses histoires. Il possédait un sens de l'autodérision très développé.

— Il me semble meilleur que d'habitude, admit Sophie.

— Il a toujours été excellent, mais tu ne voulais pas le voir, répondit Anne.

— Tu l'as toujours défendu, rétorqua Sophie. Comment ça se présente avec lui?

— Pas si mal, répondit Anne avec un sourire en coin.

— Non? Ce n'est pas vrai?...

— Quoi? demanda Anne.

— Tu es sortie avec lui, ça paraît dans ta face!

Anne ne répondit rien.

— Tu as couché avec lui! ajouta Sophie.

— Pas si fort, répondit Anne en regardant autour d'elle.

— Tu as couché avec lui? répéta Sophie, toujours aussi surprise, mais en chuchotant.

— Ce n'est pas de tes affaires, répondit gentiment Anne en chuchotant tout autant.

— Sale pute! s'exclama Sophie en riant.

— Ça fait longtemps que tu ne m'as pas traitée de sale pute! dit Anne en riant à son tour.

— Tu m'étonneras toujours. C'est timide, ça a l'air de rien puis tout à coup, bang! Madame t'annonce qu'elle s'est fait le chanteur, rien de moins!

— Chut...! dit Anne, mal à l'aise.

— Comment c'était? répondit Sophie en approchant sa chaise de celle d'Anne.

— Sophie!

— Bon, bon, tu ne perds rien pour attendre.

— Et toi, ton homme de ce midi? demanda Anne à son tour.

— Je ne te dirai rien.

— Son prénom ? insista Anne.

— Erik.

— Il fait quoi dans la vie ?

Au moment où Sophie était sur le point de répondre à son amie, elle sentit une présence derrière elle. Elle se retourna rapidement, surprise.

— Papa !

Le lieutenant Leblanc se tenait en effet tout près d'elles. Sophie se demanda jusqu'à quel point il avait entendu la conversation entre elle et Anne.

— Bonsoir, dit-il.

— Qu'est-ce que tu fais ici ? demanda-t-elle, nerveuse.

— Je ne veux pas vous déranger, je passais devant et je voulais voir à quoi ressemblait l'intérieur de ce bar. C'est bien, dit calmement Leblanc.

— Assoyez-vous, suggéra Anne.

Sophie était encore sous le choc de voir son père à L'ouvre-boîte. Elle savait qu'il ne buvait plus, enfin elle l'espérait. Elle avait tellement de mauvais souvenirs à propos de son père et des bars qu'elle ne pouvait s'empêcher de penser au pire.

— Merci, dit Leblanc en tirant sa chaise.

Aussitôt, une serveuse s'approcha de lui. Il commanda une eau minérale. Sophie respira un peu mieux.

— Papa, je te présente une bonne amie, ma meilleure amie, Anne. Nous avons étudié ensemble à l'université.

— Enchanté, dit Leblanc en lui tendant la main.

— Moi aussi, fit Anne, en lui présentant son plus beau sourire.

Anne remarqua une certaine ressemblance entre le père et la fille, non pas sur les traits physiques, mais plutôt sur des airs de famille comme la façon de se tenir, de regarder. Elle repensa à tout ce que Sophie lui avait raconté au sujet de sa famille.

— Vous venez souvent ici ? demanda le père. Pardon, déformation professionnelle, je suis toujours à poser des questions.

— Ce n'est rien, répondit Anne. Depuis un certain temps, nous venons un peu plus souvent.

— La musique est bonne, répondit Sophie en recevant un coup de pied sous la table de la part de son amie.

— Il semble y avoir des gens de tous les âges, c'est bien, dit Leblanc.

— Papa, tu es ici pour ton enquête ou pour me surveiller ? demanda Sophie.

— Toujours aussi directe, ma fille ! répondit Leblanc en regardant Anne.

— J'imagine que c'est de famille si je me fie au métier que vous faites, répondit Anne gentiment.

— Vous avez sans doute raison, répondit Leblanc. Un peu des deux, dit-il ensuite à sa fille. J'ai besoin de mieux connaître cette ville pour mettre la main sur notre gars. Je vais flâner au centre-ville un peu ce soir pour voir la faune qui s'y promène.

— J'aurais tellement la chienne de faire ce métier-là, dit Anne en admiration devant le courage qui semblait habiter le lieutenant.

— Il faut juste être attentif et prudent en même temps, répondit Leblanc.

— Qu'est-ce que tu cherches au juste ? demanda Sophie.

— Je ne sais pas encore.

— Erik m'a parlé d'un message de la victime de Rock Forest qui parlait du centre-ville, dit-elle réalisant soudainement qu'elle venait de s'échapper de façon très maladroite.

— Erik ? Tu veux dire Farley ? L'Irlandais ? Il t'a parlé de ça ?

Le lieutenant Leblanc, bouillant de nature, sentait l'impatience monter en lui. Sophie baissa les yeux un instant, regrettant déjà ses paroles.

— Il ne m'a pas donné de détails, simplement qu'il avait été question du centre-ville et voilà que je t'y vois ce soir. Je me disais qu'il y avait sûrement un lien et comme je suis très curieuse...

— Je ne sais pas si c'est le mot centre-ville qui m'a atteint le plus ou si c'est le nom Erik. Tu es proche de Farley à ce point ? J'espère que non, dit Leblanc.

— Je pense que je vais aller aux toilettes, dit Anne en se levant.

— Papa, je n'ai plus quinze ans. On s'est parlé à quelques occasions, le sergent Farley et moi. Nous avons le même âge ou à peu près, c'est normal qu'on s'appelle par nos prénoms. Et puis, qu'est-ce que j'ai à me justifier? demanda-t-elle en haussant le ton soudainement.

Leblanc sentit qu'il était peut-être allé trop loin. Sophie avait raison.

— Désolé, oublie tout cela. C'est juste la surprise. Je n'aurais jamais imaginé que l'Irlandais pourrait être mon gendre!

— Je ne veux plus que tu te mêles de mes affaires, c'est compris? dit-elle d'une voix autoritaire.

— Je blaguais.

Anne sortit de la salle de bain et croisa le regard de Nora, debout derrière son bar. Elle ressentit un sentiment bizarre, comme si la barmaid tentait de lui dire quelque chose sans parler. Elle reprit sa place à la table et constata la tension entre le père et sa fille.

Gerry avait terminé son tour de chant. Il vint rejoindre Anne à la table.

— Bonsoir, Sophie, dit-il.

— Bonsoir.

— Gerry, je te présente le père de Sophie, monsieur Leblanc.

— Enchanté, monsieur, répondit Gerry en lui tendant la main.

Le lieutenant Leblanc étira le bras pour rejoindre la main de Gerry tout en le regardant droit dans les yeux. C'était une vieille tactique qui ne voulait sans doute rien dire, mais Leblanc avait toujours cru que les regards évités lors d'une poignée de main cachaient quelque chose.

Gerry soutint le regard de Leblanc. La poignée de main fut ferme. Le lieutenant, bien bâti, était encore solide pour son âge. Gerry le sentit dans la poignée de main. Il conserva cependant un beau sourire. Il savait pertinemment que cet homme était celui qui le recherchait le plus actuellement. Il avait enfin devant lui le lieutenant-détective Gilles Leblanc.

Il s'efforça bien sûr de ne rien laisser paraître, mais en dedans, Gerry éprouva un sentiment indescriptible, un mélange de force, de pouvoir qu'il adorait.

— Je n'y connais pas grand-chose, mais c'est bon ce que vous faites. Les dernières chansons m'ont rappelé des souvenirs, dit Leblanc.

— C'est gentil, c'est justement le but. J'espère vous voir souvent à L'ouvre-boîte. Votre fille commence à s'y habituer et Anne... vient très souvent m'encourager, dit-il en la regardant affectueusement.

— Vous faites un beau métier, dit Leblanc. Vous voyagez de ville en ville et faites toutes sortes de belles rencontres. Où étiez-vous avant Sherbrooke?

— Euh... dans la région de Montréal, répondit vaguement Gerry.

— Êtes-vous à Sherbrooke depuis longtemps?

— Papa! intervient Sophie.

— Désolé. J'aurais aimé avoir un talent artistique. Mais, plus jeune, j'étais meilleur avec les animaux, dit Leblanc.

— Ce n'était pas mon cas, dit Gerry.

— Comment ça? demanda Anne, curieuse.

— Quand j'étais jeune, je me souviens qu'il y avait une chatte en chaleur qui nous empêchait tout le temps de dormir, raconta Gerry. Une fois, ce n'est pas si mal, mais à tous les soirs de l'été? Non, non, non. Un soir, je me suis décidé et j'ai fait la passe au chat!

Gerry s'emballait dans son récit en oubliant qui était son auditoire.

— Un soir, avec des amis, je réussis à pogner le chat dans un coin. Il avait le dos rond et les griffes sorties, je te jure qu'il se défendait en *estie*. Un bon coup de pelle, pis ensuite, on lui a tordu le cou. Fini les lamentations les soirs d'été! poursuivit Gerry en riant pendant que les trois autres, autour de la table, étaient visiblement très mal à l'aise.

Gerry se rendit compte que son récit avait indisposé Anne, Sophie et son père. Il retomba rapidement sur ses pieds.

— C'est épouvantable tout ce qu'on peut faire quand on est jeune, dit-il. Heureusement que les temps ont changé, dit Gerry.

— Heureusement, dit Sophie. Aujourd'hui, les lois sont plus sévères pour protéger les animaux.

— Encore faudrait-il que les lois soient plus sévères pour protéger les humains, ajouta Leblanc.

— Vous faites sans doute allusion à tous ces meurtres à Sherbrooke. J'espère que vous allez épingler ce malade. Mon patron dit que ce n'est pas très bon pour les affaires, dit Gerry, fier d'avoir réussi à faire oublier son histoire de chat.

— Pour être franc, les affaires, je m'en fous pas mal, dit l'enquêteur, plus durement. Ce qui m'intéresse, c'est plutôt soulager les familles des victimes et éviter qu'il y en ait encore plus.

— Évidemment, dit Gerry.

— Bon, je vais vous laisser. Il commence à se faire tard pour un vieux comme moi, dit Leblanc en se levant de table. Prudence, les filles, c'est compris?

— Oui, monsieur, répondit Anne.

— Ça m'a fait plaisir. Monsieur?... ajouta Leblanc, en tendant la main à Gerry.

— Mercier, répondit Gerry. À bientôt, j'espère.

Gilles Leblanc sortit de L'ouvre-boîte et prit à sa gauche sur la rue Wellington. Il avait l'intention de rentrer quelques minutes dans chaque bar de la rue, juste pour observer. En marchant, il sortit son calepin de notes et y inscrivit sur une page blanche le nom de Gerry Mercier.

Vers minuit, Anne fit un signe de la main en direction de Gerry pour lui signifier de l'appeler quand il en aurait la chance. Le bar était rempli et Anne ne pouvait penser avoir un petit moment d'intimité avec lui. Elle appela un taxi. La voiture déposa d'abord Sophie à son condo, puis Anne dans l'ouest de la ville.

Vers 1 h 30 du matin, quand Gerry eut complété son dernier tour de chant, il s'approcha du bar pour prendre un dernier cognac. C'était une routine de musicien, un dernier verre avant de partir, le temps de vérifier si une femme seule était disponible, le temps de recevoir les dernières félicitations de clients un peu éméchés.

Martin s'approcha de Gerry.

— Encore une bonne soirée, mon Gerry. C'était bon ton medley des années 90, bonne idée.

— Le public s'y prêtait ce soir, répondit Gerry.

— Écoute, j'ai reçu un coup de téléphone au cours de la soirée. J'ai un de mes amis qui organise une espèce de congrès dans un club de golf, ici à Sherbrooke. Il y a un 5 à 7 demain et son musicien vient de le laisser tomber, il se demandait si je connaissais quelqu'un pour le dépanner et j'ai pensé à toi. Ce serait assez payant pour toi, dit-il.

— Je ne fais pas cela habituellement, répondit Gerry, je ne sais pas trop.

— Allez, Gerry, pas compliqué, tu t'installes et tu joues ce que tu joues ici. Deux sets d'une demi-heure et c'est terminé, tu rappliques ici pour faire ta soirée. Il est prêt à te verser 500 dollars comptant. C'est bon, non ?

— Gerry est en train de jouer à la vedette ? demanda Nora en s'approchant tout en flattant son chihuahua qu'elle tenait dans ses bras.

La question irrita Gerry qui, toutefois, conserva son calme.

— D'accord, dit-il, mais je viendrai à L'ouvre-boîte à 22 heures au lieu de 21 heures. Il faut que je me repose un peu, je ne suis pas une machine.

— C'est bon. Je préfère me priver de toi pendant une heure et garder de bonnes relations avec mon ami. Je te donne les coordonnées.

Martin alla chercher de quoi écrire. Nora s'approcha de Gerry.

— Puis ?

— Puis quoi ? demanda Gerry.

— La petite brune, Anne, ça fonctionne ?

— Tu vois tout, toi, hein ? dit-il.

— C'est mon métier d'observer, répondit Nora.

— J'espère que ça ne t'attire pas trop d'ennuis, dit Gerry.

Nora se demanda ce que voulait dire Gerry et elle n'insista pas auprès de lui. Le chanteur se leva, cala le reste de son cognac et se prépara à partir. Martin revint et lui tendit un bout de papier avec les coordonnées du club de golf pour le lendemain.

— Sois là vers 16 h 30, si tu peux. Apporte juste ta guitare et ton ordinateur, ils ont tout le reste.

— OK, fit Gerry. Merci.

Puis, il se tourna vers Nora.

— Elle est adorable, la petite brune, dit-il avant de quitter le bar.

Sur la rue Wellington, alors que la nuit était déjà avancée, Leblanc titubait en se dirigeant vers son hôtel. Il était en train de succomber à son vice. S'il fallait que Sophie se détache de lui encore une fois, il sombrerait dans l'alcool pour toujours.

241

20

Le lendemain matin, après avoir pris connaissance des journaux et avalé quelques cachets, Leblanc fila droit au bureau du Service de police de Sherbrooke avec une seule envie.

— Farley? Je peux te voir une minute?

Le sergent Farley le suivit dans son bureau. Leblanc ferma la porte derrière lui et s'assit derrière son bureau.

— Du nouveau? demanda Farley.

— C'est à toi de me le dire.

— Je ne comprends pas, répondit-il.

— Ma fille.

— Quoi?

— Farley, ne fais pas l'innocent, je sais que tu vois ma fille.

— Il faudrait faire la différence entre «je vois votre fille» et «j'ai vu votre fille», répondit Farley.

— Tu me niaises. Sors-tu avec ma fille? demanda Leblanc plus directement.

— Ça ne serait sûrement pas dans le but que vous deveniez mon beau-père un jour, répondit le sergent.

— Tu me niaises encore. Sors-tu avec ma fille?

— Non.

— OK. Alors, pourquoi lui avoir parlé de l'enquête?

— Je sais, je n'aurais pas dû. Nous sommes allés dîner ensemble et, de fil en aiguille, le sujet est venu sur la table.

— Pas fort.

— Je sais, je suis désolé.

— OK, fit Leblanc. Mais organise-toi pour que, de fil en aiguille comme tu dis, je ne me retrouve pas ton beau-père. Ce serait le début de tes souffrances. Puis quand je veux faire souffrir quelqu'un, crois-moi, il souffre pour un bout !

— Message reçu.

— 10-4, répondit Leblanc.

Le lieutenant Leblanc considéra le sujet clos. Il fit part à son collègue de ses observations sur les différents endroits visités au centre-ville. Il avait évidemment vu des jeunes marginaux, des types louches, mais rien de vraiment significatif... encore une fois.

Une fois de plus, à moins que du nouveau n'apparaisse enfin dans le portrait, Leblanc et Farley reverraient l'ensemble du dossier au cours des prochaines heures, en espérant trouver un détail qui les mènerait sur une nouvelle piste.

Tout ce qu'ils avaient de nouveau était que les objets laissés chez Sophie lors du cambriolage, le chapeau, la chemise et le clown, appartenaient bien au sans-abri Gaston Roy. Des traces de terre, trouvées sur les objets, correspondaient en effet à la saleté décelée dans les sacs personnels de Roy. Cela venait confirmer que le tueur avait bel et bien visité le condominium de Sophie après le meurtre du sans-abri. Sophie figurait bel et bien dans ses plans, d'une façon ou d'une autre. Mais alors, pourquoi ne l'avait-il pas agressée plutôt que d'effectuer ce petit cambriolage et cette mise en scène ? Cette visite ne devait être qu'un avertissement, estima Leblanc.

En fin d'après-midi, Gerry se présenta au club de golf de Sherbrooke, dans le nord de la ville. Il demanda à voir l'organisateur de l'événement. C'était un homme d'une trentaine d'années, du genre homme d'affaires bien habillé et sûr de lui. Il s'approcha de Gerry et passa outre les présentations.

— C'est toi le musicien de Martin ? Tu peux t'installer dans le coin là-bas, je te dirai quand commencer et quand finir. Pour ta paye, juste à voir Caroline avant de partir, la fille aux gros seins là-bas.

Gerry ne dit pas un mot, mais il le détestait déjà. Dans ses souvenirs, il n'avait jamais vu quelqu'un d'aussi arrogant. Le jeune homme se promenait dans la salle donnant ses ordres à gauche et à droite, pendant que les invités commençaient à arriver.

Gerry se dirigea vers son coin. Il sortit sa guitare de son étui et chercha l'endroit où la brancher dans la console mise à sa disposition. N'eût été de Martin, il serait parti dans la minute, mais il avait promis et il entendait bien respecter son contrat.

Il alla se chercher une bouteille d'eau au bar. Ensuite, il ouvrit son ordinateur, trouva la liste de chansons qu'il entendait interpréter au cours des deux prochaines heures et il s'échauffa sur son instrument en attendant le signal de départ.

La clientèle de ce 5 à 7 était principalement composée de gens d'affaires et représentants du monde de la quincaillerie. L'occasion était parfaite pour établir des réseaux de connaissances. Par conséquent, les gens discutaient entre eux, debout, en petits groupes. La présence d'un musicien était totalement inutile.

Au signal du grand patron, Gerry tenta d'attirer l'attention du public en leur souhaitant la bienvenue au micro. Ce fut peine perdue. Gerry enchaîna une pièce musicale qui ne retint aucunement l'attention. Après quatre chansons, il eut l'impression de travailler pour rien. Personne ne faisait attention à lui, sauf le patron. Verre à la main, il s'approcha de Gerry entre deux chansons.

— Martin m'avait dit que tu étais un pro, faudra que je lui explique ce qu'est un pro, dit-il. Tu penses que je te paye pour quoi ? Pour pratiquer tes tounes ? Tu n'es pas dans ton sous-sol. Donne-toi un peu, gagne ta paye au moins ! dit-il avant d'être intercepté par un invité.

— Va chier ! murmura Gerry en serrant les dents.

Il s'arrêta un instant et regarda dans la salle. Ce qu'il voyait devant lui représentait exactement ce qu'il détestait le plus dans la vie, c'est-à-dire des gens qui ne se souciaient que d'eux-mêmes en toutes circonstances, sans faire attention aux autres, surtout aux moins fortunés et aux plus faibles. C'étaient ce genre de personnes qu'il se devait de réveiller par tous les moyens et s'il devait tuer pour le faire, il n'hésiterait pas une seconde. Le monde devait comprendre.

Gerry tenta une dernière fois d'attirer l'attention de la foule. Il monta le volume de l'amplificateur en sachant très bien que cela produirait un retour de son dans la salle. Soudainement, un son strident se fit entendre et Gerry vit des dames porter leurs mains à leurs oreilles. Le bruit dura trois ou quatre longues secondes, le temps que tous les invités se taisent et se tournent vers lui. Gerry baissa le volume et tapota le micro devant lui.

— Une, deux... testing... Vous m'entendez bien ? Désolé pour cette interruption...

Gerry avait bien cru attirer leur attention, mais déjà, les gens s'étaient remis à parler entre eux et le volume de leurs conversations reprenait en hausse. Il en vit certains le regarder avec dédain. Ils devaient sûrement le traiter d'imbécile.

Gerry compléta son contrat. À 19 heures pile, il ferma la console, remit sa guitare dans son étui et son portable dans son sac. Il se dirigea vers Caroline qui lui tendit une enveloppe remplie de billets de 20 $. Sans dire un mot, il quitta la salle.

Une fois dans le stationnement, il s'assura que personne ne le verrait. Il sortit son trousseau de clés et, au hasard de ses pas, il se fit plaisir en traçant de larges entailles sur les véhicules stationnés en espérant qu'un de ceux-là appartienne à l'organisateur de la soirée.

Gerry était en colère et, dans ce temps-là, un seul moyen pouvait calmer cette émotion intense. Il lui faudrait cependant faire autrement. Les conditions n'étaient pas du tout réunies. Il n'était pas question d'improviser pour assouvir sa colère et risquer de faire une erreur.

Il se rendit directement à L'ouvre-boîte. Personne ne fit attention à lui. À l'arrière, près du vestiaire où il rangeait ses affaires, Gerry vit le chien de Nora, couché dans un petit panier d'osier. Il s'en approcha et le petit chien releva la lèvre en se préparant à grogner. Gerry regarda autour de lui pour vérifier si quelqu'un le voyait. Il s'empara du petit chien tremblant et sortit par la porte arrière. D'un coup sec, il brisa le cou du chihuahua, tel un abatteur de poulet. À une vingtaine de mètres, il vit un grand conteneur à déchets. Il ouvrit le couvercle et il lança le cadavre du chien.

Il retourna ensuite chez lui pendant quelques heures et revint au bar vers 21 h 30. Il se sentait mieux. Il se lava les mains et se prépara à monter sur scène. Pendant qu'il chantait, il vit de l'agitation derrière le bar. Nora semblait catastrophée et courait partout, sans doute à la recherche de son chien qu'elle ne reverrait plus.

21

La semaine suivante, le tout Sherbrooke était en effervescence à quelques jours de l'ouverture des Jeux du Canada. On attendait environ 12 000 visiteurs au cours des deux prochaines semaines. Les retombées économiques seraient très intéressantes, sans compter toute la couverture médiatique à travers le pays. C'était, selon l'avis de plusieurs, l'événement le plus important de l'histoire de la ville de Sherbrooke.

Du côté des faits divers, rien d'important ne s'était produit depuis le meurtre de Mélissa Gagnon. Les équipes de journalistes des différents médias étaient affectées à la préparation de la couverture des Jeux. Cela faisait bien l'affaire du lieutenant Leblanc et de son patron qui subissaient un peu moins de pression.

Les services policiers étaient tout de même sur les dents et les rencontres préparatoires se multipliaient dans les divers bureaux du quartier général. En plus du Service de police de Sherbrooke, des agents de la Sûreté du Québec et de la Gendarmerie royale du Canada avaient été mis à contribution. Après tout, la cérémonie d'ouverture prévue pour le vendredi soir au stade de l'Université de Sherbrooke regrouperait 10 000 spectateurs, mais également le premier ministre du Canada ainsi qu'une brochette d'artistes et d'invités de marque, pour qui on devait assurer une sécurité totale.

Pour compliquer les choses, les policiers de Sherbrooke avaient décidé de protester contre l'ambiance de travail qui régnait dans leurs rangs en portant un pantalon de camouflage en guise de moyen de pression.

Dans une salle de réunion, une trentaine de policiers et enquêteurs étaient réunis pour faire le point sur l'ensemble des opérations entourant la cérémonie d'ouverture des Jeux. Le directeur du SPS menait la réunion. Il avait demandé aux détectives Leblanc et Farley d'y participer. De toutes les menaces possibles, celle du tueur en série qui sévissait à Sherbrooke apparaissait au sommet de la liste.

— Je vous écoute, dit le directeur à l'un de ses adjoints.

— Pour l'instant, tout est assez tranquille de notre côté, expliqua l'officier. Nous avons mis la main sur un homme en lien avec des vols qualifiés ce matin. Il a commis deux vols dans des dépanneurs du centre-ville et dans l'arrondissement de Brompton en simulant une arme sous son manteau. C'est un policier en civil qui l'a suivi et a permis son arrestation.

— Portait-il un pantalon de camouflage? lança un capitaine pour dérider l'assistance.

Le directeur lui lança un regard de feu et la blague tomba rapidement à plat.

Puis, un autre policier expliqua les plans d'intervention en disant que plusieurs scénarios avaient été bâtis et qu'une cellule de crise avait été formée pour réagir rapidement.

— Vous pensez à quoi dans vos scénarios? Un tireur embusqué? Une bombe dans le stade? demanda l'un des participants.

— Les sacs seront fouillés à l'entrée et nous aurons des policiers un peu partout pour surveiller les entrées et les sorties du site.

— Ce n'est pas la cérémonie d'ouverture qui m'inquiète, c'est plutôt la rentrée à la maison après!

La voix était forte et autoritaire. C'était celle du lieutenant-détective Gilles Leblanc qui intervenait pour la première fois depuis le début de la réunion. Le directeur du SPS le présenta à l'ensemble des collègues.

— Le lieutenant Leblanc de la Sûreté du Québec, et le sergent Farley du SPS qui l'accompagne, sont responsables de l'enquête actuelle sur la présence d'un tueur en série sur notre territoire depuis quelques mois. Gilles, on t'écoute, dit-il.

— Merci. Je comprends que toutes les mesures de sécurité doivent être prises pour protéger les invités de marque, mais notre tueur s'en prend à des personnes qui circulent seules. À la sortie du stade, ils seront 10 000 à emprunter les rues mal éclairées, les sentiers dans les parcs. Si vous voulez mon avis, ils ont autant droit à une protection que le premier ministre, dit-il.

— On ne peut toujours pas aller les reconduire chacun chez eux, lança un des policiers.

— Non, mais on peut déployer des patrouilles à plusieurs intersections dans un rayon de quelques kilomètres du stade, répondit Leblanc du tac au tac. J'ai déjà quatre meurtres à Sherbrooke. Un cinquième le soir de l'ouverture des Jeux va assurer une couverture à travers le pays et pas pour les bonnes raisons, je vous le garantis.

Les représentants des différents corps policiers sur place durent admettre que la menace du tueur en série était sérieuse. Il y avait effectivement plus de risques de ce côté que la présence d'une bombe dans le stade.

Le vendredi 2 août, tout le dispositif était en place en après-midi. Personnellement, Leblanc avait toujours en tête que le tueur attendrait le 7 août avant de frapper, il en avait la conviction. Cependant, le récent meurtre de Mélissa Gagnon était venu brouiller les cartes. Ce que Leblanc ignorait était que « son tueur » travaillait ce vendredi soir.

Alors que la cérémonie d'ouverture, retransmise à la télévision nationale, se déroulait dans une ambiance festive devant un panorama exceptionnel offrant le mont Orford comme vue aux visiteurs, Gerry et le propriétaire de L'ouvre-boîte étaient accoudés au bar, en train de regarder la télévision tout en espérant que l'endroit se remplirait après la cérémonie d'ouverture.

— Bien beau les cérémonies, mais ça ne remplit pas la place, dit Martin.

— Il est encore tôt, répondit Gerry. Ne t'en fais pas, les gens vont descendre au centre-ville ensuite.

Pour leur part, Anne et Sophie assistaient à l'événement au stade de l'université sans penser un instant à tout ce qui pourrait survenir, à l'instar des 10 000 personnes présentes. La mairesse de Lac-Mégantic, portant un drapeau, reçut un accueil des plus chaleureux en entrant dans le stade. Les prestations artistiques se succédèrent jusqu'à 22 heures.

À la sortie, tout se déroula dans l'ordre. Vers minuit, Leblanc et Farley échangèrent un regard. La soirée n'était pas encore terminée, la nuit non plus, mais, pour l'instant, tout se passait bien.

— Ce sera tranquille ce soir, dit Leblanc. On va prendre un verre? proposa-t-il.

— Vous n'avez pas arrêté de boire? demanda Farley.

— C'est Sophie qui t'a dit cela encore?

— Ce n'est pas de mes affaires. Je pensais que...

— Laisse tomber, répondit Leblanc. Et surtout, pas un mot de tout cela à ma fille, c'est clair?

— Bien sûr, répondit Farley.

Dans les jours qui suivirent, la ville retrouva un rythme normal. Les compétitions se déroulaient dans l'ordre, les médias parlaient davantage des performances des athlètes et de l'organisation des Jeux que des recherches entourant le tueur.

Le mardi 6 août, en après-midi, une intervention policière suscita une inquiétude. Un homme barricadé chez lui, à proximité de résidences où demeuraient des athlètes, était armé et possiblement dangereux. Leblanc constata rapidement que l'incident n'avait rien à voir avec son enquête et retourna à ses recherches. Le siège dura quelques heures. L'individu se rendit aux policiers et fut transporté à l'hôpital pour recevoir des soins.

À la fin de la journée, Leblanc s'étendit sur son lit après une autre journée infructueuse. Il était fébrile au point d'en trembler. Le lendemain, mercredi, ce serait le 7 août. Il avait volontairement évité d'en parler au directeur du SPS et à l'ensemble de l'état-major. Pour un, le directeur accordait de moins en moins de crédit à l'hypothèse de Leblanc voulant que le tueur frappe le 7 du mois. Néanmoins, Leblanc ressentait toujours cette impression qui ne mentait pas depuis le début de sa carrière. Il ne savait pas ce qui allait se passer le lendemain, mais il était convaincu que la journée apporterait son lot de surprises. Il étira le bras et ouvrit le tiroir de sa table de nuit pour prendre deux comprimés qui lui permettraient peut-être de dormir.

Chez lui, Erik Farley tournait également dans son lit, incapable de dormir alors que son esprit valsait entre le tueur en série et l'image de

Sophie. Il avait déjà revu la jeune femme à quelques reprises, sans en parler au lieutenant. Il se sentait totalement ridicule, mais il préférait demeurer discret.

De son côté, dans son petit appartement, Gerry Mercier regardait un vieux film à la télévision en tenant un couteau qu'il faisait aller et venir sur une pierre à affûter. Demain, ce serait le 7 août.

22

Incapable de dormir, Gerry Mercier se leva à cinq heures du matin. Assis dans sa cuisine, il manipulait un solide câble d'environ trois mètres de long, d'un diamètre de quelques centimètres. Devant lui, un livre, emprunté à la bibliothèque, ouvert à une page illustrant différents croquis pour réaliser un nœud de pendu.

D'abord, étendre l'extrémité de la corde en forme de « V », faire revenir un second « V » à l'intérieur du premier, entourer les deux « V » en faisant plusieurs tours de corde pour enfin en nouer l'extrémité dans un nœud simple qui servirait de blocage. Rien de bien compliqué, se dit Gerry. Cependant, il dut s'y prendre à plusieurs reprises avant de réaliser le nœud parfait.

Il ouvrit le nœud et y passa son bras en tirant l'extrémité de la corde pour la serrer davantage. Le nœud faisait le travail, son bras était coincé. Satisfait, Gerry déposa le câble sur la table, se prépara un café et s'assit ensuite pour le contempler.

C'était donc aujourd'hui que tout cela allait se terminer. Gerry en avait décidé ainsi. Au cours des derniers jours, il avait eu le temps de planifier les événements. Il laisserait sa marque. S'il avait eu une vie difficile et malheureuse, tout le monde le saurait et son exemple ferait réfléchir les gens. Il le faisait pour la société et pour lui, bien évidemment. Il devait enfin se libérer de son passé.

En prenant une gorgée de café instantané chaud, il révisa son plan une dernière fois. Puis, il prit sa guitare et joua quelques chansons, comme si c'était la dernière fois. Dans l'appartement d'à côté, quelqu'un frappa dans le mur pour lui rappeler qu'il était encore tôt pour jouer de la musique. Gerry cessa de jouer un instant. La colère monta en lui. Il reconnaissait maintenant cette émotion quand elle se pointait. Personne ne lui dirait quoi faire et quoi ne pas faire. Il se retint pour ne pas aller faire la peau à cette vieille folle de voisine, mais il était plus sage de ne pas éveiller de soupçons. Elle était assez haïssable pour appeler la police et contrecarrer ses plans.

Patiemment, Gerry attendit neuf heures pour quitter son appartement. Il camoufla la corde dans son sac avec son couteau, une casquette, un pied-de-biche, une bouteille de cognac et une douzaine de petits verres de shooter, achetés dans un magasin à un dollar.

Il descendit l'escalier par derrière et ne croisa personne. Il enfourcha le vélo mis à la disposition des locataires et, sac sur le dos, mit le cap vers l'ouest de la ville. Après avoir traversé la rue Wellington Sud, il monta Aberdeen, puis Alexandre et Galt Ouest, enfin. Il pédala jusqu'à la rue Roy, sous le pont Jacques-Cartier, et arriva enfin à son but, le parc Blanchard avec sa plage et ses pistes cyclables.

Fatigué, Gerry se reposa quelques minutes. Il regarda sa montre. Il devait faire vite. Il avait rendez-vous à midi, selon son plan.

Il monta sur son vélo et emprunta la piste cyclable jusqu'à l'endroit choisi quelques jours auparavant. Pour l'instant, il n'y avait personne, mais il était convaincu que quelqu'un passerait au cours de la prochaine heure. Il lui fallait seulement être patient.

Soudain, il entendit un bruit. Quelqu'un venait vers lui en sens inverse. La matinée était calme, le ciel était bleu, la journée serait chaude. Gerry descendit de vélo et s'étendit en bordure de la piste cyclable, une jambe par-dessus sa bicyclette, de façon à faire croire à une chute. Il ne devait pas en faire trop pour ne pas que le cycliste venant en sens inverse appelle immédiatement le 911. Il devait juste avoir l'air de quelqu'un qui va s'en tirer, mais qui a quand même chuté.

Quelques secondes plus tard, un adolescent assez frêle apparut sur son vélo de montagne. Gerry fit semblant de se relever péniblement comme si sa chute venait de se produire. Le jeune cycliste s'arrêta net devant lui.

— Je peux vous aider ? demanda-t-il.

— J'en ai pris une maudite, mais je pense que ça va aller, merci. Si tu pouvais juste m'aider à me relever, s'il te plaît.

Le jeune homme descendit de vélo et fit quelques pas en direction de Gerry, maintenant assis. Lorsqu'il se pencha pour l'aider, Gerry leva le bras et lui asséna un coup de pied-de-biche sur le crâne. Le garçon tituba et tomba à genoux. Gerry voulut le frapper une nouvelle fois, mais il vit dans les yeux de l'adolescent que le compte était bon.

— Ta mère ne t'a jamais dit qu'il fallait toujours porter un casque en vélo? dit Gerry en repoussant le corps du jeune homme.

Rapidement, il le tira par les jambes sur quelques mètres jusque dans un boisé. Il camoufla le vélo de sa victime et le sien tout aussi rapidement. Puis, en prenant le jeune sous les aisselles, il le tira une vingtaine de mètres plus loin où il avait précédemment repéré un arbre parfait.

Tout en s'assurant que sa victime était toujours inconsciente, Gerry sortit le nœud coulant de son sac et en lança une extrémité autour d'une branche parallèle au sol, située à environ trois mètres de hauteur. Il traîna le jeune homme sous la branche et lui passa le nœud autour du cou. Puis, il entreprit de tirer sur la corde pour faire remonter le corps. Aussitôt que ses pieds ne toucheraient plus le sol, il pourrait fixer l'extrémité du câble et laisser sa victime mourir tranquillement.

Mais Gerry n'avait pas prévu qu'il serait si difficile de tirer sur cette corde. Le jeune homme avait beau être mince, mais un corps inerte semble toujours plus lourd. Gerry força énormément pour tirer la corde. Le jeune homme était maintenant en position assise. Gerry aurait vraiment eu besoin d'aide pour le hisser plus haut. Tant bien que mal, il prit le jeune à bras-le-corps pour tenter de le mettre debout, tout en essayant de tendre la corde. Il avait chaud et était déjà tout en sueur. Heureusement, le nœud commençait à se serrer autour du cou de sa victime. Il n'aurait peut-être pas besoin de le suspendre complètement pour terminer le travail.

Gerry le hissa encore un peu. Il entendit un bruit à proximité. Il s'agissait sans doute d'autres promeneurs venant sur la piste cyclable. Les vélos étaient-ils assez bien planqués? Gerry eut un doute. Au même moment, il entendit un craquement. Il leva la tête et constata que la branche qui soutenait le corps était en train de céder. Qui plus est, il lui semblait que le jeune reprenait ses esprits. Que fallait-il faire maintenant? Lui planter un couteau dans le ventre? Ce n'était pas le but de l'opération. Cette mise en scène ne devait servir qu'à attirer l'attention des policiers. Gerry n'avait pas prévu qu'il devrait poignarder ce jeune homme et cela le dérangeait.

Il entendit des voix qui semblaient se rapprocher. Gerry prit sa décision et courut se cacher. Il devait rapidement retrouver son vélo et quitter les lieux.

Les voix étaient celles d'un couple de marcheurs qui venait de quitter la piste cyclable. Ils virent soudainement le jeune garçon étendu par terre. L'homme courut à sa rencontre.

— Mon Dieu! dit-il.

La dame qui l'accompagnait comprit qu'elle faisait face à un suicidé.

— As-tu ton cellulaire? demanda l'homme à sa compagne.

— Non, tu m'as demandé de le laisser à la maison.

L'homme se souvint alors de son impatience envers sa femme qui avait toujours en main son maudit cellulaire à toute heure de la journée. Cette fois, il aurait été bien pratique.

— Est-ce qu'il est mort? demanda la dame.

Son mari prit le pouls de la victime et lui retira la corde autour du cou.

— Il a encore un pouls, dit-il, en essayant de le réveiller.

— Je vais retourner à la piste cyclable, il y a sûrement quelqu'un qui va passer. Tiens, prends ma gourde et tente de le ranimer, ordonna-t-elle à son mari.

La dame courut vers la piste cyclable pendant que le mari aspergeait d'eau froide le visage du jeune homme. Il n'avait jamais suivi de cours de secourisme et il le regrettait. Cependant, le gros bon sens lui dictait de vérifier si la victime respirait bien. Il approcha son visage du sien. Il ne sentait rien. Il pinça le nez du jeune homme et lui fit le bouche-à-bouche à quelques reprises. Soudainement, le jeune toussa et reprit connaissance. En ouvrant les yeux, il tenta de se dégager rapidement dans un effort de survie.

255

— Doucement, lui dit l'homme, tout va bien. Je vais vous aider.

Le jeune homme porta la main à son cou qui lui faisait atrocement mal.

— Buvez un peu d'eau, les secours vont arriver.

— Qu'est-ce qui s'est passé? demanda le jeune en massant son cou douloureux.

— Je l'ignore, on dirait que tu as voulu en finir et que ça n'a pas marché comme tu le voulais, dit l'homme.

— Ce n'est pas ça, dit péniblement le jeune.

— J'ai eu des difficultés moi aussi quand j'étais jeune, il y a des moyens de s'en sortir.

Le cycliste reprenait ses esprits et ses souvenirs remontaient à la surface. Il se souvint de l'homme blessé le long de la piste cyclable, puis plus rien. Il regarda autour de lui et vit la corde. Il comprit que les apparences jouaient contre lui. La compagne du marcheur revint au même moment en compagnie d'un homme qui tenait son cellulaire.

— Puis, ça va? demanda-t-elle à son mari, inquiète.

— Il est en train de reprendre ses esprits.

— Oui, il est vivant, dit l'autre homme en s'adressant au préposé du 911.

— Quel est ton nom? demanda la femme au jeune cycliste.

— Vous vous trompez, je n'ai pas essayé de me suicider. J'ai été agressé et transporté ici.

L'homme et sa femme se regardèrent, compatissants. Il était tout à fait normal que le jeune homme ne veuille pas admettre sa tentative de suicide. Il avait honte d'avoir essayé et, sans doute, pensaient-ils, d'avoir échoué.

— Les ambulanciers seront là d'ici quelques minutes, t'en fais pas, on ne te lâchera pas, dit la femme en regardant son mari.

Ce dernier comprit que son épouse était touchée par la situation. Elle qui n'avait jamais eu d'enfant venait soudainement d'en trouver un qu'elle pourrait peut-être aider. Il leva les yeux au ciel. Sa femme lui sourit.

Quelques minutes plus tard, deux ambulanciers arrivèrent sur les lieux, puis deux policiers. Gerry, lui, avait retrouvé son vélo et était déjà loin.

Le jeune homme était maintenant debout et en pleine possession de ses moyens, mis à part la bosse qu'il avait sur la tête. Après avoir défilé nom et adresse aux policiers et avoir été examiné sommairement, le jeune raconta son histoire. Les ambulanciers confirmèrent le coup reçu sur la tête. La bosse était apparente. De plus, un examen rapide des lieux fit comprendre aux policiers que s'il avait vraiment voulu se suicider, le jeune aurait d'abord attaché la corde solidement à la branche, ce qui n'était pas le cas. Visiblement, quelqu'un avait tenté de tirer la corde pour le soulever. Sa version était logique.

— Je m'excuse d'avoir pensé que tu voulais te suicider, dit l'homme qui lui avait prodigué les premiers soins. J'étais énervé et je n'ai pas pris le temps de regarder.

— Ce n'est rien, dit le jeune homme, ému. Vous et votre femme m'avez sauvé la vie. Si vous n'étiez pas passés par ici, je serais mort.

La femme éclata en sanglots, émue elle aussi.

— Reste à savoir qui vous a fait ça, dit le policier. Vous l'avez vu?

— Assez bien, oui. Un homme dans la trentaine, cheveux un peu longs, noirs, yeux foncés. Difficile de dire s'il était grand ou petit, il était assis par terre. Poids moyen. Il portait un T-shirt blanc et il n'avait pas de casque... moi non plus d'ailleurs, ajouta-t-il en se frottant le crâne.

Le policier fit un rapport verbal à son supérieur et demanda l'aide d'enquêteurs puisqu'on avait maintenant affaire à une tentative de meurtre. Son partenaire demanda aux témoins de s'éloigner et alla chercher un ruban de plastique jaune pour établir un périmètre, au cas où l'auteur aurait laissé des indices.

— Je vais vous demander de nous accompagner au poste tout à l'heure. Peut-être que vous pourrez nous aider à tracer un portrait-robot de votre agresseur.

— OK, dit le jeune homme.

— Voici notre numéro de téléphone, dit la dame en le remettant au jeune homme. Si nous pouvons vous aider de quelque manière que ce soit, n'hésitez pas à nous appeler.

Les policiers prirent les dépositions de tout le monde en attendant l'arrivée des enquêteurs. Au quartier général, Leblanc et Farley eurent connaissance des transmissions radio au sujet de cette tentative de meurtre.

— C'est probablement rien pour nous, dit Farley.

— Je ne sais pas. Tout ce qui va arriver aujourd'hui m'interpelle, répondit Leblanc.

— C'est vrai, on est le 7 du mois.

— Tu peux bien te moquer, l'Irlandais. Attends, la journée n'est pas finie.

— C'est vrai, on a déjà une tentative de meurtre et il n'est même pas midi.

— C'est peut-être juste une coïncidence, dit Leblanc en réfléchissant tout haut.

— Quoi? demanda Farley.

— Rien...

— Allez, tous les détails sont importants, vous le savez, répondit le sergent.

— Cette affaire est en train de me rendre fou, avoua Leblanc. C'est juste qu'on parle d'une tentative de meurtre par pendaison...

— Et puis...

— Encore une affaire de cou. Je sais, je sais...

— Non, répondit Farley, ce n'est pas fou du tout. Au point où on en est, pourquoi ne pas aller voir la victime? suggéra-t-il.

Leblanc sourit légèrement. Il sentait que Farley devenait de plus en plus eu un partenaire valable... surtout quand il pensait comme lui.

Les deux détectives descendirent quelques étages et se présentèrent dans un bureau où un autre enquêteur de la criminelle interrogeait la victime.

— Qu'est-ce que vous faites ici? demanda l'enquêteur responsable du dossier.

— Seulement rencontrer la victime, expliqua Farley, on ne veut pas te voler ton cas. Nous en avons assez sur les bras pour le moment.

Rassuré, l'enquêteur leur raconta ce qu'il savait des circonstances de l'événement.

— On devrait recevoir le portrait-robot d'ici une dizaine de minutes. Même s'il a reçu un coup sur la tête, il est assez solide sur les détails, le jeune.

— Tant mieux, dit Farley.

Pendant ce temps, Gerry était en pause, assis sur une grosse roche près de la rivière Saint-François. Il s'en voulait d'avoir raté son coup, mais il devait poursuivre le plan initial. Il se leva et fit quelques pas en direction d'un téléphone public. Il composa un numéro et patienta.

— Allo? répondit une voix féminine.

— Anne?

— C'est moi...

— C'est Gerry.

— Ah, je ne t'avais pas reconnu. C'est rare que tu m'appelles au bureau. Ça va?

— Oui, très bien. Je me demandais si tu étais libre pour le dîner. J'ai quelque chose à te montrer, je voudrais avoir ton avis.

— C'est quoi?

— Tu devras patienter encore une heure, répondit-il.

— Ah, ce n'est pas juste. Tu m'agaces et après tu ne me dis rien.

— Je voulais juste savoir si tu étais libre pour dîner, dit-il.

— C'est vrai, admit Anne. Tu m'agaces quand même. Bien sûr que je suis libre. On se rejoint où?

— Café Bla Bla?

— Parfait, je serai là vers 12 h 15. Je dois être de retour au bureau à 13 h 30.

— Pas de problème, fit Gerry. Merci et à tantôt.

Gerry raccrocha.

Au quartier général de la police, le technicien, responsable des portraits-robots, frappa à la porte du bureau de l'enquêteur. Il entra et lui tendit le dessin. L'enquêteur, ainsi que Leblanc et Farley, en prirent connaissance. Puis, l'enquêteur quitta la pièce un instant pour le montrer à la victime.

— Criss, qu'il me rappelle quelqu'un! dit Leblanc en fouillant dans sa mémoire.

— Ces portraits-robots se ressemblent tous, répondit Farley.

— C'est très ressemblant selon le jeune homme, dit l'enquêteur en revenant. Je vais le faire circuler partout.

Vers 11 h 45, Anne quitta la bibliothèque pour aller rencontrer Gerry. Elle était impatiente de voir ce qu'il avait à lui montrer. Elle marcha en direction de la rue Wellington, une marche d'une dizaine de minutes à peine. Les terrasses commençaient à se remplir et celle du café Bla Bla ne faisait pas exception. Gerry était déjà attablé, une bière blonde devant lui. Lorsqu'il vit Anne, il se leva pour l'accueillir et l'embrassa sur les deux joues.

— Je suis content que tu sois venue, dit-il.

— Je suis tellement curieuse, une vraie maladie, répondit-elle.

— Tu veux quelque chose à boire?

— Non, merci, de l'eau simplement. Je travaille, moi, dit-elle en riant.

— C'est vrai que nous, les artistes, on donne toujours l'impression de ne pas travailler.

La serveuse s'approcha pour leur demander ce qu'ils souhaitaient pour dîner. Anne regarda le menu rapidement et commanda un spécial du midi.

— La même chose, dit Gerry.

— Alors, qu'est-ce que tu veux me montrer? demanda Anne, excitée.

— Qu'est-ce que tu es impatiente, dit-il.

— Allez...

— Bon, bon, d'accord. Tu sais qu'un de mes rêves est de lancer mon propre bar, commença-t-il.

— Oui, je sais, dit-elle. Tu en as parlé à tout le monde à L'ouvre-boîte, même que je me demandais si le propriétaire n'allait pas t'en vouloir de penser à lui faire compétition.

— Je pense que j'ai trouvé un local intéressant et je voudrais te le montrer.

— C'est où ? demanda-t-elle.

— À deux pas d'ici.

— Tu es sérieux avec ce projet ? Je pensais que c'était un rêve à long terme.

— Ça l'était au début, répondit-il, mais plus les choses avancent et plus je m'attache à Sherbrooke... et à toi.

Anne le fixa et rougit. Elle attendait ce moment depuis tellement longtemps. Enfin, un homme s'intéressait à elle au point de penser à avoir des projets pour l'avenir.

— Intéressant, dit-elle, en se retenant pour ne pas trop montrer sa joie.

— Si le local est intéressant et si la banque accepte, je commencerai à travailler sérieusement sur le projet. Martin m'a même offert de m'aider, mentit-il.

— Des gros projets, monsieur Mercier, dit-elle en levant son verre d'eau pour porter un toast.

— Mais j'ai besoin de toi. On mange et je vais te montrer ?

— OK, fit-elle.

Tout au long du repas, Anne et Gerry discutèrent du futur bar, du genre de clientèle qu'il voulait attirer. Anne s'entendit même dire qu'elle pourrait éventuellement laisser son travail à la bibliothèque pour prendre une part active dans le projet, une fois démarré. De temps à autre, Gerry regardait les gens entrer et sortir du restaurant avec la crainte de voir des policiers surgir. Il ignorait si le jeune homme l'avait suffisamment vu pour le décrire adéquatement aux enquêteurs. Gerry paya l'addition et le couple sortit sur la rue Wellington.

— Alors, il est où ce local ? demanda-t-elle.

— Par là, dit-il en l'entraînant sur la rue Wellington Sud.

À quelques centaines de mètres, ils arrivèrent devant un édifice délabré dont la façade était placardée de feuilles de contreplaqué. Anne se souvenait vaguement que l'endroit avait accueilli un bar, jadis.

— Ici ? demanda-t-elle.

— C'est certain que ça demande un peu de ménage, mais, au moins, ce ne sera pas cher. Viens.

Anne hésita un instant, mais devant l'enthousiasme de Gerry, elle ne pouvait faire autrement que de le suivre. Ils passèrent par le côté de l'immeuble et se retrouvèrent devant une porte à moitié ouverte.

— Tu es certain que nous pouvons entrer ici ? demanda-t-elle.

— J'ai même la permission du propriétaire, mentit Gerry en poussant la porte grinçante.

Anne et Gerry firent quelques pas dans un corridor sombre. Heureusement qu'on était en plein jour et qu'il faisait un soleil radieux, sinon Anne aurait pris ses jambes à son cou.

Ils arrivèrent dans ce qui semblait être une grande salle à aire ouverte. Un filet de lumière venait des fenêtres placardées à une dizaine de mètres d'eux.

— Gerry, on ne voit rien, on s'en va, d'accord ? demanda Anne.

— Un instant, il y a une lumière par ici, répondit-il.

Gerry alluma une lampe projecteur assez puissante qui éclaira soudainement une table carrée sur laquelle était déposée une bouteille de cognac. Autour de la table se trouvaient deux chaises, l'une en face de l'autre. Devant chacune d'elles, six verres à shooter étaient alignés. Anne fut surprise.

— Qu'est-ce que c'est ? On dirait que quelqu'un est venu ici il n'y a pas très longtemps.

Gerry s'approcha d'elle doucement. Soudainement, il lui plaqua la main gauche sur la bouche et la prit par le cou avec son bras droit. Anne tenta de se dégager, mais Gerry était beaucoup trop fort pour elle.

— Je suis désolé, lui dit-il à l'oreille.

Il l'entraîna près de la table et l'obligea à s'asseoir. De la main, il fouilla dans son sac et sortit son couteau.

— Qu'est-ce que tu fais, Gerry ? demanda-t-elle, complètement effrayée.

Le portrait-robot élaboré par le SPS commençait à circuler un peu partout. Déjà, les médias électroniques avaient commencé à le diffuser sur leur site. Les médias sociaux reprenaient l'information et la redirigeaient ensuite vers des milliers d'abonnés.

Le sergent Farley composa le numéro de téléphone de Sophie.

— Sophie? C'est Erik.

— Tu prends toute une chance de m'appeler, dit-elle en riant, tu n'as pas peur de te faire tuer par mon père?

— Je me suis caché dans un bureau, répondit-il en blaguant à son tour. Tu as vu le portrait-robot qui circule?

— Oui, je l'ai vu tout à l'heure. Tu sais à qui il me fait penser?

— Non?

— Il ressemble au chanteur de L'ouvre-boîte, dit-elle. C'est un artiste raté dans la trentaine, dit-elle avec un peu de mépris dans la voix.

— Ah, fit Farley, sans trop porter d'attention à ce que venait de lui dire la jeune femme. Je voulais juste te dire que ton père est convaincu qu'il va se passer quelque chose aujourd'hui étant donné qu'on est le 7 août et que le tueur semble frapper le 7 du mois.

— Tu es inquiet pour moi? demanda-t-elle.

Farley ne répondit pas tout de suite. Il se sentait rougir soudainement.

— Peut-être un peu, oui. Après le vol chez vous et le fait qu'on ait retrouvé tes affaires à Rock Forest, avoue que j'ai raison.

— Je suis contente de voir que tu t'en fais pour moi, mais j'ai une journée super chargée au palais de justice et je suis entourée de policiers, si ça peut te rassurer.

— Oui, c'est plus rassurant. Mais promets-moi que si tu as le moindre signal d'un danger, tu m'appelles sur mon cellulaire.

— Oui, chef! dit-elle. Je te laisse, j'ai un appel sur l'autre ligne.

— OK, bonne journée, dit Erik.

— Oui? répondit Sophie après avoir poussé un bouton de son téléphone.

— Sophie? C'est Anne.

— Ah, allo, fit-elle.

Le couteau sur la gorge, Anne suivait les instructions que lui avait fournies Gerry avant de téléphoner. Si elle faisait la moindre erreur, il serait obligé de lui trancher la gorge. Anne n'avait pas le choix.

— Je peux te demander un service? dit-elle.

— Bien sûr, répondit Sophie.

— Tu peux venir au centre-ville quelques minutes ? J'ai promis à quelqu'un de lui donner mon avis sur un local à louer et je suis vraiment embêtée.

— Là, maintenant ? demanda Sophie.

— Si tu pouvais, oui. L'ami doit donner une réponse d'ici une heure et je ne sais pas quoi lui dire. Tu veux bien ?

Sophie regarda sa montre. Comme la cour ne reprenait pas avant 14 h 30, elle avait un peu de temps devant elle.

— C'est quoi l'adresse, j'arrive, dit Sophie, mais je n'ai pas beaucoup de temps.

Anne lui fournit l'adresse dictée par Gerry et raccrocha.

— Qu'est-ce que tu fais, Gerry ?

— Tu es trop impatiente. Attendons ton amie et je t'expliquerai tout.

Le sergent Farley traversa quelques corridors pour rejoindre Leblanc. Ce dernier, comme à son habitude, grignotait un sandwich assis derrière son bureau tout en prenant connaissance de ses dossiers.

— Le portrait-robot circule partout ? demanda Leblanc.

— Oui. Vous pensez que cela va donner quelque chose ?

— Aucune idée. Si seulement je pouvais avoir un peu de chance et que cet homme ait un rapport avec notre tueur.

— Ah, ça me fait penser... j'ai parlé à Sophie tout à l'heure.

— Il me semble que tu en prends l'habitude, l'Irlandais.

— Je ne dirais pas ça, répondit Farley, regrettant d'avoir prononcé le nom de la fille du lieutenant.

— Puis, qu'est-ce qu'elle a, Sophie ?

— Je lui ai demandé si elle avait vu le portrait-robot...

— Beau prétexte pour lui parler, répondit Leblanc. Tu ne pourrais pas lui parler de cinéma ou de mode ? Bien non, faut que tu lui parles de tentative de meurtre.

— Elle a dit qu'elle trouvait que le portrait-robot lui faisait penser au chanteur de L'ouvre-boîte...

— Criss, c'est ça ! s'exclama Leblanc. Je le savais que je l'avais vu quelque part. Prends tes clefs, tu conduis !

Leblanc et Farley quittèrent le quartier général en toute hâte en direction de L'ouvre-boîte. À cette heure-ci, le propriétaire serait sûrement présent et pourrait lui en dire plus long sur l'artiste.

Sophie prit son sac et sortit du palais de justice. Elle descendit la côte de la rue King Ouest jusqu'à Wellington, puis se rendit à l'adresse indiquée. Comme Anne le lui avait dit, elle passa par la ruelle et aperçut la porte. Elle entra.

Sophie n'avait pas fait deux mètres qu'elle sentit une douleur à la tête. Quelqu'un venait de la frapper. Elle perdit l'équilibre. Gerry la saisit à bras-le-corps et la traîna jusqu'à l'endroit où se trouvait déjà Anne, maintenant bâillonnée et ligotée à sa chaise.

Gerry installa Sophie sur la chaise en face de celle d'Anne, puis la frappa au visage à quelques reprises pour qu'elle reprenne connaissance.

Lorsqu'elle reprit ses esprits, Sophie regarda autour d'elle. Elle vit Anne, assise en face, en pleurs. La forte lumière provenant du projecteur l'empêchait de lever la tête pour voir plus loin dans la pièce. Elle tenta de se lever, mais elle réalisa que ses pieds étaient ligotés.

— Anne ? Qu'est-ce qui se passe ? dit-elle.

Incapable de parler, Anne pleurait en la regardant.

— Anne ! Reprends-toi ! Qu'est-ce qu'on fait ici ? demanda-t-elle avec une voix autoritaire cette fois.

Avant que son amie puisse répondre, Gerry s'avança de quelques pas, à l'intérieur de la zone éclairée. Sophie leva la tête et plissa les yeux pour tenter de voir de qui il s'agissait. Sa tête lui faisait soudainement très mal et un léger filet de sang semblait couler le long de son visage.

— Qui êtes-vous ? Que voulez-vous ? demanda-t-elle.

Gerry se déplaça de quelques mètres. Elle le reconnut et comprit.

23

Leblanc et Farley mirent les gyrophares en action et se dirigèrent rapidement vers L'ouvre-boîte. Leblanc s'en voulait de ne pas s'être davantage fié à son instinct. Ce type ne l'avait pas du tout inspiré lorsqu'il l'avait rencontré, mais comme il semblait être un ami de Sophie et d'Anne, il avait baissé la garde. Leblanc sortit son calepin de notes.

— Qu'est-ce que vous faites? demanda Farley.

— J'ai pris son nom en note quelque part, je m'en souviens, répondit Leblanc.

Après avoir tourné une dizaine de pages, Leblanc fut heureux de sa découverte.

— Gerry Mercier, fit-il.

— Bon, il ne faut pas partir en peur, souffla le sergent. Actuellement, on est en train de travailler sur l'enquête de tentative de meurtre de notre collègue à partir d'une impression de Sophie qui me dit que le portrait-robot ressemble à un chanteur dans un bar. C'est bien ça? demanda-t-il à Leblanc.

— Conduis, Farley, répondit Leblanc.

— Premièrement, l'enquêteur va nous tuer quand il saura qu'on ne l'a pas informé que son suspect ressemblait au chanteur...

— Si ce n'est pas lui, il ne le saura jamais, répliqua Leblanc.

— Vous avez un point, réfléchit Farley. Qu'est-ce qu'on a de plus? demanda-t-il.

— Tu es fatigant avec tes questions.

— J'ai besoin de faire le point souvent pour savoir si on avance dans la bonne direction. Ça vous dirait de réfléchir à haute voix avec moi, s'il vous plaît?

Leblanc sentit le sarcasme dans la dernière phrase de son partenaire, mais il accepta néanmoins de se prêter au jeu.

— Bon, je te l'accorde, nous n'avons pas grand-chose à ce moment-ci. On est le 7 du mois et la tentative de meurtre se rapportait au cou, comme tous les meurtres commis par notre tueur. Tu es content?

— Il y a peut-être plus que cela, dit Farley.

— Comment ça? fit Leblanc, intéressé.

— C'est quoi le nom du chanteur?

— Gerry Mercier, répondit Leblanc.

— Vous vous souvenez de la phrase qu'Isabelle Lévesque a laissé sur son Facebook avant de mourir?

Leblanc fouilla à nouveau dans son calepin. Après quelques secondes, il la retrouva.

— *Mes amis, merci pour ces soirées ingmoubliables au centr0-ville!*

— Vous l'avez? demanda Farley en conduisant.

— Oui.

— J'ai toujours cru que les fautes dans la phrase étaient dues à l'énervement de la victime.

— Et?

— C'est peut-être une coïncidence, mais regardez le mot «inoubliable», il y a deux lettres de trop.

Le lieutenant Leblanc relut la phrase avec attention.

— Ta-bar-nak! s'exclama-t-il. «gm»... Gerry Mercier... La pauvre femme l'avait sans doute reconnu, mais plutôt que d'écrire son nom au complet, elle avait pris une chance de ne laisser que ses initiales. Elle avait sans doute, à ce moment-là, encore l'espoir de s'en sortir.

— Faut pas s'énerver... faut pas s'énerver... répéta Farley, c'est peut-être juste une faute de frappe.

Le lieutenant composa le numéro de Sophie pour lui parler de Gerry Mercier. Elle le connaissait plus que lui et pourrait peut-être lui en dire un peu plus long sur le personnage. Leblanc entendit le message de sa fille sur le répondeur.

— Sophie doit être à la cour, fit son père.

Farley stationna le véhicule sur la rue Wellington Nord, près de L'ouvre-boîte. Les deux hommes marchèrent rapidement et entrèrent dans l'établissement, en pleine heure de lunch. Ils s'approchèrent du comptoir où Nora les reçut.

— On peut voir le propriétaire? demanda Leblanc.

— Oh, il est pas mal occupé à cette heure-ci, fit Nora.

— Oh, ben, on va le déranger un ti-peu, répondit Leblanc sur le même ton, tout en montrant sa plaque de police.

Nora s'éloigna de quelques pas en direction de la cuisine et appela Martin. Ce dernier se présenta au comptoir et échangea quelques mots avec les policiers.

— Nora, fais-toi remplacer et viens avec nous, d'accord? demanda Martin.

Nora fit signe à une serveuse de venir derrière le comptoir. Après s'être essuyé les mains, elle suivit Martin et les policiers dans le bureau, situé à l'arrière.

— Qu'est-ce qui se passe? demanda Martin, soudainement inquiet.

— Qu'est-ce que vous pouvez me dire au sujet de Gerry Mercier? demanda Leblanc pour toute réponse.

— C'est un bon musicien. Il travaille ici depuis quelques mois et tout le monde l'aime bien, répondit Martin.

— Vous savez où il se trouve en ce moment?

— Je n'en ai aucune idée, répondit Martin. Il travaille seulement demain soir. Allez-vous me dire ce qui se passe à la fin?

Le sergent Farley sortit le portrait-robot d'un cartable noir et le montra à Nora.

— Qu'est-ce que c'est? demanda-t-elle.

— Je n'irai pas par quatre chemins. Est-ce que vous trouvez que ce portrait-robot ressemble à Gerry Mercier? demanda-t-il.

Nora prit le temps d'examiner le dessin. Même si le policier ne lui avait pas suggéré le nom de Gerry, elle l'aurait immédiatement relié au croquis. Sans répondre immédiatement, Nora passa la feuille à Martin qui regarda à son tour.

— C'est certain que ça lui ressemble, dit-elle enfin.

— Un cycliste a été agressé ce matin au parc Blanchard et il a eu le temps de voir son agresseur, expliqua Leblanc.

— Voyons donc, répondit Martin, Gerry ne ferait pas de mal à une mouche. C'est un artiste. Son but dans la vie est d'ouvrir un bar ici à Sherbrooke.

— Vous ne l'avez jamais vu se fâcher et prendre quelqu'un par le cou?

— Jamais! répondit Martin. Voyons donc, vous êtes complètement dans le champ.

— Est-ce que vous pouvez nous donner son adresse et son numéro de téléphone, nous voudrions seulement lui poser quelques questions et vérifier où il était ce matin? demanda Leblanc avec douceur, car il voyait bien que le propriétaire de L'ouvre-boîte ne lui serait d'aucune utilité.

— Je dois avoir cela quelque part, répondit Martin sans conviction.

Le téléphone du lieutenant Leblanc vibra au même moment. Il regarda le message qu'on venait de lui transmettre. Il s'agissait du relevé des adresses IP dont les propriétaires avaient fréquenté la page Facebook de la victime de Rock Forest, Isabelle Lévesque. L'une d'elles était identifiée à un ordinateur qui se trouvait à L'ouvre-boîte.

— Le nom d'Isabelle Lévesque vous dit quelque chose? demanda le lieutenant Leblanc.

— Non, répondit Martin.

— Vous avez un ordinateur ici? poursuivit-il.

— Oui, pourquoi? demanda Martin, de plus en plus sur ses gardes.

Leblanc passa son téléphone à Farley pour lui montrer l'information qu'il venait de recevoir.

— Est-ce que Gerry Mercier pouvait avoir accès à cet ordinateur? demanda Farley.

— Comme tous les employés, répondit Martin.

— Dites-moi, est-ce que Gerry a des amis avec qui il se tient plus régulièrement lors des soirées ici? demanda Farley en s'adressant à Nora.

— Il y a bien la petite brune qui travaille à la bibliothèque. Ils semblent assez proches, répondit-elle.

— Vous avez un nom?

Nora regarda Martin en réfléchissant. Elle comprenait bien l'étonnement de son amoureux pour qui Gerry était l'artiste qui avait contribué au succès de son entreprise. Par ailleurs, Martin n'avait jamais aimé ni l'autorité ni les policiers. Il était, par conséquent, peu enclin à les aider. Cependant, Nora avait un doute. Elle se souvenait des regards de Gerry à son endroit et, sans rien en dire à Martin, elle avait toujours soupçonné Gerry d'avoir un lien avec la disparition de son petit chien.

— Elle s'appelle Anne, je crois, mais je ne connais pas son nom de famille.

— C'est la jeune femme qui se tient avec ma fille, une blonde, cheveux mi-longs, avocate? demanda Leblanc, se souvenant d'avoir vu Sophie, Anne et Gerry assis à la même table lorsqu'il était venu à L'ouvre-boîte.

— Oui, c'est ça, répondit Nora.

— Ils sont proches... comment? demanda Farley.

— Nora, on ne sait rien du tout, avança prudemment Martin à son endroit.

— Monsieur, je tiens à vous dire que si jamais Gerry Mercier était coupable de quoi que ce soit, votre refus de collaborer pourrait vous coûter très cher. Vous pourriez même être accusé de complicité, expliqua Leblanc. On veut seulement lui parler.

Nora comprit la gravité de la situation et fixa Martin.

— Martin, on ne le connaît pratiquement pas. On le voit quelques soirs par semaine sous son meilleur jour.

Le propriétaire du bar comprit que Nora ne l'aiderait pas à protéger Gerry et il s'enferma dans un mutisme total.

— Gerry aime les femmes, comme tous les musiciens de bar. Mais j'ai senti depuis le début qu'il avait une attirance particulière pour cette jeune femme. Ils semblent bien s'entendre. Je les ai vus s'embrasser une fois ou deux, expliqua Nora.

Farley se leva de son siège et sortit du bureau pendant que son collègue Leblanc continuait son entretien avec Martin et Nora. Il revint quelques minutes plus tard.

— Je peux vous parler une minute? dit-il en s'adressant à Leblanc.

— Dites, on peut retourner travailler ? Un commerce, ça ne fonctionne pas tout seul, dit Martin.

— Oui, ce sera tout. Je vous remercie, répondit Leblanc.

Martin et Nora sortirent du bureau pour retrouver le bar et la clientèle du midi. Leblanc s'approcha de son partenaire.

— Du nouveau ?

— Oui, j'ai parlé à la directrice de la bibliothèque. Anne Poulin est partie vers 11 h 45 et elle n'est pas encore revenue et il est presque 14 heures. Elle devait être de retour à 13 h 30. Vous savez quoi ?

— Allez, accouche !

— Elle avait rendez-vous ce midi avec Gerry Mercier, selon ce qu'une collègue de travail a dit à la directrice.

— Merde ! s'exclama Leblanc en se frottant la main contre la bouche. On sait où ils devaient aller ?

— Café Bla Bla, coin King et Wellington.

— C'est à deux pas, vite !

Leblanc et Farley pressèrent le pas et longèrent les commerces de la rue Wellington Nord en direction du café. Leblanc demanda à Farley de passer par la porte donnant sur la terrasse alors que lui entrerait par la porte principale. Les deux hommes pénétrèrent à l'intérieur du café. La clientèle du midi avait déjà quitté la place pour retourner au boulot. Il ne restait que deux ou trois tables occupées. Aucune trace de Gerry et Anne. Leblanc s'approcha d'une serveuse.

— Excusez-moi, est-ce que vous avez vu un couple ce midi à l'une de vos tables, un homme dans la trentaine, les cheveux mi-longs, du genre artiste, avec une jeune femme, cheveux courts bruns, un peu plus jeune que lui ?

— Le restaurant était plein ce midi et franchement, je n'ai pas eu le temps de regarder tous les visages. Je peux demander à l'autre serveuse, si vous voulez.

Le sergent s'approcha d'elle et lui tendit le portrait-robot.

— Est-ce que c'est plus clair ainsi ? demanda-t-il.

La serveuse regarda le croquis quelques secondes.

— C'est Gerry! Il vient souvent ici. Il était là ce midi. Il était assis à cette table avec sa copine. Ils ont mangé rapidement et sont partis... je ne sais pas moi... il y a environ une heure, répondit-elle.

— Vous savez où ils sont allés? demanda-t-il.

— Aucune idée, la fille doit être retournée travailler. Quant à Gerry, il travaille le soir alors durant le jour, il va souvent à vélo. Pourquoi les cherchez-vous? demanda-t-elle.

— Merci, répondit Farley en s'éloignant en compagnie de Leblanc. Qu'est-ce qu'on fait?

— On lance un avis de recherche contre eux, répondit Leblanc.

— Pour la jeune femme aussi? demanda Farley.

— Pour l'instant, tout ce qu'on sait, c'est qu'ils sont ensemble. Est-ce qu'elle est sa prochaine victime? C'est possible. Mais il se peut aussi qu'elle sache très bien ce qu'il fait et qu'elle soit sa complice depuis le début.

Le téléphone portable du lieutenant Leblanc vibra dans sa poche.

— Leblanc...

Il écouta quelques secondes, puis poussa une chaise et s'assit en raccrochant.

— Qu'est-ce qu'il y a? demanda Farley.

— J'ai demandé à un policier d'aller vérifier si ma fille était au palais de justice étant donné qu'elle ne répond pas au téléphone.

— Et puis?

— Elle n'est pas là. Une de ses amies a dit au policier qu'elle était partie dîner avec son amie Anne... au Bla Bla... souffla Leblanc.

— Le salaud, il les tient toutes les deux! s'exclama Farley.

— Je veux qu'on publie la photo de Gerry Mercier partout et que tous les médias en parlent immédiatement! ordonna Leblanc, la voix chevrotante. Je veux des hommes à son appartement immédiatement. Et puis, j'ai besoin d'un verre!

— Ce n'est vraiment pas le moment, dit Farley.

— Sinon, je n'y arriverai pas, répondit Leblanc. Sophie...

— On va la retrouver. Votre verre viendra après, si vous y tenez tant. Pour l'instant, on a du travail, statua le sergent sur un ton sans équivoque.

24

Gerry avait retiré le bâillon d'Anne qui regardait son amie Sophie, assise en face d'elle de l'autre côté de la table. Une ligne de sang séché était visible sur le côté droit de son visage, résultat du coup qu'elle avait reçu sur la tête. Anne se sentait tellement coupable de l'avoir attirée dans ce piège à la demande de Gerry. Elle n'avait pas su comment réagir et son instinct de survie lui avait simplement dicté de suivre les ordres de Gerry.

Maintenant qu'elle voyait son amie ligotée devant elle, jamais elle ne prendrait cette décision, si c'était à refaire. Elle tenterait plutôt de raisonner Gerry. Au pire, elle en serait la seule victime.

— Je suis désolée, Sophie, dit Anne en sanglotant.

— Ce n'est pas ta faute, répondit Sophie, plus solide. Qu'est-ce qu'on fait ici ? Qu'est-ce que tu veux ? demanda-t-elle à Gerry.

— J'ai connu une Anne et une Sophie quand j'étais plus jeune. Elles ne s'appelaient pas vraiment Anne et Sophie, mais vous êtes pareilles.

— C'était qui ? demanda Sophie.

— C'est une longue histoire et ça tombe bien, on n'est pas pressés. Avant que quelqu'un nous trouve ici... Et puis, je travaille seulement demain soir.

— Tu te trompes, répondit Sophie. Tu savais que ta face circule partout depuis ce matin ?

— Ah oui ? demanda Gerry, incrédule.

— Tu as agressé un cycliste ce matin au parc Blanchard ? demanda Sophie.

Gerry ne répondit pas, surpris de voir que Sophie était déjà au courant. Que s'était-il passé depuis quelques heures?

— C'est vrai, Gerry? demanda Anne.

— Ce n'était pas grave. Je voulais seulement attirer l'attention de la police pour avoir plus de temps à vous consacrer, répondit-il en caressant la lame de son couteau.

— QU'EST-CE QU'ON A FAIT? cria Anne de toutes ses forces.

Gerry garda son calme et jeta un regard du côté de Sophie.

— Elle a du caractère la petite quand elle veut, dit-il en souriant. Tu peux l'imaginer au lit?

— Tu es malade... soupira Sophie.

— Et toi? J'aimerais bien t'imaginer au lit aussi, dit Gerry en la contournant tout en passant sa lame de couteau sur le cou de Sophie.

— Laisse-la tranquille, Gérald, dit Anne en reprenant son sang-froid.

— Oh, Gérald? Tu sais que la dernière personne qui m'a appelé par mon prénom ridicule, ça a été ma mère juste avant de crever! Alors ne t'avise pas de recommencer, Julie! dit Gerry qui commençait à divaguer.

— Je ne suis pas Julie, je suis Anne, répondit-elle en l'implorant.

— Julie... Anne... du pareil au même, fit Gerry. Tu te souviens quand tu m'as largué? Nous avions quoi? Dix-sept ans? Tout allait bien pourtant. Je m'étais bien comporté, je ne t'avais même pas touché. Et puis, ton amie est arrivée et tu t'es intéressée à elle de plus en plus. Et puis, un jour, je me rappelle qu'on devait aller au cinéma, tu m'as appelé pour me dire que c'était fini. Ma première petite amie sérieuse... ET TOUT ÇA À CAUSE DE TOI! cria Gerry à l'intention de Sophie et en plantant la lame de son couteau dans la table.

— Calme-toi, Gerry, dit Sophie, en faisant tout son possible pour conserver le sien.

— Oh, je suis très calme. Voyez-vous, j'ai eu ce qu'on pourrait appeler une vie de merde. Mais, heureusement, depuis quelques mois, je me reprends en main.

— Comment? demanda Sophie, je suis curieuse...

— J'ai entrepris de me débarrasser de mon passé. On devrait tous faire cela... pour tuer nos démons! s'exclama Gerry en approchant son visage de celui de Sophie en sortant la langue le plus possible.

Anne détourna le visage, elle était morte de peur. Sophie aussi avait peur, mais elle avait déjà vu des psychopathes au cours de sa carrière. Elle devait gagner du temps. Elle avait tellement de regrets comme celui d'avoir laissé sa relation avec son père se détériorer à ce point pendant trop de temps ou encore celui de ne pas avoir déclaré ses sentiments à Erik. Elle avait préféré jouer un petit jeu de séduction et attendre que les choses arrivent. Aujourd'hui, sa vie était en danger et elle le savait. Gagner du temps, gagner du temps...

— Et comment on fait cela, Gerry, se défaire de son passé? demanda-t-elle.

— Premièrement, on se libère de sa mère. Je l'ai fait avec une femme à Saint-Jean-sur-Richelieu. Je l'ignorais à ce moment-là, mais quand j'y ai repensé, j'ai su que je ne l'avais pas tuée par hasard. Étrangler cette femme a été le début de ma compréhension des choses.

Anne pleurait en réalisant à quel point elle s'était fait avoir par ce type. Elle était allée jusqu'à tomber amoureuse.

— Puis, poursuivit Gerry, on passe son père... un coup rapide dans le cou... l'agent de sécurité n'a rien senti...

Oh mon Dieu, sanglota Anne, réalisant subitement que Gerry était le tueur en série tant recherché. Elle n'avait pas encore saisi jusqu'ici.

Gerry s'approcha d'Anne et elle sentit l'odeur de sa transpiration.

— Il le fallait, il le fallait... supplia-t-il pour qu'elle comprenne. Mon père... mon père nous a fait le cadeau le plus chien que j'ai jamais vu dans ma vie, expliqua-t-il en riant. Vous savez ce qu'il a fait? On n'en a pas parlé dans les journaux, ce n'était pas important. Un jour, il s'est présenté devant ma mère et moi avec une carabine dans les mains et, avant de se tirer, il nous a expliqué que nous allions souffrir autant que lui avait souffert et que cette image nous resterait pour toujours dans la mémoire. Et il l'a fait... Le sang a giclé partout sur le mur derrière lui. Ma mère n'a même pas bronché! La chienne...

À l'écoute de ces mots durs, Anne détourna le visage. Sophie, elle, avait toujours en tête de gagner du temps.

— Et puis? demanda Sophie.

— Mon histoire t'intéresse, petite garce?

— Je te comprends d'être en colère, dit-elle.

— En colère? Ma chienne de mère... J'ai appris beaucoup plus tard qu'elle était tellement infidèle que c'est pour cette raison que mon père s'était suicidé! Heureusement, quand je l'ai su, beaucoup plus tard, elle était atteinte du cancer et elle n'en avait plus pour longtemps. Tant mieux car sinon, je l'aurais achevée moi-même. J'espère que mon père l'attendait quelque part et qu'il a eu l'occasion de la battre pour la tuer une deuxième fois! expliqua Gerry avec rage.

— Qui te l'a dit pour ta mère?

— Un «ami» de la famille avec qui ma mère devait coucher de toute façon. Un vieux crotté qui a déjà essayé de me toucher à quelques reprises quand j'étais enfant.

— C'est pour cela le sans-abri au parc Racine? demanda Sophie.

— L'avocate vient de parler, mesdames et messieurs! s'exclama Gerry, les bras au ciel.

— Et la femme de Rock Forest? demanda Sophie.

— Une sale prof qui m'a frappé plus souvent qu'à son tour quand j'étais au primaire! Ça m'a fait tellement de bien de lui passer le couteau sur la gorge. Quand j'étais jeune, tout le monde me disait qu'ils allaient me tordre le cou. C'est moi aujourd'hui qui leur tranche le cou! Maintenant, c'est à votre tour, mes jolies, vous êtes les deux dernières, après je serai libre de mon passé. J'ai juste un regret, c'est de ne pas avoir violé cette salope de Nora, elle l'aurait bien mérité!

25

En moins de temps qu'il ne faut pour le dire, l'ensemble des médias sherbrookois, et bientôt tous les réseaux nationaux annonçaient «qu'un dangereux individu, soupçonné de l'enlèvement de deux femmes, était activement recherché dans les environs de Sherbrooke». Le portrait-robot de Gerry Mercier circulait sur tous les réseaux sociaux.

— Votre message a été entendu, dit Farley à son partenaire. Le mauvais côté, c'est que les journalistes vous cherchent pour avoir tous les détails.

— Dites au responsable des relations publiques qu'il peut dire n'importe quoi, sauf le nom des deux filles.

— Entendu, dit Farley en reprenant son téléphone.

— Mercier a moins d'une heure d'avance sur nous, il est sans doute encore à Sherbrooke, dit Leblanc qui craignait de plus en plus pour sa fille.

— Rien à signaler à son appartement, les gars ont défoncé la porte. Ils sont en train de le fouiller de fond en comble. Déjà, ils ont constaté qu'il y avait un mur tapissé d'images, découpées dans un vieux catalogue. On a affaire à un malade !

— Il avait une auto ? demanda Leblanc.

— Non, rien du côté de la SAAQ, répondit Farley, mais il a pu en voler une.

— Vérifiez...

Le sergent reprit son téléphone et donna des ordres avant de raccrocher. La chaleur accablante commençait à avoir des effets sur Leblanc qui ne cessait de s'éponger le front. Cela ne l'empêchait pas de réfléchir. Son cerveau fonctionnait à 100 à l'heure. Si Mercier n'avait pas de voiture en sa possession, comment avait-il fait pour s'enfuir avec deux femmes? Il ne pouvait quand même pas les traîner sur son dos, ni à vélo.

— Il est encore dans le secteur! lança Leblanc à son partenaire.

— Comment ça?

Leblanc expliqua rapidement son raisonnement. Farley était d'accord avec lui. Il ne pouvait pas avoir transporté les deux femmes. Il fallait qu'elles soient venues à lui. Où avait-il bien pu les attirer? Si ce n'était pas son appartement, il lui fallait un endroit désert dans un rayon d'au maximum 30 minutes du café Bla Bla.

— Trouvez-moi une liste de tous les locaux vides dans un rayon de deux kilomètres! commanda-t-il.

Au moment où Farley lança l'appel, un premier camion lettré aux couleurs d'un média franchissait l'intersection King-Wellington et venait vers eux.

— Comment ont-ils su que nous étions ici? demanda Leblanc.

— Sherbrooke est une bien petite ville, tout le monde connaît tout le monde, répondit Farley.

La jeune journaliste blonde descendit de son camion, accompagnée de son caméraman. Souriante, elle reconnut les enquêteurs et se dirigea vers eux.

— Vous n'avez pas mis d'argent dans l'horodateur, dit Leblanc sans sourire.

— On paiera la contravention, répondit-elle. C'est quoi l'histoire, lieutenant? Pourquoi restez-vous ici? Parlez-nous des deux femmes disparues.

Heureusement pour Leblanc, la caméra ne tournait pas. Il en profita pour s'approcher à quelques centimètres du visage de la journaliste.

— Je n'ai rien à vous raconter. Faites comme d'habitude et dites n'importe quoi. Ensuite, vous ferez des rectifications. Toi, allume ta caméra et je te l'écrase sur la tête! dit-il au caméraman.

— Vous avez sûrement un appel à faire, lieutenant, intervint Farley. Je vais m'occuper d'eux.

Leblanc s'éloigna d'une dizaine de mètres en fulminant.

— Pas commode, le monsieur, dit la journaliste, on fait juste notre travail.

— Le responsable des relations publiques arrivera dans quelques minutes, il vous donnera à manger, répondit Farley sans sourire.

Le lieutenant Leblanc marchait sur Wellington Sud, l'oreille constamment rivée sur son téléphone. Au quartier général, toute la division des affaires criminelles était à la recherche du moindre renseignement. Dans les rues de Sherbrooke, toutes les autos-patrouilles étaient à l'affût également.

Leblanc croisa un homme qui paraissait être dans la soixantaine. Il s'agissait sûrement d'un habitué des lieux. Cheveux blancs ébouriffés, pantalon beige large, vieux T-shirt, l'homme devait être un résident du secteur vivant de l'aide sociale et des quelques dons qu'il pouvait amasser au cours de la journée. Pendant qu'il le regardait déambuler, le téléphone de Leblanc vibra une fois de plus.

— Lieutenant Leblanc? Ici l'officier de service. Nos hommes ont trouvé des objets qui ne semblent pas appartenir à Mercier dans son appartement. À première vue, nous sommes sur une bonne piste pour notre tueur en série. Nous avons aussi des textes, écrits comme des chansons, qui racontent des actes criminels qui ressemblent drôlement aux meurtres qui ont été commis à Sherbrooke.

— Je suis convaincu que c'est notre homme, reste juste à le trouver.

Dans un local lugubre, à quelques dizaines de mètres seulement de l'endroit où se tenait Leblanc, Gerry Mercier se rappelait son enfance médiocre en détenant Sophie et Anne.

— C'est l'heure de jouer, mes jolies, dit-il. Je vais laisser vos mains libres, c'est un deal?

Gerry s'approcha d'Anne, de plus en plus effrayée. Devant chacune des deux femmes se trouvaient six verres de type «shooter», remplis de cognac. La bouteille entamée était sur la table. Gerry s'en empara et en prit une bonne gorgée.

— Vous voyez les verres devant vous. À mon signal, vous prenez le verre qui est à votre droite et vous le videz. Vous avez sûrement joué à ce jeu quand vous étiez à l'université. Moi pas. Je n'ai pas eu la chance d'aller à l'université, au collège non plus. Bon, assez parlé de moi. Vous êtes prêtes ?

— À quoi tu joues, espèce de malade ? demanda Sophie.

— Oh, j'ai oublié de vous donner quelques règles du jeu. La première, c'est que si l'une de vous refuse de boire, je lui tranche la gorge d'un coup, dit-il en mimant le geste devant le visage d'Anne.

— Je vais boire les douze verres et ensuite on s'en va, d'accord ? demanda Sophie.

— Ce serait moins drôle. J'ai oublié de vous dire aussi qu'un des douze verres contient du poison. C'est un genre de roulette russe moderne. Je n'ai jamais aimé les armes à feu, c'est trop bruyant, trop impersonnel. Au lieu de vous trancher le cou, l'une d'entre vous va sentir la mort lente dans son cou. Génial ! On commence ?

Anne et Sophie se regardèrent comme si c'était la dernière fois. Quand on se retrouve face à face avec la mort, on ne sait jamais comment on réagira. Anne pleurait, Sophie était très calme et Gerry le remarqua.

— Je dois dire que tu me surprends. J'espère que c'est toi qui as le verre gagnant. J'ai tellement hâte de voir la mort dans tes yeux. Peut-être que tu n'auras pas peur du tout ? Personne ne le sait ! Personne ne le sait ! chanta-t-il sur un ton de complète folie. Attention, verre numéro un ! Allez-y !

Les filles hésitèrent quelques secondes, suffisamment longtemps pour que Gerry approche sa lame du cou d'Anne. Tremblante, elle s'empara du verre à l'extrémité droite de la rangée en face d'elle et le porta à sa bouche. Elle le cala sec sous le regard de Sophie qui laissait couler une immense larme.

— Bien ! dit Gerry. On compte jusqu'à cinq... Trois, quatre, cinq... toujours vivante ! Un à zéro pour toi, dit-il à Anne en lui présentant la main sans succès pour faire un «high five». À toi maintenant, dit-il à Sophie.

La jeune avocate s'empara d'un verre à son tour et le porta à sa bouche. Au lieu de regarder Anne, elle porta son regard directement dans les yeux du tueur, comme pour le narguer, le confronter, lui dire qu'elle n'avait pas peur de lui. Elle attendit quelques secondes et déposa le verre sur la table.

— Bravo! bravo! Au fait, je ne sais pas où se trouve le verre gagnant, je les ai tous mélangés plusieurs fois. J'aurai la surprise en même temps que vous deux, dit-il en riant d'un rire sadique. Prêtes pour le deuxième?

***

— Vous êtes de la police?

— Oui, répondit le lieutenant Leblanc en regardant le clochard qui venait dans sa direction.

— Il y a quelqu'un qui est rentré dans ma maison. Ce n'est pas correct. On ne rentre pas chez le monde comme ça.

— Il va sans doute s'en aller plus tard, dit Leblanc. Il était sur le point de lui suggérer d'appeler la police... mais c'était lui la police.

— Ils sont trois, je ne peux pas les battre.

— Trois? fit Leblanc.

— Un gars, deux femmes... ils vont sans doute se cacher pour faire vous savez quoi... dit l'homme.

— Elle est où votre maison? demanda poliment Leblanc.

— Juste là, en face, répondit l'homme en désignant une suite d'immeubles délabrés, barbouillés de graffitis et dont les fenêtres étaient placardées.

— Ça fait longtemps qu'ils sont là? demanda le lieutenant.

— Non, mais je veux qu'ils s'en aillent pareil, dit l'homme.

Leblanc sortit le portrait-robot de Mercier et le montra au clochard.

— Il ressemble à cela?

— C'est lui tout craché, répondit-il.

— Merci, dit Leblanc soudainement excité.

— Vous allez les faire sortir? demanda le clochard inquiet de voir le policier en civil le quitter un peu trop rapidement à son goût.

— Si je vais les faire sortir, vous dites? À grands coups de pied au cul, oui!

L'homme se frotta les mains de satisfaction et sourit de sa dentition manquante et cariée.

281

— Farley, j'ai besoin d'un poste de commandement immédiatement. Je sais où ils sont. On ferme Wellington et on tient les vautours à l'écart, dit-il en parlant de la presse.

***

À l'intérieur, Anne et Sophie en étaient à leur troisième verre sur six. Le deuxième avait été très difficile à avaler. C'est Sophie qui l'avait bu en premier cette fois. Elle avait vraiment l'impression de jouer à la roulette russe, de jouer avec la mort.

Pour le troisième verre, elle eut envie de le jeter au visage de Gerry, mais l'instinct de survie étant ce qu'il est, Sophie gardait espoir que des secours viendraient. Elle faisait un effort surhumain pour réfléchir.

— *Allez, concentre-toi*, se dit-elle. *Focus!*

Avant de boire, elle revit les événements qui l'avaient conduite là, les uns après les autres. Au bureau, on savait qu'elle était partie rejoindre Anne au café Bla Bla. Anne serait en retard au travail. Voilà pour les faits. Cependant, tout le reste était de la pure spéculation. Est-ce qu'on s'inquiéterait pour Anne à la bibliothèque? Savait-on qu'elle était partie avec Gerry? La police avait-elle des doutes sur lui? Les chances étaient minces pour qu'elle s'en sorte. C'était la conclusion à laquelle elle arrivait à ce moment-ci. Pour le reste, impossible de se dégager de ses liens, impossible de faire un appel avec son cellulaire, impossible de sauter sur son agresseur. Impossible.

— Hey, on n'a pas toute la journée, dit Gerry en piquant Anne de la pointe de son couteau.

La jeune femme, résignée, prit le troisième verre et le vida. L'effet de l'alcool commençait à lui monter à la tête. Au moins, elle souffrirait peut-être moins au moment de mourir.

Sophie vida ensuite le sien. Les deux verres ne contenaient que du cognac.

— Tu crois que tu vas t'en tirer comment, Gerry?

— Tu penses que ton petit papa viendra vous sauver? Je réussis à le déjouer depuis le début. J'étais tellement heureux de voir qu'on lui avait confié l'enquête à Sherbrooke. Il n'avait pas eu beaucoup de succès avec moi à Saint-Jean-sur-Richelieu. Malheureusement, il commence à se faire vieux, dit Gerry.

Sophie, dont le seul espoir était de gagner du temps, lui posait toutes les questions qui lui passaient par la tête. Cependant, rien ne lui disait que sa stratégie fonctionnait. À un moment ou un autre, il allait bien se rendre compte qu'elle ne tentait que de le ralentir.

26

Le véhicule spécialisé du Service de police servant de poste de commandement arriva sur la rue Wellington Sud quelques minutes plus tard. Les officiers étaient formés pour ce genre d'opération. Les procédures étaient claires. D'abord, établir un périmètre, analyser la situation, prévoir différents scénarios, étudier les lieux physiques, tenter d'entrer en contact avec le ravisseur pour le raisonner et, au final, négocier sa reddition, idéalement sans effusion de sang.

L'affaire était déjà traitée comme une prise d'otages.

Cependant, Gilles Leblanc savait à qui il avait affaire et surtout, qui étaient les otages. Toute la procédure prendrait du temps. Le siège pouvait durer des heures. Une des tactiques policières utilisées dans ces circonstances était précisément de fatiguer le preneur d'otages, de l'affamer pour ensuite négocier un repas contre un peu de temps. Justement, ce qu'on ignorait était le temps dont on disposait avant que le tueur liquide ses victimes.

Leblanc savait aussi que Mercier n'avait pas d'arme à feu en sa possession. C'était un adepte de couteau. Pourquoi changerait-il son mode opératoire à ce moment-ci ? Si on parvenait à se rendre jusqu'à lui, on pourrait peut-être le maîtriser ou le tirer à vue.

Pendant que les policiers installaient un ruban jaune pour délimiter un périmètre, Leblanc fit signe à Farley de le suivre. Ils se rapprochèrent du clochard qui l'avait informé de la présence d'intrus dans sa maison.

— Qu'est-ce que vous faites ? demanda Farley.

— Viens...

Délicatement, pour ne pas l'apeurer, Leblanc s'approcha de l'homme. S'il avait été un fumeur, il aurait pu lui offrir une cigarette pour l'amadouer, mais il s'était débarrassé de cette mauvaise habitude en même temps que celle de boire.

— Excusez-moi ? dit Leblanc.

— Hum... répondit le clochard.

— Si vous voulez qu'on les sorte de chez vous, vous allez devoir m'aider un peu.

Le sergent Farley écoutait attentivement et se demandait ce qu'était en train de faire son collègue. Cela ne lui inspirait rien de bon.

— La porte d'entrée est sur le côté, c'est ça ?

— Ouais.

— Comment c'est fait en entrant, vous pouvez me décrire l'intérieur ? C'est votre maison, vous devez la connaître par cœur, suggéra Leblanc.

Le vieil homme réfléchit un instant et imita le geste d'écrire. Leblanc sortit son calepin de notes et le tendit au clochard avec un stylo bille. En quelques secondes, l'homme réussit à faire un plan des lieux qui surprit les deux policiers. Il n'avait pas le temps d'explorer le sujet, mais tout indiquait que cet homme, maintenant solitaire, avait probablement, jadis, reçu une bonne éducation.

Leblanc regarda attentivement le dessin et identifia une grande pièce au centre. Pour s'y rendre, deux corridors, un court et un plus long. Chacun d'eux permettait l'accès à une pièce plus petite.

— On y va ! dit Leblanc.

— Vous êtes malade ! Le groupe d'intervention est presque en place. Vous connaissez les ordres et les procédures, répondit Farley.

— Nous n'avons pas le temps de négocier. Mercier est fou. Ce n'est pas une prise d'otages ordinaire. Il ne veut pas un avion et un million de dollars pour s'enfuir. Il veut juste tuer ses otages et on ne sait même pas s'il est passé à l'acte au moment où on se parle. Si les gars tentent de lui parler, il va simplement les tuer plus rapidement. Le temps presse, dit Leblanc en regardant son partenaire qui réfléchissait.

— Vous avez sans doute raison, répondit Farley.

— Écoute, je comprends que nous allons enfreindre les règles. Tu peux rester ici si tu veux. Ta carrière sera encore longue alors que la mienne achève. Et puis, c'est ma fille qui est à l'intérieur, dit Leblanc en posant la main sur son arme.

— On y va! répéta Farley.

Discrètement, les deux détectives traversèrent la rue Wellington et, par une petite allée, se rapprochèrent de la porte d'entrée sur le côté du bâtiment. Leblanc poussa la porte déjà entrouverte et pénétra à l'intérieur, suivi de son collègue. Ils prirent quelques secondes pour que leurs yeux s'adaptent à l'obscurité. Tout doucement, arme au poing, ils posèrent un pied devant l'autre en évitant de faire le moindre bruit.

— Allez, les filles, il ne vous reste que deux verres chacune, ce sera qui la chanceuse? dit Gerry en s'adressant à ses otages.

— C'EST ASSEZ, LAISSE-NOUS PARTIR! supplia Anne en criant de toutes ses forces.

Dans le corridor, les deux détectives sursautèrent. Leblanc comprit que les deux femmes étaient toujours vivantes. Ils avaient franchi le premier corridor, le plus court. Jusqu'ici, le plan dessiné par le clochard était conforme à la réalité.

— MOI AUSSI JE SUIS CAPABLE DE MONTER LE TON! ALLEZ, BOIS, MAUDITE CHIENNE, OU JE TE COUPE LE COU! cria Gerry à son tour, hors de lui.

— OK, OK, répondit Anne en pleurant.

— Du calme, calme-toi, Gerry, on va faire ce que tu veux, dit Sophie d'une voix douce.

Pour montrer sa bonne volonté, Sophie prit le quatrième verre dans ses mains. Elle vit aussitôt que Gerry y porta son attention. Il était devenu plus excité et moins en colère.

— Étant donné que ce sont les deux derniers, tu me laisses choisir celui que je veux? demanda Sophie pour gagner un peu de temps.

Gerry réfléchit un moment en faisant la moue devant elle.

— C'est comme si tu voulais une chance? C'est ça? Tu penses que j'en ai eu beaucoup des deuxièmes chances dans ma vie? Hein?

— Anne t'en a donné une et tu ne l'as pas prise! dit Sophie.

Gerry se tourna vers Anne pour la regarder. Son visage était bouffi par les larmes, son maquillage avait coulé sur son visage et son regard était fatigué, brisé.

— Pfffft! Elle m'aurait laissé tomber à la première occasion, conclut Gerry en se retournant vers Sophie.

Leblanc et Farley arrivèrent enfin au bout du long corridor. Ils voyaient déjà la lueur du projecteur et ils entendaient maintenant très bien les conversations. Leblanc approcha davantage et risqua un regard. À environ trois ou quatre mètres de lui, il vit les deux filles assises à la table, le projecteur monté sur un trépied de deux mètres et Gerry, à côté, le couteau à la main. Il vit aussi la bouteille de cognac. Il comprit qu'il les obligeait à boire, mais pourquoi?

Leblanc laissa sa place à Farley afin qu'il voie la même chose que lui.

— Hey, où sont passés Leblanc et Farley? demanda l'officier responsable à l'extérieur, j'ai besoin d'eux pour établir la stratégie.

— Aucune idée, répondit un adjoint.

L'officier sortit son téléphone cellulaire et composa le numéro de Farley. Quelques secondes plus tard, la sonnerie du téléphone de Farley, une pièce de Jean-Sébastien Bach, résonna dans le corridor de l'immeuble... et les choses allèrent très vite.

— Police! cria Farley.

— Tire le projecteur! cria Leblanc.

Gerry sursauta, mais resta figé. Leblanc sortit de sa cachette et, de toutes ses forces et à toute vitesse, il se lança en direction de la table. Farley tourna le coin et suivit la consigne de Leblanc. Il visa directement le projecteur qu'il atteignit facilement.

— Coup de feu à l'intérieur! Coup de feu à l'intérieur! lancèrent les policiers sur les ondes. Allez, on entre!

Gilles Leblanc poursuivit sa course dans la noirceur. Au moment où le coup de feu surgit, il était déjà près de la petite table. Il plongea par-dessus et s'écrasa directement sur Gerry. Les deux hommes tombèrent par terre en criant. Les deux femmes lancèrent un cri de terreur qui résonna jusqu'à l'extérieur.

287

— Gilles! Tu l'as? GILLES? cria Farley à son tour, en s'avançant dans le noir tout en essayant de mettre son application lampe de poche en marche sur son téléphone.

Il y eut un moment de silence.

— Papa?

— Je l'ai! souffla Leblanc, exténué.

Farley, qui avait enfin allumé son téléphone, se dirigea rapidement vers Leblanc et éclaira la scène. Il était couché par-dessus Mercier et avait son bras sur la gorge du tueur pour l'empêcher de bouger. Gerry était toujours conscient, mais ébranlé. Comme Leblanc avait une fois et demie son poids, il était impossible pour Mercier de se déplacer.

— Les filles, ça va? demanda Farley en éclairant Anne et Sophie, l'une après l'autre.

— Oui, ça va, répondit Sophie.

— Détachez-moi! hurla Anne en pleine crise de nerfs.

Les policiers du groupe tactique arrivèrent dans la grande salle. Rapidement, ils éclairèrent les lieux avec de fortes lampes de poche.

— Détachez les filles et faites venir les ambulanciers! lança Farley. Suspect maîtrisé!

Les policiers délivrèrent Anne et Sophie et les conduisirent à l'extérieur.

— Allez, tu peux te relever, dit le sergent à son partenaire. Je vais m'occuper de lui.

— Pas certain que je peux me lever, dit Leblanc.

— Ouais, ce n'est pas tous les jours que tu sautes par-dessus une table à ton âge, dit-il.

— Ce n'est pas ça...

Gerry avait quelque peu repris ses esprits et regardait Leblanc directement dans les yeux.

— Je pense que son couteau est planté quelque part, dit Leblanc péniblement.

Sans une ni deux, Farley asséna un coup de crosse de revolver sur la tête de Gerry qui sombra.

— Merci, fit Leblanc.

— Ne bouge pas, les ambulanciers arrivent. On va te sortir de là.

— Sophie?

— Elle va bien, dit Farley.

— Tu t'en occupes?

— Ne dis pas de conneries, tu pourrais le regretter, répondit le sergent.

— Ouch... ne me fais pas rire. J'ai bien l'impression que je n'aurai pas le temps de prendre ce dernier verre que je souhaitais tant, dit Leblanc.

— Pas grave, ce n'est pas bon pour la santé! Un blessé ici, vite! cria Farley, sentant que son collègue allait bientôt perdre connaissance. Reste avec moi, Gilles.

— Enlevez-vous de là, monsieur, s'il vous plaît, dit un ambulancier en se penchant sur eux.

Après avoir examiné la position du couteau planté sous la clavicule, ils parvinrent, à quatre hommes, à retourner délicatement le corps de Leblanc sur le dos, sur une civière. Les ambulanciers recouvrirent le corps d'une légère couverture, le couteau étant toujours dans la plaie. Impossible de dire si la lame avait sectionné une artère. Il fallait transporter le policier aux soins intensifs le plus rapidement possible.

Gerry fut saisi et relevé par les policiers qui lui passèrent les menottes. Il ne réagissait pas, les yeux hagards. D'autres policiers avaient apporté des projecteurs et la scène de crime était maintenant très bien éclairée.

Une fois Leblanc bien installé sur la civière, Farley sortit s'enquérir de l'état de santé des deux otages. Anne et Sophie étaient toujours dans la ruelle, à l'abri des regards des badauds et des médias regroupés près du cordon de sécurité.

Les policiers détenant Mercier passèrent devant Anne et Sophie.

— Un instant, fit Anne.

Les policiers s'arrêtèrent devant elle, encadrant Mercier. Sans avertissement, Anne décocha une solide gifle au visage de Gerry.

— Vous pouvez y aller maintenant, dit-elle.

— Madame! intervint le policier, alors que son collègue avait envie de rire.

— Ça va, dit Sophie, je suis son avocate.

— On n'a rien senti, nous autres, dit le policier à son collègue qui acquiesça.

Le sergent Farley sortit dans la ruelle à son tour. Sophie le regarda et s'approcha de lui pour qu'il la prenne dans ses bras. Après une étreinte de quelques secondes, elle s'informa de l'état de santé de son père.

— Il va sortir d'un instant à l'autre. Il a été atteint par le couteau de Mercier.

— C'est grave ? demanda Sophie, inquiète.

— Les ambulanciers ont agi rapidement, il a toutes les chances de son côté, répondit Farley.

— Merci, dit Sophie.

— C'est ton père que tu dois remercier. Sans son intuition et son expérience...

— Nous serions mortes à l'heure qu'il est, compléta Sophie en attirant Anne vers elle.

Les ambulanciers sortirent la civière et se dirigèrent rapidement vers leur véhicule. Les policiers, de leur côté, escortèrent Gerry Mercier en direction de l'auto-patrouille. Le soleil de plomb de ce 7 août lui redonna soudainement un peu de vitalité. Gerry repéra rapidement les caméras de télévision.

— Hey, je vais passer à la télévision, enfin. GERRY MERCIER ! SOUVENEZ-VOUS DE MON NOM ! cria-t-il aux différents médias qui venaient, par le fait même, de trouver l'extrait qui ouvrirait tous les bulletins radio et télé de la fin d'après-midi.

— Le pire, c'est qu'ils vont lui faire de la publicité, dit un policier en parlant des médias sur place.

Tous les médias se tournèrent ensuite en direction des deux femmes qui venaient de quitter l'allée pour s'engouffrer dans une ambulance. Elles devaient subir un examen médical et Anne souffrait visiblement d'un choc nerveux assez important.

Le responsable des relations publiques du SPS alla rencontrer les journalistes pour leur dire de patienter afin d'obtenir une entrevue sur le compte rendu des événements. Il se dirigea ensuite vers le sergent Farley pour lui demander s'il acceptait de faire une brève déclaration, ce qu'il accepta. Cependant, son manque d'expérience avec les médias faillit se retourner contre lui et son collègue au moment où les journalistes demandèrent qui avait pris la décision d'entrer à l'intérieur.

— Ce sera tout pour l'instant, intervint le relationniste. Le rapport des événements doit d'abord être examiné par la direction du service. Ce qu'il faut retenir pour l'instant, c'est que le suspect a été maîtrisé et que les otages sont sains et saufs, dit-il en sachant fort bien que ce ne serait pas la nouvelle qu'il entendrait aux bulletins du soir. Les médias préféreraient sans aucun doute donner la parole au suspect, ce serait plus spectaculaire.

27

Le sergent Farley et Sophie attendaient dans le corridor du Centre hospitalier universitaire de Sherbrooke depuis maintenant une heure. Anne, elle, était toujours alitée pour reprendre des forces.

— Il nous a fait des aveux complets pour les meurtres des derniers mois à Sherbrooke, dit Sophie.

— Je sais, il a fait les mêmes aveux lors de son interrogatoire, répondit Farley. Les démarches au tribunal ne devraient pas être trop longues, quatre meurtres, tentative de meurtre, enlèvement, prise d'otages, blessures à un policier...

À ces mots, Sophie éclata en sanglots.

— Et s'il ne s'en sort pas, dit-elle en parlant de son père.

— Il est fait fort, tout va bien aller, répondit Erik en touchant la tête de Sophie pour l'appuyer contre son épaule.

Sophie renifla un bon coup et reprit contrôle. Erik avait raison, il fallait demeurer fort et positif. Un médecin sortit enfin d'un long corridor et s'approcha d'eux.

— Puis, docteur ? demanda le sergent.

— C'est assez léger finalement, pas d'hémorragie. Un peu de repos et il devrait être sur pied dans peu de temps.

Sophie poussa un soupir de soulagement et remercia le médecin.

— On peut le voir ? demanda-t-elle.

— J'aimerais mieux que vous reveniez en soirée, dit le médecin.

— D'accord, et Anne ?

— La jeune femme arrivée en même temps ? demanda le médecin. Pour l'instant, les médicaments l'ont calmée. C'est un choc nerveux important et il faudra du temps. Tout dépendra de l'état de santé de la patiente. Son corps est allé puiser dans toutes ses ressources pour résister, il faut maintenant récupérer. Attendez-vous à ce qu'elle ait des effets à moyen terme et une santé un peu plus fragile.

— Par exemple?

— Des nausées occasionnelles, des douleurs musculaires, des tics nerveux, des cauchemars... les prochains mois seront difficiles.

— Et pourquoi je ne ressens pas cela? demanda Sophie.

— Chacun de nous est différent, mais surveillez votre état de santé vous aussi au cours des prochaines semaines. Parfois, on voit apparaître des symptômes longtemps après les événements.

— Merci, docteur, dit-elle.

— Ça prendrait quelqu'un pour veiller sur ton état de santé, dit Erik.

— Es-tu docteur? demanda-t-elle.

— Je serai ce que tu voudras, répondit-il.

Sophie l'embrassa et ils quittèrent l'hôpital avec l'intention de revenir en soirée pour visiter Leblanc dans une chambre et Anne dans l'autre.

Les bulletins de nouvelles de fin de journée racontèrent en détail l'intervention policière de la rue Wellington Sud. En ouverture de bulletin, comme prévu, le visage de Gerry Mercier criait à la population de se souvenir de son nom. Les images montraient l'immeuble désaffecté, l'organisation policière, la sortie de la civière, du suspect et des deux otages. Un des réseaux de télévision avait également interrogé divers témoins sur la rue dont un clochard.

— Il l'avait dit qu'il le sortirait à coups de pied dans le cul! racontait-il à la caméra avec son sourire édenté.

Puis, dans un second reportage, un journaliste tentait de faire connaître Gerry Mercier et son parcours. Plusieurs le connaissaient comme étant le musicien-chanteur de L'ouvre-boîte. C'est donc à cet endroit que les reporters se retrouvèrent pour tenter de recueillir des témoignages.

— Je n'en crois pas mes yeux et mes oreilles, raconta Martin, le propriétaire du bar. Je me suis fait avoir comme bien du monde. Si j'avais eu le moindre doute...

— Je l'ai toujours trouvé étrange, déclara Nora de son côté, mais jamais je n'aurais cru...

Pour l'instant, Gerry Mercier n'était relié qu'à la prise d'otages incompréhensible pour le public. Les enquêteurs n'avaient pas encore rendu publiques les informations qu'ils détenaient relativement à la série de meurtres des derniers mois. Le SPS comptait tenir une conférence de presse en bonne et due forme pour informer la population que la police avait mis la main sur le tueur en série tant recherché. Cette nouvelle allait faire le tour du pays en quelques heures, à la grande satisfaction du directeur du service ainsi que de l'ensemble des élus et des commerçants de la ville.

En soirée, Erik et Sophie retournèrent à l'hôpital pour prendre des nouvelles de leurs patients. Les retrouvailles furent empreintes d'émotion. Anne semblait bien se remettre des événements, dans les circonstances. Sophie lui promit de prendre soin d'elle pendant sa convalescence.

Puis, Erik et Sophie se rendirent dans la chambre de Leblanc. Il était déjà assis dans son lit en train de rager contre la télécommande qui ne répondait pas à ses ordres.

— Tiens, de la belle visite, dit-il.

— Papa, fit Sophie en se collant sur lui.

— Comment allez-vous ? demanda Farley.

— Tu n'avais pas commencé à me tutoyer, toi, l'Irlandais ? demanda le policier.

— L'Irlandais ? fit Sophie.

— Longue histoire, répondit Farley.

Puis s'adressant à Leblanc :

— C'était sans doute dans le feu de l'action, j'ai du respect pour les personnes âgées, répondit-il en riant.

— Va chier...

— Il va se rétablir vite, ajouta Erik en regardant Sophie.

— Merci pour ce que tu as fait, dit Sophie.

— Une chance que Farley m'a suivi. Tout seul, je n'y serais pas arrivé, répondit Leblanc.

— Le malade avait mis du poison dans l'un des verres, expliqua le sergent.

— Pauvres filles, quand je pense...

— Tout va bien, papa. Mercier doit comparaître demain, je vais me rendre au tribunal.

— Je vais t'accompagner, répondit Erik, en lui prenant la main sous le regard de Leblanc, somme toute satisfait de voir que sa fille semblait avoir trouvé un nouveau compagnon.

— Et ton amie ? demanda Leblanc.

— Ça va aller aussi.

— Il va rester seulement à s'expliquer auprès de la direction sur notre décision de ne pas attendre le GI et suivre le protocole, dit Farley.

— Laisse-moi aller avec cela, répondit Leblanc. Au final, même si on subit quelques reproches, tout le monde admettra qu'on a arrêté le tueur en série et mis fin à une prise d'otages sans effusion de sang.

— Circonstances atténuantes très certainement, dit Sophie en reprenant son chapeau d'avocate.

— Tu vois ? dit Leblanc à son collègue.

Sophie et Erik étaient sur le point de sortir de la chambre lorsque Leblanc interpella son partenaire, qui revint seul vers lui.

— Je peux te demander un service ?

— Bien sûr.

— J'ai eu, disons, quelques rechutes de boisson depuis que je suis à Sherbrooke et je ne veux pas recommencer. Cela m'aiderait beaucoup si... enfin...

— Tu préférerais que je n'en parle pas à Sophie ? C'est ça ?

— À peu près ça, oui, dit Leblanc.

— OK, mais à la moindre prochaine rechute, je lui en parle, dit Farley. Deal ?

— Deal.

— Tu viens, Erik ? demanda Sophie.

— J'arrive, répondit-il, en regardant Leblanc droit dans les yeux pour lui montrer qu'il était sérieux.

***

Assis dans sa cellule, Gerry Mercier se remettait de ses émotions lui aussi. Son esprit était troublé et, en même temps, partagé entre un certain remords et une grande fierté d'avoir été presque au bout de sa mission.

Il avait eu la permission d'avoir quelques feuilles et un crayon. En tant qu'artiste, écrire était sa façon à lui d'exorciser ses démons, de mettre au jour ses émotions.

« J'ai toujours cru que je pouvais changer ma destinée. J'ai subi la vie trop longtemps. Je me devais de brasser les cartes et me donner un nouveau jeu. L'important n'est pas de prendre les bonnes ou les mauvaises décisions, l'important est d'en prendre pour avancer.

Je me sens bien. Mes démons sont partis. Le reste est simplement une nouvelle expérience à vivre. »

***

Le lendemain après-midi au palais de justice de Sherbrooke, devant une salle bondée, Gerry Mercier fut amené dans la salle trois, devant un juge de la Cour du Québec pour sa première comparution. Sophie et le sergent Farley étaient assis dans la salle, prêts à témoigner au besoin.

L'avocat de l'aide juridique, nommé d'office pour représenter Gerry, fit une brève déclaration. Son client avait fait des aveux complets aux enquêteurs et renonçait à son enquête préliminaire dans l'espoir dans finir le plus rapidement possible.

L'avocat avait bien tenté de convaincre Gerry de plaider en sa faveur pour tenter de réduire la gravité des actes qu'on lui reprochait. Il lui avait proposé au moins de réclamer une évaluation psychiatrique, mais Gerry était décidé à mettre fin à cet épisode de sa vie. Cela faisait partie de sa renaissance. Dans son esprit, on effaçait le passé, on payait sa dette et, si possible, on repartait sur d'autres bases pour les années qui lui resteraient à vivre après son incarcération.

Devant ces faits, le juge accepta la renonciation à l'enquête préliminaire et s'adressa au greffier de la cour pour fixer une date de comparution devant un juge de la Cour supérieure qui détenait le pouvoir de prononcer une sentence contre Mercier.

Les avocats de la Couronne et de la Défense s'étaient entendus pour que cette comparution ait lieu le plus rapidement possible.

— Il est possible de comparaître dès cet après-midi en salle un, Monsieur le juge, répondit le greffier de la cour.

— Dans ce cas, nous allons procéder ainsi, conclut le juge.

Gerry fut amené en salle un dans l'heure qui suivit. Devant le juge, on lui lut tous les chefs d'accusation portés contre lui avec tous les détails fournis par l'accusé lui-même dans ses aveux.

Au premier chef de meurtre au second degré, commis le ou vers le 7 février 2013 sur la personne de Claire Legendre, Mercier plaida coupable.

Il en fut tout autant pour les autres chefs d'accusation de meurtres sans préméditation dans les cas de l'agent de sécurité, Claude Beaudoin, du sans-abri, Gaston Roy, et de la caissière, Mélissa Gagnon.

Gerry Mercier écouta sans broncher la lecture de l'acte d'accusation du meurtre prémédité d'Isabelle Lévesque et il plaida coupable.

Il se reconnut coupable enfin de la tentative de meurtre sur le cycliste près du Lac des Nations, de l'enlèvement et la séquestration d'Anne et de Sophie ainsi que de la blessure infligée à l'enquêteur Gilles Leblanc.

Avant le prononcé de la sentence, le juge de la Cour supérieure demanda à Gerry s'il avait quelque chose à dire.

— Je m'appelle Gerry Mercier et je n'ai aucun regret pour ce que j'ai fait! dit-il en regardant le juge.

Dans une procédure surprenante, mais non inhabituelle, le juge le condamna sur le banc à la prison à vie sans possibilité de libération conditionnelle avant 25 ans. Gerry regarda dans la salle et trouva Sophie. Il sourit. Sophie n'avait pas peur de lui. Elle espérait qu'il puisse lire sur ses lèvres alors qu'elle le regarda directement dans les yeux en prononçant clairement les deux mots «*fuck you*».

Les journalistes sortirent de la salle d'audience en vitesse pour *twitter* que Gerry Mercier n'était pas seulement le preneur d'otages de la veille, mais qu'il était aussi le fameux tueur en série qu'on recherchait depuis des mois à Sherbrooke. Ils auraient maintenant du matériel à se mettre sous la dent pour plusieurs jours. Malheureusement pour les athlètes participant aux Jeux du Canada, l'événement venait de tomber en deuxième position dans le classement des nouvelles de la semaine.

À la sortie du palais de justice, Sophie et le sergent Farley furent assaillis par les journalistes, mais ils refusèrent de commenter. Sophie s'empara immédiatement de son téléphone cellulaire et contacta son père pour lui annoncer que Mercier serait coffré pour 25 ans. La nouvelle réjouit Leblanc. Puis, elle appela Anne pour lui communiquer la nouvelle.

— 25 ans, ça nous amène en 2038, dit Anne. Nous serons dans la cinquantaine et il aura purgé sa peine. J'ai déjà peur, dit-elle.

FIN

Remerciements

Un gros merci à Josée Morin pour sa patience à endurer un auteur en processus de création et pour son œil éclairé de première lectrice. Merci à Johanne Morin et Suzanne Rome pour la lecture rapide et les commentaires constructifs.

Merci à l'inspecteur Danny McConnell du Service de police de Sherbrooke ainsi qu'à Mᵉ Patrick Fréchette pour leur coup d'œil d'experts et leur compréhension de certains choix de l'auteur aux fins de l'histoire.

MARQUIS

Québec, Canada